W0391610

Une envie de vérité

Cécilia Attias

Une envie de vérité

Flammarion

© Flammarion, 2013.
ISBN : 978-2-0813-0256-3

Aux miens : Richard, Gurvan, Judith, Jeanne-Marie,
Alexandra, Louis, Augustin et Diane-Elisabeth.

Il faut que tu vives pour autrui
si tu veux vivre pour toi-même.

Waldo HUTCHINS (1822-1891),
avocat, membre du Congrès,
fondateur de Central Park à New York [1].

1. Le texte initial est écrit en latin : *Alteri vivas oportet si vis tibi vivere.*

Avant-propos

Je suis une personne simple qui a eu une vie compliquée. Un tel aveu pourra surprendre, il n'en est pas moins vrai. Mes aspirations m'ont toujours poussée vers une existence discrète, consacrée à ma famille et au souci des autres, alors que la vie prenait plaisir à me placer sous les projecteurs de l'actualité.

Longtemps je m'en suis accommodée, parce que l'existence avait pris un tour à bien des égards passionnant. Mais je restais légèrement en retrait, comme si je désirais compenser une dynamique qui me poussait en avant, loin de moi-même. D'où quelques maladresses et de nombreux malentendus. J'ai regretté les premières et souffert des seconds. Mais au final, est-il si surprenant qu'on se soit beaucoup trompé sur mon compte alors que moi-même ne savais plus toujours qui j'étais ?

L'image d'une personne correspond rarement à sa réalité ; surtout quand les médias s'en emparent pour la façonner à leur guise. Lorsque, en outre, cette personne affirme par ses actes qu'elle demeure libre de ses choix, elle se coupe de toute indulgence. L'opinion adore placer les gens dans des cases, mais déteste les en voir sortir. Le choix est alors simple : rectifier les erreurs ou se taire. J'ai vite compris que la première solution était la pire. Loin d'atténuer la rumeur, les mises au point l'attiseraient plutôt. Il vaut donc mieux garder le silence, ne répondre à rien, choisir de ne pas se défendre avec l'espoir qu'un jour, de guerre lasse, on ne s'occupera plus de vous. C'est le choix que j'ai fait pendant des années ; laisser dire, laisser écrire. Et je n'ai nulle intention de modifier cette attitude. Elle est conforme à ma nature, éprise de discrétion et indifférente aux mensonges.

Mais dans le cours d'une vie vient le moment où l'on éprouve le besoin de raconter ce qu'on a vécu, tout simplement, sans chercher à régler des comptes avec qui que ce soit. On souhaite alors dire de quels fils une existence a été tissée, quels en ont été les grands moments et les émotions fortes, ce qu'elle vous a appris, comment elle vous a surprise ou déçue, dans quelles circonstances elle vous a rendue heureuse ou vous a fait souffrir. C'est ce que j'ai entrepris dans ce livre. J'espère que le lecteur y découvrira un être de chair, avec ses forces et ses faiblesses, ses certitudes et ses contradictions, ses hésitations et ses valeurs.

*

J'ai écrit un jour que j'avais été trop jeune trop longtemps, et que je ne me suis sentie en accord avec moi-même, consciente de ma vie et des choix qui s'imposaient à moi, qu'en avançant sur la route. C'est l'impression que j'éprouve aujourd'hui ; avoir attendu les choses trop longtemps parce que je croyais avoir tout le temps devant moi. J'étais persuadée de pouvoir tout faire, tout connaître, tout entreprendre. Les lendemains s'annonçaient éternels, et le grand banquet de la vie resterait à jamais dressé. Face à lui se tiendrait toujours la jeune femme libre et assoiffée d'avenir que j'étais.

Et puis, au fil des années, le temps m'a rattrapée et ne cesse plus de s'accélérer. Aujourd'hui, alors que j'ai cinquante-cinq ans, je le soupçonne d'être en train de gagner. Je ne pourrai sans doute pas finir tout ce que j'ai commencé ni entreprendre les mille choses qui me tiennent à cœur. Mon époque elle-même, que j'ai tant aimée, me devient peu à peu incompréhensible et étrangère.

Mais on n'arrête jamais la course du temps. Seuls les mots peuvent suspendre le cours des choses, fixer des images, situer les points forts d'une existence, nommer les valeurs qui l'étayent, développer les espoirs qui la nourrissent. Je voudrais que ce livre épouse toutes ces courbes et permette à ceux qui l'ouvriront de connaître une vérité parfois bien différente de l'image que l'on a donnée de moi. Que ceux que j'ai aimés, et que j'aime, aient plaisir à s'y retrouver. Et que les autres mènent leur vie comme j'ai tenté de conduire la mienne : en restant sur leur propre chemin.

Première partie

LES RACINES DE L'ENFANCE

1.

Cœurs et dragons

Mon enfance fut paisible et heureuse. Autour de moi, choses et êtres semblaient immuables. Le groupe que formait notre famille, l'appartement parisien, la maison de campagne, l'amour de mes parents, leurs mille attentions à notre égard, tout avait un parfum d'éternité. Un jour, comme tout le monde, j'ai cependant constaté que ma jeunesse s'était enfuie. Les peines se sont alors mêlées aux joies. Certaines expériences m'ont enrichie, d'autres m'ont déçue et parfois blessée. Aujourd'hui, lorsque mes regards se tournent vers cette enfance déjà lointaine, il me faut faire effort pour en distinguer les contours. Mais je veux fixer des yeux le port que le navire a laissé en arrière, car c'est de là que je viens.

Pour autant ce regard ne s'accompagne d'aucune nostalgie, sentiment qui m'est étranger. Je ne ressens aucun regret à me retourner vers mon passé. Ce que j'éprouve face à lui se nommerait plutôt reconnaissance. Car c'est mon enfance qui a bâti celle que je suis désormais : une femme fidèle à des principes de vie et attentive à l'avenir, pétrie de tolérance et d'attention aux autres. Lorsqu'on est né, comme moi, du bon côté de la rue, la bonne tenue morale exige de ne jamais oublier ceux qui n'ont pas bénéficié d'une telle chance.

Je ne suis pas une héritière. Malgré des origines qui auraient pu leur offrir une existence paisible, mes parents ont traversé dans leur jeunesse des périodes difficiles. Tous deux ont subi des épreuves, sont passés par des hauts et des bas, et ont beaucoup œuvré pour offrir à leur famille le confort dont nous avons joui, enfants. Ils ont construit leurs vies de toutes pièces, comme moi-même ensuite. Je retire donc de ce passé une leçon aussi simple qu'essentielle : rien ne se donne jamais à nous, tout est à conquérir.

La vie est souvent faite de contrastes violents. Au-delà de mon enfance sereine, c'est ce que m'a appris le passé de mes parents. Je possède toujours le blason de la famille Albéniz. D'origine navarraise, celle-ci a vu le jour dans la petite ville d'Abarzuza et a été anoblie en 1770. Son étymologie nous renvoie au verbe aimer. D'ailleurs cinq petits cœurs figurent sur le blason, à côté de trois étoiles d'or et de deux dragons. Nous nous serions bien passés de tels animaux annonciateurs de drames. Heureusement, cœurs et étoiles d'or nous redonnent confiance dans notre destin. Et puisque la couleur verte domine, tout espoir n'est pas perdu de voir un jour ces cœurs et ces étoiles l'emporter sur les monstres cracheurs de feu.

*

Tels qu'ils demeurent dans mon souvenir, je retrouve mes parents sur deux photos dont je ne me suis jamais séparée. Voici mon père à cheval, superbe, mince et droit, la cinquantaine passée bien qu'il paraisse vingt ans de moins. Il porte les cheveux à la mode argentine, assez longs, coiffés en arrière et légèrement bouclés. Il est d'une bonne taille, possède une peau très douce et de fines mains ravissantes. Et voici Maman, dans une longue robe blanche, aussi élégante que lors de sa jeunesse. Sur ces images comme dans l'existence, tous deux possédaient l'aisance souriante de ceux qui sont en accord avec eux-mêmes parce qu'ils vivent selon des règles acceptées de bonne grâce.

À première vue pourtant, tout les opposait : leurs âges – à peine moins d'une génération entre eux –, leurs origines familiales, leurs religions, leurs parcours de jeunesse. Mais les différences peuvent unir plus qu'elles opposent ou séparent, comme leur vie en apporte la preuve. À travers crises et déchirements, celle-ci mit du temps à trouver son équilibre. Mais une fois qu'elle l'eut atteint, elle n'a plus dévié de sa ligne ; belle leçon de persévérance pour parvenir à l'accord avec soi-même.

*

Pour Maman, tout avait pourtant bien commencé. Sa mère, une Flamande issue d'une famille noble, se maria d'abord à un représentant de la noblesse wallonne avant de divorcer pour épouser Alfonso Albéniz, diplomate et fils du célèbre compositeur. On imagine ce que, dans un tel milieu et au premier tiers du XXe siècle, un divorce suivi d'un remariage pouvait signifier ! Mais la liberté a toujours été inscrite au cœur des femmes de ma famille. C'est en son nom qu'elles ont construit leur destin ; comme c'est en son nom que j'ai voulu réaliser le mien.

Ma grand-mère avait eu de son premier mariage deux enfants, Marie-Antoinette et Richard, et donna deux filles à Alfonso. Cécilia, l'aînée, venue au monde le 12 novembre 1927, soit trente ans jour pour jour avant ma propre naissance ; et Diana, ma mère. L'église espagnole ayant refusé ce prénom car trop païen à ses yeux, Maman fut baptisée Teresita. Mais tout le monde l'appelait Diana. Et c'est vrai que ce prénom lui allait comme un gant. Elle possédait toute l'énergie et la grâce de la déesse chasseresse de l'Antiquité.

Mon grand-père, Alfonso Albéniz, possédait un grand charme. Bel homme, footballeur émérite dans sa jeunesse puisqu'il joua au Real de Madrid puis au Barça, il occupa par la suite le poste d'ambassadeur d'Espagne auprès des Nations unies. Mais une stupide erreur de diagnostic mit un terme à sa vie déjà brillante. Un médecin ayant confondu de façon incompréhensible hypo et hypertension, il mourut à moins de cinquante ans au Portugal, à Estoril, où il passait ses vacances avec sa famille. Ma mère n'avait alors que douze ans et sa sœur quinze. Désarçonnée par la disparition aussi brutale d'un mari qu'elle adorait, ma grand-mère plongea dans la dépression tandis que ses deux filles étaient ramenées en Espagne pour y être confiées à un tuteur.

La vie sociale des deux sœurs prit alors une allure de conte de fées. Elles étaient aussi belles l'une que l'autre bien que physiquement très différentes. Grande et brune, Maman avait une allure à la Ava Gardner tandis que sa sœur Cécilia, blonde, était fine et délicate. Grâce au lustre dont jouissait leur famille, elles furent très jeunes immergées dans la meilleure société madrilène, sortirent beaucoup et furent très courtisées. Insouciantes, libres et à l'abri du besoin, elles menaient une vie heureuse et évoluaient dans un monde aristocratique protégé. Ma tante connut un grand amour avec le célèbre torero Luis Miguel Dominguín ; histoire cependant malheureuse à cause du caractère volage et capricieux du personnage. Tel le Dom Juan de Molière, il se montrait aussi *grand seigneur* que *méchant homme*, comme l'atteste par ailleurs sa liaison tumultueuse avec Ava Gardner. Quant à ma mère, avant de rencontrer celui qui allait devenir son mari, elle fut ardemment courtisée et, un temps, fiancée à un Panaméen promis à un bel avenir. Sa distinction et son charme lui attiraient, en effet, les regards de nombreux hommes. Un soir, dans un restaurant, le hasard voulut qu'Orson Welles dînât à une table à côté de celle où elle se trouvait. Le lendemain matin, il lui fit porter cent roses rouges. Il était tombé amoureux d'elle, qui n'avait alors que dix-sept ans ! Par le biais du monde de la corrida et de Dominguín, les deux sœurs rencontrèrent également Ernest Hemingway qui, comme tant d'Américains célèbres, s'était pris de passion pour l'Espagne et la tauromachie.

Il me suffit d'évoquer la jeunesse de Maman pour que le monde d'hier ressurgisse. Il y a cinquante ans, la société offrait aux gens des modèles dont les qualités d'intelligence et de cœur ne faisaient jamais fi de prestance et de raffinement. J'ai cité Ava Gardner, Dominguín, Hemingway, Welles, je pourrais ajouter Cary Grant, les Kennedy, Rita Hayworth… Qu'ils fussent vedettes ou hommes politiques, ces êtres brillants fournissaient à leurs contemporains des exemples auxquels on avait envie de s'identifier ou qu'on aurait aimé pouvoir approcher, voire connaître et fréquenter. Aujourd'hui, cette part de légende qui irriguait le quotidien a disparu. Non seulement nous n'admirons plus grand monde, mais la banale exigence d'élégance et de politesse paraît relever de temps révolus. Je le déplore. Une bonne tenue physique, l'urbanité des manières, les règles ancestrales de courtoisie me paraissent des gages de qualité humaine que notre époque a bien tort de négliger.

*

Pendant que les deux sœurs Albéniz vivaient leur existence madrilène, leur mère ne parvenait pas à sortir de sa dépression. J'ai gardé le souvenir des visites que nous lui rendions, Maman et moi, lorsque j'étais encore une enfant. Tous les deux mois environ, nous prenions le chemin de Madrid pour revoir les amis de jeunesse de Maman avant de nous rendre auprès de ma grand-mère Albéniz, toujours soignée à Lisbonne. Elle était dépressive mais saine d'esprit, par différence avec la plupart des personnes autour d'elle. Quelques années plus tard, lorsque son état psychologique se stabilisa et que la souffrance de la savoir si loin fut devenue trop forte, ma mère la rapatria chez nous, à Paris. Elle put alors vivre au sein de sa famille des années plus paisibles. Mais elle ne se remit jamais d'un choc qui avait brisé son bonheur et une existence jusqu'alors insouciante et légère.

À l'occasion de ces brefs séjours à Madrid, je plongeais avec ravissement dans l'univers qui avait été celui de ma mère au temps de sa jeunesse ; univers plein de charmes et de convenances qui, déjà à l'époque, exhalait des parfums surannés. Une anecdote exprime tout ce que je pouvais alors ressentir. Un soir où nous dînions avec des amis, je sortis de table pour aller prendre un gilet dans ma chambre. Quelle ne fut pas ma surprise de voir alors les hommes se lever par égard pour une petite adolescente de douze ans ! Au retour de la chambre, à nouveau, tous se levèrent. C'était encore l'époque, et le pays, des coutumes délicates et d'une politesse attentive. J'ai retrouvé il y a quelque temps un petit carnet ayant appartenu à ma mère dans lequel sont répertoriées les adresses de ses amis : toute la vieille aristocratie espagnole y figure.

De l'éducation qu'elle avait reçue et de sa jeunesse brillante, Maman conserva toute sa vie durant un raffinement autant intellectuel que moral. Bien que l'existence ne l'ait guère épargnée et que les épreuves aient plus tard ressurgi, elle resta cette femme que les contingences matérielles affectent peu. Faut-il y voir une forme de fierté ou, plutôt, une longue habitude du monde ? Chacun répondra selon ses idées et son éducation personnelle. Par ailleurs elle possédait le caractère bien trempé des femmes de son pays. Ne jamais laisser voir ses sentiments, se tenir toujours droite, faire front avec stoïcisme et abnégation aux épreuves, ne rien concéder qui fût contraire à ses principes, Maman savait faire tout cela à la perfection, au point que sa rigueur pouvait passer pour de la rigidité. En comparaison avec le sien, mon caractère pourrait être considéré comme tiède !

Elle a toujours gardé la nostalgie de l'Espagne et, sans doute, ne fut jamais pleinement heureuse à Paris, malgré le couple uni qu'elle formait avec mon père et des enfants qu'elle adorait. Toute sa vie, et bien qu'elle n'en ait jamais dit un mot, je crois qu'elle regretta de ne pas s'être installée là-bas après son mariage. Elle tenait à l'Espagne par toutes les fibres de son être, ses parents, son enfance, ses souvenirs, ses amitiés, au point de ne m'avoir parlé, petite, que dans sa langue natale. Elle y tenait aussi par la musique de son grand-père, lui même tôt disparu et qu'elle n'avait pas connu, mais dont la notoriété dépassait les frontières. Soucieuse de ne pas voir son nom mourir, elle avait d'ailleurs obtenu après son mariage le droit d'accoler à son nom marital de Ciganer celui d'Albéniz. Son père Alfonso n'ayant pas eu de fils et Cécilia étant morte, Maman se retrouvait en effet l'ultime détentrice d'un nom qui aurait dû s'éteindre avec elle. C'est la raison pour laquelle, en dépit du fait que je veille autant que je le peux à la pérennité de la musique de mon arrière-grand-père, nous nous appelons, mes frères et moi, Ciganer-Albéniz.

*

Mais les dragons ne tardèrent pas à revenir torturer les jeunes filles Albéniz. Ma tante Cécilia se tua dans un terrible accident, le 21 décembre 1951, alors qu'elle était seulement âgée de vingt-quatre ans. Elle avait voulu rendre service à une amie tombée amoureuse d'un Américain qu'elle n'osait pas présenter à ses parents. « Sois gentille, viens avec nous, ils t'écouteront », l'avait suppliée celle-ci. Ma tante accepta de conduire les deux jeunes gens en voiture jusque chez les parents. À vingt et un kilomètres de Madrid, alors qu'elle doublait en haut d'une côte, un camion surgit et percuta son véhicule, tuant les trois occupants sur le coup. C'est à l'hôpital où on tentait de la soigner pour sa dépression que ma grand-mère apprit la mort de sa fille en lisant le journal, et on imagine combien ce choc l'enfonça encore plus dans le désespoir. Les funérailles de ma tante, telles que me les a racontées ma mère, furent impressionnantes. Le Tout-Madrid s'était rassemblé pour faire cortège à la jeune disparue.

Ce drame brutal acheva de brosser un tableau déjà bien noir. En quelques années, la vie avait largement chargé les jeunes épaules de ma mère : un père mort, une mère hospitalisée, une sœur tuée…

Son désarroi fut alors complet. À tout jamais marquée par la disparition d'une sœur qu'elle chérissait et qui avait partagé chaque jour de sa jeunesse sans parents, Maman chercha à prolonger sa vie en moi. C'est la raison pour laquelle, plus tard, elle me donna son prénom, moi qui, par un incroyable signe du destin, naquit trente ans jour pour jour après Cécilia.

Maman a transposé. Elle n'était pas la seule. Julia, notre vieille et merveilleuse nounou qui avait élevé les deux sœurs et passa ensuite au service de mes parents, de sorte qu'elle resta soixante ans à nos côtés, affirmait toujours de son côté : « C'est fou comme tu lui ressembles… Même ton écriture est celle de ta tante. » Comme celle-ci jouait divinement du piano, ma mère insista pour que je l'apprenne, avec l'espoir que je devienne une réelle interprète et mène une carrière de concertiste.

Cette similitude des personnalités avec ma mère et ma tante est constitutive de ce que je suis. On dirait que mon physique résulte d'un mélange des deux sœurs. Silhouette élancée et larges yeux me donnent une allure espagnole tandis que blondeur et yeux clairs, venus du côté belge, me font ressembler à ma tante ; je les ai légués à mes trois enfants. Tout cela fait de moi une Flamande dont la langue maternelle est l'espagnol ! Comme elles deux, j'ai la passion de la musique dont ma mère m'a transmis l'exigence quasi vitale. Je peux en remplir toutes les heures de la journée et n'imagine pas vivre sans elle.

Ma passion est d'autant plus facile à assouvir que j'adore toutes les musiques, Mozart aussi bien que le jazz, avec une prédilection pour les compositeurs ayant bercé mon enfance, Fauré, Debussy, Poulenc, et bien sûr Albéniz. J'y retrouve l'Espagne de tous les mélanges, islam et catholicisme, Alhambra, Cordoue et sa Grande Mosquée au cœur devenu cathédrale, Méditerranée et Orient, chaleur torride des étés et froidure extrême des hivers. Cette musique, qu'on dit souvent et à tort folklorique, est à la fois d'un classicisme solide et d'une originalité surprenante. Elle danse, comme sait si bien le faire l'Espagne ; mais d'une danse fière, un peu hautaine même, gorgée de mysticisme autant que de sensualité. Tout le capital génétique si complexe de ce pays semble l'habiter ; un capital qui m'évoque le mien propre et expliquerait, s'il en était nécessaire, ma passion des métissages. Ces derniers ne s'arrêtent d'ailleurs pas à ce legs maternel, mi-méditerranéen mi-nordique. Vient en effet s'y ajouter l'héritage génétique et culturel de mon père, aussi complexe qu'entouré de mystère.

*

Parce qu'il n'aimait pas s'étendre sur son passé, je sais peu de chose sur sa vie. Il avait quitté la Russie au moment de la révolution de 1917, à quatorze ans, sans un sou. Il était issu d'une famille de Russes blancs propriétaires terriens, ce qui dans ces années-là n'était pas le meilleur gage de survie.

Tous les hommes de sa famille ainsi que ses frères – mon père ne comptait pas moins de onze frères et sœurs – furent massacrés par les rouges. Les révolutionnaires épargnèrent les femmes et le dernier fils, sans doute à cause de son très jeune âge. Ne voulant pas devenir un poids pour les survivantes, il décida alors de partir, sans passeport, sans argent, sans but précis ni aide d'un réseau familial quelconque.

Ses antécédents familiaux demeurent mystérieux. Il semble qu'à son arrivée en France, l'état civil ait modifié sa nationalité et son identité. De cette époque date ce nom de Ciganer, autrement dit tzigane, qui n'était pas le sien à l'origine. Certaines personnes l'ont prétendu roumain. Bien plus tard, lors d'une rencontre avec le ministre de l'Intérieur roumain, celui-ci m'a certifié que mon père était né en Bessarabie, une terre longtemps partagée entre plusieurs pays mais à l'époque de sa naissance rattachée à la Russie. André – son prénom – était juif puisque sa mère l'était, mais non pratiquant. Était-il croyant ? Je l'ignore. Sur ce point comme sur tant d'autres, l'existence de mon père demeure énigmatique. Ma mère a procédé à des recherches ; elles n'ont pas abouti à grand-chose. Aujourd'hui, on trouve des membres de ma famille paternelle aux États-Unis et en Argentine. Pour le reste, le mystère plane sur ses antécédents familiaux. Bizarrement, j'ai découvert plein de détails sur les origines de ma famille paternelle en lisant des articles de presse… J'ignore d'où sortent ces informations dont la plupart contredisent ce que je sais, parce que je l'ai appris de la bouche même de mes parents au cours de mon enfance. Certains journalistes sont allés jusqu'à prétendre que j'aurais eu honte de mes origines, moi qui, au contraire, en éprouve une profonde fierté. Et puis je ne regrette pas ces zones d'ombre, puisque mon père les a voulues comme telles ; je les respecte au contraire. J'ai été élevée dans une famille pudique sur elle-même. Encore un autre principe que j'ai repris à mon compte.

Mon père vécut pendant des décennies une période d'errance à travers le monde durant laquelle il pratiqua des métiers en tout genre, ouvrier ici, déchargeant des caisses dans les ports là. Il mena une vie libre et aventureuse, sans souci du lendemain ni désir de revenir au pays de sa première enfance. Muni d'un passeport d'apatride, il séjourna surtout en Amérique du Sud, où il rencontra Joseph Kessel avec qui il devint ami, les deux hommes ayant les mêmes origines russes et juives. Je conserve le souvenir lointain de Kessel dînant à la maison et passant des heures à parler avec mon frère aîné Patrick, dont il appréciait la conversation. Mon père séjourna aussi beaucoup en Europe, particulièrement en France où il participa au mouvement de résistance des chasseurs alpins. Je l'entends encore me raconter comment, lors d'une attaque allemande, il avait eu la vie sauve grâce à son chien qui l'avait secoué dans son sommeil pour lui donner l'alerte. C'était une des rares confidences qu'il nous livrait sur sa vie antérieure. Il est probable que son physique et son esprit le servirent beaucoup durant ces trente et quelques années que dura sa vie aventureuse.

J'ignore quel métier il exerçait lorsqu'à quarante ans, présenté par le peintre Gaëtan de Rosnay, il croisa à Biarritz celle qui allait devenir ma mère et avait vingt-quatre ans de moins que lui. C'était en 1947. Leur rencontre tourna rapidement au coup de foudre puisque l'aventurier russe et la jeune Espagnole de bonne famille se marièrent en trois mois grâce à une dispense d'âge pour elle. Ils ne se sont plus jamais quittés ensuite. On conviendra que l'ensemble fait une bien jolie histoire dans laquelle cœurs et étoiles ont fini par vaincre les dragons.

2.

La douce lumière de l'enfance

Mes parents ont eu quatre enfants. Comme mon père voulait absolument une fille, ils se sont obstinés malgré le sort qui ne leur donnait que des fils, jusqu'à ce que j'arrive, en quatrième position, le 12 novembre 1957. On m'appela Cécilia en souvenir de la sœur que Maman avait tant aimée. C'est ainsi que, dès ma naissance, je fus inscrite dans la culture espagnole maternelle. Deux de mes frères ont, par la suite, renoué avec le caractère paternel, aventureux et exotique. L'aîné, Patrick, a quitté la France pour les États-Unis à l'âge de dix-huit ans, baccalauréat en poche, afin de suivre des études à l'université de Georgetown. Il s'est rapidement marié et a fait toute sa carrière aux États-Unis. Ivan vit au Pérou, à Lima, où il a eu cinq enfants.

À Paris, où mes parents s'installèrent dès leur mariage, mon père ouvrit un atelier et un magasin de fourrure. Lointain atavisme familial ? Sans doute. La seule chose qu'il connaissait grâce à son propre père, propriétaire de grands troupeaux, c'était les peaux, le monde des tanneries, des cuirs, des fourrures. Le magasin s'est d'abord tenu rue François-1er, puis place Beauvau. Il devint rapidement prospère, mon père ayant toujours fait le choix de la qualité.

Les fourrures Ciganer entrèrent donc rapidement dans le club fermé des maisons de haute couture. Je me souviens de reportages photographiques parus dans *Vogue* ou *L'Officiel* ainsi que dans d'autres magazines prestigieux de l'époque.

J'ai vécu une enfance agréable dans un milieu familial aisé. Nous habitions un bel appartement près des Champs-Élysées et passions week-ends et vacances dans un petit village, Montchauvet, situé à une soixantaine de kilomètres à l'ouest de Paris, où mes parents avaient acheté une propriété. Notre famille appartenait donc à la catégorie des bourgeois aisés – mais bien sûr, on ne parlait jamais d'argent à la maison. Mes parents pratiquaient le sport, lui le cheval et le ski, elle le tennis, sortaient et recevaient beaucoup. Certains soirs, notre appartement prenait un peu l'allure des salons d'autrefois. Y venaient des artistes, des écrivains, des diplomates, des gens d'Église, des amis de mon père ou de ma mère de passage à Paris. Je revois Alexandre Lagoya, Arthur Rubinstein ou Joseph Kessel, autant de personnalités qui donnaient aux soirées un tour original. Le week-end, à la campagne, ils ne manquaient pas une occasion d'inviter les amis avec qui ils avaient lié connaissance à Paris comme à Montchauvet.

À la maison tout le monde parlait espagnol, à commencer par Julia ; tout le monde, sauf mon père qui voulait tout ignorer de cette langue. Il parlait allemand, russe, français, roumain, mais pas espagnol. Je n'en ai jamais compris la raison. Il restait volontiers en retrait par rapport à Maman, toujours volubile et haute en couleur. Redoutait-il de se laisser convaincre de partir vivre avec sa famille en terre ibérique, et d'abandonner ainsi la vie parisienne qui lui plaisait tant ? Il y comptait de nombreux amis et relations, adorait sortir et recevoir. Très mondain, il allait chaque année au Festival de Cannes où il évoluait comme un poisson dans l'eau. L'hiver, il m'emmenait avec d'autres skier à Saint-Moritz où il retrouvait d'autres amis sportifs parisiens.

J'adorais mon père. Mais ce qui dominait entre nous, c'était le respect. Nous entretenions peu de complicité, sans doute à cause d'un gros écart d'âge puisqu'il avait une cinquantaine d'années à ma naissance – je ne peux en dire plus, car toute sa vie mon père dissimula son âge exact. Cependant il tenait une large place dans ma vie et je sais que la réciproque était vraie. Il me montrait sa tendresse en m'appelant Mir (pour Miroshka), tandis que ma mère, elle, optait pour Celleke (qui est une abréviation de mon prénom en flamand). J'éprouvais pour lui une admiration doublée d'une certaine réserve, car il demeurait un peu lointain, discret sinon secret. L'ensemble en faisait à mes yeux une sorte d'icône, une référence forte.

Ma mère et lui demeurent pour moi le reflet aussi bien physique que moral d'une époque. Même si la formule peut paraître réductrice, ils possédaient des principes de vie ; ce qui, selon moi, résume un art de vivre aujourd'hui passablement oublié. Mes frères et moi avons ainsi connu une éducation qui, sans être stricte, n'autorisait pas n'importe quoi. Jusqu'à douze ans nous avons dîné à la cuisine et non à la table du salon, d'où il aurait été impensable, adolescents, que nous prenions la parole sans y avoir été invités. Peut-être est-ce là l'origine de la réserve qui fut longtemps la mienne pour m'exprimer lorsque je me retrouve au milieu de convives.

*

J'ai passé toute mon enfance et mon adolescence dans l'appartement du 9, rue Marbeuf, où la fidèle Julia veillait sur la famille. Elle avait d'abord élevé les deux sœurs Albéniz avant de rester auprès de ma mère seule puis de vivre auprès de nos parents rue Marbeuf. Ce fut donc elle qui nous éleva, mes frères et moi, avec une totale bienveillance. Julia fut à la lettre ma seconde maman et je l'aimais profondément. Elle s'est ensuite occupée de mes filles lors de mon premier mariage. C'était une femme extraordinaire, d'un dévouement qui frôlait l'abnégation. Quand Maman lui proposait de se reposer, elle se récriait : « Me reposer ? Mais pourquoi ? Vous ne voulez donc plus de moi ? »

Elle m'accompagnait tous les matins à l'école de l'Assomption, rue de Lubeck, où j'ai suivi mes études primaires et secondaires, et venait me chercher à midi pour déjeuner à la maison ; et cela jusqu'à l'âge de douze ans. Bien qu'une carte de sortie me permît alors de quitter l'école seule, Julia continuait à me surveiller de loin tant elle se sentait responsable de moi. Au collège, j'étais plutôt une bonne élève, surtout dans les matières qui me passionnaient, comme l'histoire ou la littérature, et celles où je me sentais à mon aise : les langues vivantes. Je me souviens que, surprises par mes bons résultats en espagnol, les sœurs me firent repasser une épreuve pour être sûres que je n'avais pas triché, ce que, bien sûr, je vécus comme une injustice !

Tout ce qui a trait à l'éducation dispensée par les sœurs paraît aujourd'hui relever d'un temps suranné. Enfant, puis adolescente, j'ai porté jusqu'en classe de seconde une jupe plissée bleu marine, un béret, un chemisier blanc et un gilet bleu marine. Ensuite les sœurs autorisèrent le pantalon – bleu marine aussi –, ce qui constitua une sorte de révolution dans l'établissement. J'avais quatorze ou quinze ans lorsqu'un de mes frères vint un jour me chercher à la sortie des cours ; dès le lendemain les sœurs convoquèrent mes parents pour savoir quel était ce jeune homme vu à la porte de l'établissement.

Je grandissais. L'époque du papier peint rose à ambiance « Belle au bois dormant » était désormais révolue. J'avais maintenant une jolie chambre de jeune fille, toujours aussi rose, mais avec des meubles en bois peint, et surtout mon premier tourne-disque sur lequel j'écoutais sans fin Moustaki et Sinatra. Tout au long de mon adolescence j'ai élargi la gamme de mes chanteurs préférés jusqu'à connaître par cœur les répertoires d'Aretha Franklin, Billy Paul ou Ray Charles, bientôt rejoints par Lionel Richie, Elton John, Billy Joel, Neil Diamond, Randy Crawford, Luther Vandross, Charles Aznavour, Gilbert Bécaud, ainsi que de nombreux chanteurs sud-américains. C'est alors que la boulimie de la musique, de toutes les musiques, s'est emparée de moi. Et ne m'a plus quittée. Refusant la traditionnelle hiérarchie qui sépare la « grande » des autres, j'ai tout aimé ; classique, jazz, soul music, rhythm and blues, et seuls importent à mes yeux la qualité de la musique et de l'artiste. Ce qui est fabriqué et artificiel, car formaté aux goûts du public, je ne le repère que pour mieux m'en écarter. Comme je discerne ce qui correspond au talent, la pulsion intérieure capable de produire une vraie œuvre. Un chanteur du niveau de Franck Sinatra ne peut pas être balayé d'un revers de main ; ce serait faire fi d'un authentique talent et d'une carrière de près d'un demi-siècle.

*

Ma mère m'a assise sur un tabouret de piano à trois ans, avec l'objectif bien arrêté de faire de moi une concertiste. Le seul malheur est qu'après des années de cours, le résultat fut l'inverse de celui qu'elle avait escompté : j'ai fini par prendre l'instrument en grippe. J'avais quelques bonnes raisons pour cela. Presque chaque jour, dès la sortie de l'école, je subissais la férule d'un vieux professeur, femme aigrie et dénuée du moindre atome pédagogique. Elle se montrait d'une grande sévérité avec moi, me tordait les mains pour leur faire prendre la bonne position sur le clavier sans jamais consentir un soupçon d'encouragement. J'endurais ces leçons comme un calvaire. C'est pourquoi, à l'âge où l'on commence à avoir toutes les audaces, j'ai annoncé à mes parents que je voulais mettre un terme au piano. Les leçons étaient devenues, au fil des ans, une torture dont je ne retirais aucun plaisir.

Ma mère, sans doute surprise et déstabilisée par cette annonce brutale, ne fit pas preuve d'autorité, elle qui en avait tant à revendre. Elle ne trouva pas non plus d'argument pour m'inciter à renoncer à ma décision. Je n'ai cessé, depuis, de le regretter. Quelle erreur que cette rébellion adolescente ! Et quelle faiblesse de la part de mes parents ! Après tant d'années de cours je possédais des facilités et une assez bonne technique, comme en attestent les musiciens que j'interprétais, Poulenc, Chopin, bien sûr Albéniz ; et comme le prouve le concours de piano de la Ville de Paris que j'ai remporté. Alexandre Lagoya lui-même, ami de ma famille, avait la gentillesse d'évoquer mon sens pianistique et affirmait que mon avenir d'interprète était tout tracé. Mais les choses ne se sont pas passées ainsi. J'étais programmée pour le piano par mes parents, et sans doute parce que trop programmée, je n'en ai pas suivi la voie. Comme plus tard pour mes études, mes parents n'insistèrent pas. Ils commirent ainsi une faute dont j'ai pris conscience quelques années plus tard. Pourquoi ne pas avoir aménagé les choses, espacé les leçons, changé de professeur ? Je ne l'ai jamais compris. Ainsi suis-je passée à côté des joies intenses de l'interprétation et, peut-être, d'une carrière musicale. Je ne suis pas parvenue à être la musicienne que j'aurais sans doute pu devenir. Je ne suis que mélomane.

Cet abandon du piano constitue l'un de mes plus grands regrets. Par la suite j'ai voulu maintes fois m'y remettre, mais sans jamais y parvenir. Rien de surprenant ; arrivé à un certain niveau, un interprète n'a le choix qu'entre poursuivre ou arrêter pour toujours, car reprendre le piano quand on l'a abandonné est la chose la plus difficile qui soit. Seul un amateur accepte de pianoter de temps à autre. Mais quand une vraie ambition artistique vous habite, impossible de vous satisfaire d'un niveau approximatif. Le doute qui m'étreint chaque fois que mon regard se pose aujourd'hui sur un piano, comme celui qui orne notre salon et qui est un cadeau de Richard, mon mari, n'est sans doute qu'une forme d'ambition déçue ; ma volonté d'excellence ne saurait se satisfaire de médiocrité. Plutôt ne pas essayer que ne pas parvenir au niveau que je souhaiterais, et m'asseoir devant cet instrument serait trop douloureux. Mon entourage a toujours attendu beaucoup de moi. D'où une peur constante de décevoir, laquelle n'exprime sans doute que l'appréhension de me décevoir moi-même. Dans ce domaine au moins, je suis passée à côté de ma vie. Je suis une artiste qui a refusé ce qu'elle était.

Pourtant la musique est en moi, me suit quasiment jour et nuit. Outre le piano, j'aurais adoré avoir une voix de chanteuse d'opéra et il n'est pas rare que mes rêves me dotent d'un merveilleux timbre de soprano capable de chanter *La Bohème*... Aussitôt levée, le matin, je mets de la musique. Et dès que je suis seule dans la journée, celle-ci accompagne chacun de mes gestes. Elle est l'une de mes principales sources d'émotion dans l'existence. Tous les moments de ma vie ont été ponctués, illustrés, appuyés par elle. Beethoven, Liszt, Fauré et Ravel sont avec moi depuis mon enfance. Chopin, avec sa douceur et sa beauté, me fait venir les larmes aux yeux, comme Wagner que j'aime avec passion et dont l'immensité me fait sentir bien petite et modeste.

Tannhäuser, *Le Vaisseau fantôme*, découverts jeune à Bayreuth, me tétanisent par leur puissance tandis que les opéras italiens m'apportent leurs parfums fruités, gais et merveilleux à déguster. Car l'un des miracles de la musique est de nous transformer, selon les styles et les moments, en véritables caméléons ; notre humeur devient celle du morceau que nous entendons. Je suis gaie avec Mozart, légère avec Chopin, philosophe avec Wagner, poète avec Fauré. Toutes ces musiques me font être moi-même, changeante et à la fois semblable.

Même s'il ne se passe pas un jour sans que j'écoute telle ou telle œuvre qui appartient à mon panthéon musical personnel, mes goûts ne se limitent pas à la musique classique. J'adore aussi bien le jazz que la variété de qualité qui en découle, Nat King Cole ou Ray Charles par exemple, le reggae avec Bob Marley, qui est pour moi le Basquiat de la musique, le rhythm and blues, le rap aussi bien que Gilberto Gil. En fait je pourrais dresser une liste presque sans fin des artistes que j'aime et que j'écoute. Parfois, des succès populaires m'interpellent et suscitent en moi une forme d'admiration. S'ils ne sont pas de grande qualité musicale, ils répondent à l'envie d'une société qui ressent le besoin de se défouler pour compenser la lourdeur de l'époque.

Richard a senti la force et la nécessité de cette présence musicale dès les débuts de notre histoire. Son discours de mariage, le 23 mars 2008, commençait par ces mots : « Tu vis la musique, tu es la musique, elle est en toi. Elle ponctue notre vie. » J'en ai été profondément émue. Il a d'ailleurs joint les actes aux paroles puisque, durant trois jours, nos invités et nous-mêmes avons baigné dans une atmosphère musicale. L'avant-veille de la cérémonie, les Mariachis ont joué tout au long de la soirée à la maison, puis Richard m'a fait la surprise d'inviter Billy Paul à notre mariage, et alors que nous avancions vers le juge la voix d'Alicia Keys retentit. Les Gospels de Harlem ont ensuite accompagné notre sortie.

Souvent aussi mes pensées vont avec reconnaissance vers mon illustre aïeul, Isaac Albéniz, dont à la suite de ma mère j'ai porté le nom. Je connais chacune de ses œuvres qui me remplissent, à chaque écoute, de la même émotion. Le piano que Richard m'a offert et dont je n'ose pas toucher le clavier a été baptisé par cet immense pianiste chinois qu'est Lang Lang. C'était la première fois que nous recevions des amis dans notre nouvel appartement new-yorkais, et au milieu du salon presque vide trônait le superbe instrument. Lang Lang a joué Albéniz, *Asturias* puis *El Puerto*, et ce fut pour moi un moment de si grande émotion que je ne parvenais plus à prononcer une parole. Mon arrière-grand-père accompagne ma vie depuis toujours. Je suis heureuse de posséder quelques documents de sa main, des lettres et diverses partitions dont le manuscrit de *Pepita Jimenes*, auxquelles s'ajoutent deux autoportraits au fusain, car il dessinait merveilleusement. Isaac Albéniz vivait dans un monde d'artistes, musiciens ou peintres, aussi bien français qu'espagnols. Et j'envie cette époque où les créateurs pouvaient se côtoyer et vivre leur passion au sein d'une société qui savait reconnaître leur talent.

Un autre moment d'émotion reliant la musique de mon arrière-grand-père à ma propre vie est bien connu ; il remonte au jour de l'investiture officielle de Nicolas Sarkozy à l'Élysée, le 16 mai 2007. Alors que le nouveau président pénétrait dans les salons d'honneur pour la cérémonie qui marquait le début de son quinquennat, l'orchestre de la garde républicaine entonna le célèbre *Asturias* dans un arrangement pour orchestre à cordes. L'arrivée à l'Élysée aux accents de cette musique qui m'est si chère reste dans ma mémoire un moment exceptionnel. J'ignorais tout de ce projet qui m'a touchée et où j'ai vu une très grande élégance de la part de mon ex-mari.

Mais en ai-je été aussi profondément émue qu'il aurait été légitime que je le sois ? Sans doute pas. À cette époque, ma vie traversait des précipices sans garde-fou qui me plaçaient perpétuellement au-dessus du vide. Tout était trop complexe et difficile, et je n'avais pas la disponibilité d'esprit pour goûter un hommage qui possédait pourtant grande allure. Les heures durant lesquelles on ne sait quelle direction donner à sa vie ne sont pas les plus favorables pour apprécier la beauté musicale comme elle le mérite. Pour tenter d'apaiser la « tempête sous un crâne » que je vivais alors, selon les termes de Victor Hugo, le calme et la solitude convenaient mieux que les ors républicains et la musique de la Garde. C'est l'époque où je pouvais rester assise durant de longues minutes dans une église à tenter de mettre de l'ordre dans mes pensées et à guetter un signe, qui bien sûr ne venait pas. Comment imaginer qu'à presque cinquante ans, et avec la responsabilité de trois enfants, un tel choix puisse se faire dans la paix intérieure ? Ce jour-là, à l'Élysée, sans doute aurais-je aimé que, de façon presque miraculeuse, la musique de mon aïeul puisse abolir les angoisses que je vivais et la crise que notre couple traversait. Mais si elle a le pouvoir de nous apaiser dans les moments difficiles, la musique ne possède pas celui d'apporter les solutions aux lourds problèmes que nous vivons.

Aujourd'hui, cette musique que je ne pratique plus est partie rejoindre les refuges que je me suis construits à l'écart du monde. C'est à la fois dommage, mais salutaire dans ma vie quotidienne. Car j'ai appris très jeune la nécessité d'un jardin secret. La musique, la littérature, la peinture, l'histoire, le cinéma forment un monde parallèle qui n'appartient qu'à moi et où je conserve ma liberté. Mes choix culturels ont ainsi constitué l'échappatoire indispensable à une vie qui devint rapidement trépidante, comme une retraite pour me retrouver avec moi-même et refaire mes forces. Aussi ne me suis-je jamais sentie enfermée, même dans des endroits comme la forteresse de Bercy ou le ministère de l'Intérieur, où pourtant la part dévolue à la vie publique absorbe tout. Arts et littérature fonctionnaient alors comme autant de fenêtres qui s'ouvraient dès que j'en ressentais le besoin. Un signe culturel, qu'il soit musical, pictural ou littéraire, me permettait de rejoindre ce lieu magique. J'y retrouvais la seule part de moi qui m'appartenait vraiment parce qu'elle n'était pas dédiée aux autres et m'aidait à me ressourcer. Ensuite je revenais à mes tâches familiales ou professionnelles, et le tourbillon du monde recommençait ; mais les heures vécues auprès de la beauté m'avaient donné la force de reprendre la route. Dans ces moments, la pensée que l'art aurait pu devenir mon métier revenait parfois me tarauder. Cependant la parenthèse des regrets, un temps ouverte, se refermait bien vite.

*

Les meilleurs moments de mon enfance, je les ai vécus dans la maison de Montchauvet. Peu de temps avant ma naissance, mon père avait acheté dans ce petit village d'Île-de-France les ruines d'un temple protestant. L'ensemble se trouvait dans un tel état qu'à la vue des photos, Maman, alors enceinte de moi, éprouva un sentiment de panique ; comment rendre un tel lieu habitable ? Mais mon père tint bon et, de restauration en agrandissement, la maison finit par renouer avec son lustre et acquérir plein de charme.

Nous y partions chaque vendredi soir pour des week-ends formidables. Au début de l'été, mes frères aînés allaient en vacances de leur côté tandis qu'Ivan et moi nous installions à Montchauvet avec Julia qui veillait sur nous. Nous y passions toutes nos vacances. Avec des amis du même âge, nous partions pour de longues randonnées à vélo, construisions des cabanes, inventions mille jeux, et comme tous les enfants du monde bâtissions notre univers magique. Je connais tous les bois alentour et la moindre pierre des chemins, l'odeur des forêts, la couleur des feuilles, la course et la forme des nuages. Histoire de nous faire peur – ou plus exactement pour que les grands fassent peur aux petits, dont moi –, nous pénétrions à la tombée du jour dans une maison prétendument hantée dont nous parcourions ensuite les pièces, silencieux et inquiets.

Après, apparurent les premières mobylettes et les courses plus lointaines jusqu'au pont des Druides ou au château des Trois-Fontaines, où habitait le petit-fils de Léon Tolstoï, ce qui nous impressionnait fort et donnait à l'endroit un parfum de légende. Ces semaines de quasi-liberté pendant lesquelles Ivan et moi vivions selon nos envies sont restées en moi comme des périodes de parfait bonheur.

En août, nos parents et nos frères nous rejoignaient, et la vie de famille retrouvait un tour plus classique. Ce qui ne nous empêchait pas, mes frères et moi, de repartir tous ensemble dans de folles aventures. Nous formions une bande de trois cow-boys et d'une Indienne, ce qui veut dire que j'étais largement en minorité ! Mais les trois garçons ont fait de moi ce que je suis : une femme qui a appris à se défendre.

J'ai connu aussi les plus beaux Noëls de ma vie à Montchauvet. L'arbre, gigantesque, atteignait le haut de la voûte du salon. Ma mère disposait la crèche près de la grande cheminée où brûlait un feu chaleureux, et la soirée du 24 décembre se déroulait selon un cérémonial immuable : dîner avec la dinde et la bûche au chocolat, attente de la venue du Père Noël qui, à cette époque, ne passait jamais le soir, pendant le repas, comme l'habitude en a ensuite été prise dans les familles. Nous allions ensuite nous coucher.

Et vers quatre heures, Patrick nous réveillait. Tous les quatre, nous découvrions alors nos cadeaux sous le grand sapin du salon. Là commençait un bonheur total. Nous allions de surprise en surprise, car Maman nous organisait des Noëls féeriques. Mystère du souvenir et de la sensibilité enfantine, parmi tous les jouets que j'ai pu recevoir tout au long de mon enfance, celui qui m'a le plus marquée fut l'un des plus modestes : une petite ferme où il fallait planter soi-même fleurs et légumes et organiser la vie des animaux.

*

Cette part d'imagination qui nous décolle du réel, je l'ai toujours conservée en moi. C'est ainsi que mots et images ont très tôt occupé une large place dans le cœur d'une petite fille rêveuse, puis d'une demoiselle que la vraie vie pouvait effaroucher. Ma pente naturelle me portait vers la rêverie, comme si l'ailleurs l'emportait sur la réalité. Je m'échappais de ce qui pouvait me contrarier ; et sans doute mon goût précoce pour la musique compte-t-il pour beaucoup dans mon attirance vers l'ineffable et l'invisible. Mais il n'explique pas tout. Certains mots possèdent depuis toujours la propriété singulière de m'ouvrir sur la beauté. Par exemple Pondichéry, qui fut longtemps le dernier comptoir français en Inde, a cette vertu. La baie d'Ha Long, il me suffit depuis que j'ai dix ans d'entendre son nom pour en imaginer la brume et les formes étranges qui la hantent. Peut-être que je garde ces mots comme des rêves qui ne se réaliseront pas. Quelle importance ? Parvenu à un certain âge, vaut-il mieux tirer le bilan des rêves que l'on accomplit ou savoir qu'il en existe encore tant à réaliser ? Je préfère sans hésitation laisser mon esprit vagabonder parmi les découvertes à venir que dresser l'inventaire de celles que j'ai déjà faites. C'est ainsi qu'en moi s'affrontent depuis toujours deux mondes : celui de la réalité et celui de l'art, de la beauté, de l'évasion, de ces mille ouvertures vers un ailleurs.

Autre énigme de l'enfance, mais celle-là relevant des faits, non de mon monde intérieur : par quel truchement de relations parentales devînmes-nous, le temps d'un tournage, figurants dans le film de Claude Chabrol, *L'Œil du malin*, qui fut tourné dans notre maison de Montchauvet ? On y voit mes frères et moi, alors âgée de cinq ou six ans. Je garde un souvenir vague d'un jeune homme à la grande beauté, Jacques Charrier, vedette du film auprès de Stéphane Audran, tout aussi belle que son partenaire. Et de l'extrême gentillesse de Claude Chabrol à notre égard.

*

Montchauvet m'a profondément marquée. Lorsque, bien plus tard, mes parents ont été contraints de s'en séparer, j'ai pensé un moment la reprendre afin de m'y installer avec mes deux filles. Je ne l'ai pas fait. Cela aurait ajouté une complication supplémentaire à une vie qui, à cette époque, n'était déjà pas simple. Mais j'ai regretté de ne pouvoir accomplir ce rêve. Montchauvet faisait partie de moi, beaucoup plus que l'appartement de Paris où je coulais cependant des jours heureux. La vraie chaleur de la vie irradiait dans cette maison emplie de meubles anciens et peuplée de mille fantômes, avec ma jolie chambre en velours vert foncé et bleu marine.

Aujourd'hui encore, vivre à la campagne demeure mon rêve. Je ne suis pas mondaine et goûte peu la société, les réceptions, le rythme trépidant qu'impose la vie urbaine. Aussi l'existence que j'ai par la suite menée fut-elle à l'opposé de celle que j'ai toujours souhaitée. J'ai le goût d'une certaine solitude et de journées qui s'écoulent de façon paisible. Pour moi, la représentation du bonheur est simple, même si elle tient de l'image d'Épinal : un coin de campagne recouvert d'une légère brume, le feu dans la cheminée, mon chien qui dort près de moi, une tasse de thé brûlant à portée de main, la musique, un bon livre ; et bien sûr la compagnie de ceux que j'aime. Un film à la télé serait l'unique concession que j'accorderais à la vie moderne.

C'est pourquoi, dès que je le peux, je réalise mon rêve. Chaque vendredi ou presque, je quitte New York pour rejoindre la jolie maison que Richard nous a installée dans le Connecticut. Bien qu'à peine à une heure de New York, elle se situe à l'écart du village, dans les terres. Depuis ses fenêtres on aperçoit des cerfs et des biches. J'y passe des heures délicieuses sans éprouver une seconde d'ennui. Je lis, range, cuisine, répare et bricole sans en avoir le réel talent mais avec conviction. J'essaie aussi de jardiner bien que n'ayant pas la main verte. J'allume un grand feu dans la cheminée, mets de la musique et bouquine pendant des heures jusqu'à me sentir à l'abri dans ce monde qui est le mien. Et lorsqu'il faut en sortir, j'éprouve comme un regret. Pendant quelques dizaines d'heures, je me suis mise en retrait du monde. Je songe alors à l'époque de Montchauvet, à la magie du temps suspendu de l'enfance et à ses joies simples qui demeurent en moi comme autant de lumières qui ne s'éteindront jamais.

3.

Les ombres de la jeunesse

Pour autant ma jeunesse n'est pas absente d'ombres – laquelle pourrait d'ailleurs l'être ? Doutes et souffrances l'ont traversée sans pour cela en faire pâlir l'image quasi parfaite. Les ombres n'en ont fait que mieux ressortir les zones lumineuses.

Depuis la préadolescence je suis hantée par l'idée de ne pas mourir trop tard. Finir ma vie diminuée, devenir une charge pour les autres, me traîner du lit au fauteuil percluse de douleurs et incapable de poursuivre une existence pleine et intense ; très peu pour moi. Je voudrais quitter cette terre en ayant encore envie de vivre, et non pas parce que vivre a perdu tout sens. Et puis je m'interdis de renvoyer de moi une image dégradée. Bien sûr il s'agit là de principes personnels qui peuvent choquer quand on pense aux malheureux qui doivent se battre pour vaincre la maladie, mais tel est mon choix : je ne lutterai pas pour retarder l'inéluctable. Toute ma vie, j'ai su partir avant qu'il ne soit trop tard. Je ne vois pas au nom de quoi les choses devraient changer.

*

Je connais la maladie, le risque du handicap, la souffrance, et cette expérience, bien qu'ancienne, m'a fortement marquée. J'ai subi à quatorze ans une lourde opération du cœur, à l'époque délicate, maintenant presque banale. L'expérience a laissé en moi des traces profondes. La jeune fille heureuse à qui tout souriait a changé au fil de jours et de semaines pénibles. Je me souviens d'avoir dû rester immobile pendant un temps qui me sembla éternel, sous ma tente à oxygène, à l'hôpital Broussais où mes parents venaient me voir quotidiennement sans que je puisse faire plus que tourner mon regard vers eux et prononcer deux ou trois mots. J'éprouvais une constante sensation de froid, mon corps était couvert de drains et j'avais le sentiment d'une léthargie générale. Les moments que j'ai vécus là furent très durs.

Heureusement, dans la chambre qui jouxtait la mienne se rétablissait le premier transplanté cardiaque, comme moi opéré par le professeur Dubost, le père Boulogne. Il venait régulièrement me rendre visite afin de me réconforter, me parlait, tenait ma main, m'encourageait sur le chemin de la guérison avec une infinie gentillesse. Sa présence et ses paroles constituaient un baume pour ce que j'endurais. Lorsque j'ai commencé à me rétablir, c'est moi qui pris l'habitude d'aller rendre visite au prêtre. Une affiche du célèbre Matterhorn qui ornait l'un des murs de sa chambre m'a donné le goût de la montagne, l'attirance pour les contrastes puissants, le sens de l'exploit à accomplir, la volonté de triompher des obstacles qui paraissent insurmontables. J'y ai aussi puisé à l'époque la force de lutter contre la douleur, car il n'y avait alors guère d'autre arme que la volonté personnelle pour la vaincre, tant les aides médicales se souciaient peu de la souffrance de leurs malades. Ou alors, il fallait en payer le prix ! Lorsque, la nuit, j'étais contrainte d'appeler l'infirmière tant la douleur était forte, cette femme m'expédiait sans aucun ménagement une piqûre dans la cuisse. Sans doute agissait-elle ainsi pour me faire comprendre que je la dérangeais, et qu'à mon âge, il fallait montrer plus de courage... Ces épreuves ont suivi leur chemin. Elles ont forgé mon caractère et transformé la gamine insouciante en jeune femme volontaire. Il reste que jamais je ne revivrai de tels moments. Lorsque le jour sera venu, je veux m'en aller droite, sans piqûre dans la cuisse pour enlever la douleur.

*

C'est vers l'époque de cette opération que la lecture d'un livre a contribué à forger mon caractère. Il s'agissait d'un petit ouvrage d'un Américain, Atkinson, l'un et l'autre restés inconnus en France, *Le Pouvoir de la volonté*. Ancêtre du courant que l'on nomma plus tard « pensée positive », l'auteur y fournissait des pistes afin de permettre à l'individu de dominer des passions et des émotions qui, trop souvent, peuvent lui faire perdre tout moyen. Il vante les vertus de la lucidité face aux situations auxquelles nous nous trouvons confrontés et la force de notre unique pouvoir sur les choses : la volonté. Seul un constant travail sur soi nous permettra d'avancer dans la vie et de ne pas nous écrouler lorsque les épreuves deviendront trop lourdes. L'auteur en fournissait des exemples concrets ainsi que la manière de se renforcer face à elles.

J'ai malheureusement égaré cet ouvrage devenu aujourd'hui introuvable. J'aimerais pouvoir revivre ce que j'avais ressenti dans ma jeunesse : l'impression d'une découverte essentielle. Il m'a alors confortée dans ce que je ressentais de façon obscure : seule la volonté offre aux êtres la possibilité de traverser sans encombre les périodes difficiles de l'existence et de changer leur destin. À l'époque j'avais accueilli un tel précepte comme providentiel, et pas seulement pour lutter contre les souffrances de la maladie. Il me fut un viatique qui me permit d'avancer.

*

Car les doutes sur moi-même, la peur du jugement d'autrui, l'appréhension de ne pas être à la hauteur des circonstances, toutes ces sensations désagréables sont apparues très tôt en moi.

Mon plus vieux souvenir est à ce titre éloquent. J'ai trois ans, c'est l'anniversaire d'un de mes frères. Tout l'après-midi je reste pelotonnée sur quelques centimètres carrés de tapis en refusant de participer à la fête ou de seulement bouger. La raison ? J'ai honte d'un petit trou au bout de mon chausson. J'éprouve une peur panique qu'on le remarque et que je sois ainsi tournée en ridicule…

Adolescente, je ne me trouvais pas jolie, trop grande, et je n'ai perçu que bien plus tard les signes positifs que pouvaient me renvoyer les regards des autres. Pour compléter le tableau des complexes, j'avais perdu beaucoup de poids à la suite de mon opération du cœur. Comme je peinais à remonter la pente, ma mère, toujours énergique, prit les choses en main. Elle m'accompagna à la montagne pendant deux mois avant de m'envoyer chez des amis, à Madrid, où je passai trois mois. À mon retour, à Orly, Maman ne m'a pas reconnue. J'avais pris dix centimètres ! Le temps de la jeune fille filiforme commençait.

Ce fut l'époque où je rasais les murs. Je ne prêtais aucune attention aux regards des jeunes gens qui pouvaient se poser sur moi. Plus tard, devenir mannequin cabine ne m'a pas réconciliée avec mon corps. Pourtant ma mère m'avait donné à l'adolescence un conseil judicieux : « Quand tu rentres quelque part, dis-toi que tu es jolie. » D'après elle, cela suffisait à reconquérir cette estime de soi qui rend tout être agréable. Mais le conseil n'a jamais entamé mes certitudes ; je n'étais pas une fille terrible et je n'intéresserais jamais personne puisque je ne croyais pas plus en mes capacités intellectuelles qu'à mon apparence physique.

Preuve la plus douloureuse de ce doute permanent sur moi-même : quand j'avais treize ou quatorze ans, je pensais que je ne me marierais jamais et que mon destin serait de rentrer un jour dans les ordres. J'étais convaincue de ne jamais connaître la vie au côté d'un homme, ni bien sûr la maternité dont pourtant je rêvais déjà. Plus tard, l'appréhension de rester sur le bord du chemin m'a embarquée dans des histoires qui ne me ressemblaient pas. Ai-je ainsi manqué des occasions de bonheur ? Je ne le pense pas. J'étais trop jeune, trop facilement séduite par une amourette de passage pour que celle-ci soit sérieuse. Car la vie s'est chargée de m'apprendre que le véritable amour peut se faire attendre longtemps.

L'amour le plus profond et sincère m'attache à Richard. Je tiens à lui au point qu'il me semble souvent l'autre partie de moi-même, la moitié que j'attendais de découvrir. La plénitude de l'amour, qui selon moi tient en deux mots, similitude et complémentarité, je la savoure avec lui. Et s'il m'a fallu attendre les approches de la cinquantaine pour mieux encore l'apprécier, la raison en est aussi forte que banale : on ne sait pas ce qu'est un grand amour tant qu'on ne l'a pas rencontré dans toute sa plénitude.

*

Aux doutes continuels sur moi-même est bientôt venu s'ajouter un autre élément. Longtemps, je n'ai eu aucune représentation du futur ; pas plus, je pense, que mes parents qui n'en avaient guère pour moi. J'en veux pour preuve l'échec de mes études supérieures. En fait, rien ne me destinait à suivre des cours de droit à la faculté d'Assas, ni la préparation d'un avenir professionnel ni une attirance personnelle. Il était donc logique que rien ne me dissuade de les quitter quand je me suis rendu compte qu'ils ne m'intéressaient pas.

Lorsque j'étais enfant, puis adolescente, mes études comptaient comme la cinquième roue du carrosse. Mes parents poussaient mes frères, mais pas moi. Il se trouve que je me suis plutôt bien débrouillée pendant le secondaire, et c'était tant mieux. Mais il s'agissait là d'une qualité plus que d'une nécessité. Aussi, lorsque j'obtins mon baccalauréat et que la question se posa de mes études supérieures, mes parents n'eurent-ils pas plus d'idées que je n'en eus moi-même. Les bonnes sœurs, ayant observé que je m'exprimais bien et possédais un raisonnement juste, suggérèrent de m'inscrire en droit. Au demeurant elles donnaient le même conseil à quatre-vingts pour cent des familles ! Le droit, pour les jeunes filles des beaux quartiers, c'était aussi commode qu'une ou deux générations plus tôt cela l'avait été pour les fils de famille sans idée d'avenir.

Je n'avais moi-même aucun projet professionnel, pas de passion, encore moins de vocation. Mais puisque j'avais les capacités de suivre des études, va pour le droit. J'ai ainsi pris le chemin de la rue d'Assas sans conviction sérieuse mais avec la vague idée de devenir avocate, même si je ne me voyais guère plaider, moi la timide. Le résultat était prévisible : au bout de deux années d'études, mon DEUG en poche, j'ai pris la décision d'abandonner la faculté sans que mes parents insistent. Normal, puisque je n'étais pas un garçon ! Étant de la vieille école, ils ne m'ont donc pas poussée à suivre des études dont ils ne voyaient pas ce qu'elles auraient pu m'apporter ; à la différence du piano, ce qui montre bien la représentation qu'on se faisait à l'époque d'une jeune fille.

Loin de me poser un problème, l'arrêt des études m'apporta un soulagement. Et comme je n'éprouvais pas plus d'inquiétude sur l'avenir que mes parents, la vie était belle. Commença alors une période de plusieurs années durant lesquelles j'ai attendu que les choses s'arrangent toutes seules sans trop me poser de question. Après Assas, je suis devenue mannequin cabine pour gagner mon argent de poche, mais sans avoir idée de rentrer un jour dans les métiers de la mode.

Mais si je pouvais remonter le temps, comme j'aurais envie de suivre des études ! Je le ferais à la fois par goût et par besoin. Lorsque je songe à cette période, il me semble ahurissant que mes parents ne m'aient jamais parlé d'un métier ; raison logique pour laquelle ils n'ont exercé aucune pression quand j'ai décroché, alors que j'aurais pu poursuivre s'ils m'avaient seulement un peu poussée. Et il n'aurait sans doute pas fallu grand-chose pour me passionner avec des apprentissages qui m'auraient enrichie et apporté les matériaux pour toute une vie. Je regrette de ne pas avoir pu donner ce que j'avais en moi et de ne pas m'être spécialisée dans une discipline. Outre pousser la pratique du piano et peut-être en faire mon métier, j'aurais voulu mieux connaître l'histoire de l'art ou entreprendre des études liées à la politique. Par exemple, en intégrant Sciences-Po ou en réalisant un de mes rêves : apprécier les cours d'une de ces formidables universités américaines comme mes filles ont pu le faire. Car j'ai senti très tôt une attirance pour la chose politique ; j'ai d'ailleurs assuré pendant quelques mois avec beaucoup de plaisir les fonctions d'assistante parlementaire du sénateur de l'Indre non inscrit René Touzet.

Mais de telles réflexions appartiennent désormais au passé. Nous ne vivons plus dans le monde de ma jeunesse. Concernant l'éducation des jeunes filles et la vie des femmes, les choses ont plus changé en une génération qu'en un siècle. Aujourd'hui, toutes privilégient à juste titre leur indépendance sociale et financière. Leur liberté passe par le savoir, c'est-à-dire aussi bien par la culture et la réflexion qu'elles en retirent que par le métier qu'il leur apporte. C'est pourquoi les parents sont convaincus qu'ils doivent pousser leurs enfants aux études, appuyer une vocation quand elle existe, et sinon débroussailler le terrain afin de les engager vers ce pour quoi ils sont faits et qu'eux-mêmes ignorent peut-être, qu'il s'agisse d'une fille ou d'un garçon. J'ai moi-même encouragé mes filles à poursuivre les études aussi longtemps qu'elles le pouvaient pour obtenir un bon métier, conserver une indépendance financière et garder leur liberté de femme dans un monde où tout change en permanence, au sein du couple comme dans la vie professionnelle. Moi-même n'ai pas eu cette chance. Il m'a donc fallu construire ma vie sur une énergie, et sur elle seule.

*

La fin de l'insouciance, la montée des ombres, c'est aussi la disparition de ceux qui ont su en orchestrer la magie : les parents. Celle des miens m'a profondément marquée. Lent et accompagné d'épreuves pour Papa, rapide et précoce pour Maman, le départ de ces deux êtres si chers à mon cœur, et dont la vie jamais ne me sépara, fut une douloureuse épreuve.

Durant ses dernières années mon père a beaucoup souffert. Maman et lui vivaient à la campagne, dans l'Oise, où ils s'étaient retirés. Il était âgé, fatigué et très diminué par la maladie de Parkinson. Je me souviens qu'au baptême de ma fille Jeanne-Marie, je devais lui pousser une jambe devant l'autre pour qu'il puisse avancer ; et ce souvenir me marque encore aujourd'hui. Il s'est éteint en 1989, à quatre-vingt-deux ans, d'une angine de poitrine. Je n'avais alors que trente-deux ans, et sa disparition a fait tomber le mur d'appui que je sentais depuis toujours se tenir derrière moi.

Maman l'a suivi dix ans plus tard, jeune, à soixante-neuf ans, précocement usée par les cigarettes que, sa vie durant, elle avait fumées. Nous étions si fusionnelles que sa mort fut un profond déchirement pour moi. Par bonheur elle ne connut pas les affres d'une longue maladie qui l'aurait dégradée. Un jour, elle vint garder Louis à la maison car

Nicolas et moi devions partir en voyage. À notre retour, elle nous affirma de manière étrange qu'il fallait jeter nos oreillers à cause d'une allergie épouvantable que ceux-ci lui avaient déclenchée. En fait, elle souffrait d'une tumeur au poumon qui l'étouffait lentement, comme le révélèrent les radios et examens qu'elle subit aussitôt à notre demande. Hospitalisée à La Pitié, elle mourut quatre semaines plus tard, sans que nous ayons eu véritablement le temps de la voir partir. Un matin, le téléphone sonna à six heures pour nous prévenir que la fin était proche. Nous accourûmes à l'hôpital. Les derniers moments furent terribles à vivre, même si l'inconscience dans laquelle Maman avait plongé lui épargnait toute souffrance. Jusqu'au bout elle resta belle, ce qui pouvait donner l'illusion qu'elle n'allait pas partir.

Je me souviens mal de son enterrement. J'étais ailleurs, comme si je subissais un dédoublement de personnalité. J'ai choisi les musiques, celles qu'elle aimait, que je lui ai données et que, de là où elle m'attend, elle me donnera à son tour lorsque mon heure sera venue : la *Pavane* de Fauré, et son merveilleux *In Paradisum* qui clôt le fameux *Requiem*. Phénomène étrange : alors que, face à d'autres moments douloureux de ma vie, je parviens à me mettre à distance, je ne puis le faire pour la disparition de Maman. Pour moi, elle n'est jamais partie. Elle demeure présente à mes côtés, j'en ai la certitude. Les morts qui ont tant compté pour nous ne nous quittent jamais. On a coutume de dire que, tant que nous pensons à eux, ils ne disparaissent pas. Mais songeons-nous que nous-mêmes ne nous éloignons jamais d'eux parce que, de là où ils sont, eux aussi pensent à nous, veillent sur nous et prient pour notre bonheur ?

4.

Transmettre

Mes parents ne m'ont pas légué de biens matériels. Mais ils m'ont transmis un patrimoine plus précieux que tout, et qui m'a accompagnée toute ma vie : des valeurs. À mon tour je souhaite les transmettre à mes enfants. Car les véritables valeurs sont celles dont nous ne sommes que partiellement dépositaires ; nous les partageons avec d'autres êtres humains, et d'abord nos proches. Mes parents m'ont construite telle que je suis aujourd'hui. Je leur porte donc estime et respect, parce que je leur dois l'essentiel : une façon de me tenir droite dans la vie, une manière de réagir face aux événements, une élégance morale.

L'éducation des enfants est la tâche la plus difficile qui soit. Elle consiste à leur inculquer des principes et une attitude valables pour les différents moments de l'existence. Maman savait faire cela à la perfection. Lorsqu'il m'arrivait, enfant, de me plaindre de ma fatigue, je l'entends encore me répondre : « Tu es fatiguée, mais de quoi ? » Ce genre de réplique vaut une longue leçon de morale et ne s'oublie pas. Car la fatigue se mérite, comme le reste ; il convient donc de ne pas la confondre avec l'ennui, la lassitude, le manque de volonté. De façon générale, Maman m'a appris qu'on se sent mieux quand on ne reste pas prisonnier des événements, surtout s'ils sont douloureux, mais lorsqu'on sait prendre une distance avec eux. Quand elle évoquait la perte pourtant si douloureuse de sa sœur, elle disait : « J'ai tiré un rideau pour m'empêcher d'y penser. » Il faut une réelle force de caractère pour adopter une telle attitude, surtout lorsque la vie ne vous a pas épargné. Comme sa propre mère, Maman avait connu le plus profond chagrin qui soit : la perte d'un être cher alors qu'il est encore jeune. Elle avait pourtant su ne pas se laisser engloutir par la douleur, peut-être parce qu'elle avait vu sa propre mère sombrer dans le désespoir et gâcher des années de sa vie.

Par bonheur je n'ai pas eu à supporter d'épreuves aussi difficiles ; les moments douloureux que j'ai vécus n'ont jamais été insurmontables. Je les ai toujours abordés avec ce précepte maternel à l'esprit : « Quoi que tu fasses dans la vie, fais-le avec élégance, dignité, respect de soi-même. » Comme dit le proverbe espagnol, *« genio y figura hasta la sepultura »* – ce qui peut se traduire par « se tenir droit jusqu'à la tombe ». Ma mère m'a transmis une autre force : celle d'affronter les épreuves par la projection dans le futur. C'est en pensant à demain que je puise l'énergie nécessaire pour affronter aujourd'hui, non en me penchant avec nostalgie sur les années écoulées. Maman incarnait cette puissance qui va toujours de l'avant. C'est pourquoi, aujourd'hui, quand je n'arrive pas à surmonter une épreuve, j'applique le précepte qu'elle m'a maintes fois répété : je tire un rideau. Ce qui ne veut pas dire que j'abolis les événements. Je les mets de côté pour les rendre en quelque sorte invisibles, et ainsi pouvoir suivre mon chemin sans m'accrocher au passé.

Tout cela, je l'ai senti très tôt ; par leurs valeurs, leur goût du travail, leur manière de vivre, leur sens de la famille, mes parents avaient quelque chose à me dire d'essentiel sur l'existence. C'est pourquoi je n'ai jamais éprouvé la moindre ombre de rébellion à leur égard. À l'âge où il est de bon ton de contester ses parents et où tant d'adolescents s'imaginent que leur personnalité se mesure à l'aune de l'opposition, je suis restée à leurs côtés, fière d'être leur fille et ne cherchant pas à m'affranchir de leur autorité. Aussi avons-nous toujours gardé le contact et communiqué entre nous sans emportement ni mauvaise foi, comme cela se produit au sein de nombreuses familles.

*

L'autre valeur que m'ont inculquée mes parents est aussi essentielle que la tenue morale que je me suis toujours efforcée de conserver. Par leurs origines, par leur manière d'être, ils m'ont appris que rien ne se plaçait au-dessus de l'esprit de tolérance. Quelle famille, quand j'y pense ! Ma mère, moitié belge moitié espagnole, mariée avec un Russe blanc lui-même moitié juif moitié tzigane… Peut-on imaginer mélange plus explosif ? Il fut pourtant celui de tous les accords. Dans la maison de Montchauvet, là même où nous fêtions les Noëls les plus catholiques qui soient, je me rappelle que trônait une belle Thora. Je suis le résultat de ces mélanges, puisque j'ai été élevée par les Assomptionnistes, avec un père d'origine juive et une mère catholique pratiquante.

Sans doute est-ce la raison pour laquelle je n'ai jamais adhéré aux idées identitaires qui prônent l'homogénéité des religions et des origines, je n'ose dire des races. Par la suite, ma vie a continué dans la même voie ; elle n'a connu que métissages en tout genre. Nicolas était hongrois par son père et français par sa mère, laquelle avait un père juif de Salonique. On imagine donc à combien de peuples et de religions notre fils Louis se trouve rattaché ! Mais la génétique ne nous laisse pas le choix, il faut s'arranger avec elle. Quel dommage que notre société l'accepte aussi mal. Aujourd'hui, je vis aux États-Unis où je suis mariée à un Juif marocain. Et les Noëls de mon enfance semblent se prolonger. Richard va à la messe de minuit avec nous, et nous allumons les bougies de Hanoukka ensemble. Nous vivons dans une parfaite intelligence qui nous permet de pratiquer nos religions, mais pas dans l'intégrisme, de sorte que nous restons nous-mêmes dans le respect d'autrui.

Car mélange ne signifie pas absence de choix et d'engagement. J'appartiens à une histoire singulière que je revendique. Comme ma mère, je suis profondément croyante. Mais je n'en suis pas moins tolérante à l'égard des religions qui ne sont pas les miennes, des opinions que je ne partage pas, des genres de vie différents. Je hais le sectarisme, coupable de bien des maux dont nous souffrons aujourd'hui. Trop de personnes, en ce monde, refusent la différence ; d'où les intégrismes, les rejets, les excès. L'esprit de croisade tend à devenir universel, communautés et individus se dressant les uns contre les autres et cherchant à se nuire faute de parvenir à se convaincre. De telles attitudes sont aux antipodes des miennes. La différence m'attire, m'intrigue, me questionne, que ce soit dans le domaine des comportements humains ou des valeurs spirituelles. Une émotion, un geste, une coutume que je ne comprends pas parce qu'ils ne sont pas les miens, m'émeuvent à chaque fois autant lorsque je les rencontre.

Le même esprit de tolérance me dicte le respect de toutes les religions. Et si mon panthéon est aussi vaste, c'est parce qu'il est habité par un personnage aux visages multiples : Dieu. Je crois en Lui, qu'on Le prie de quelque façon que ce soit. Mais Le prie-t-on encore, du moins à l'intérieur de la religion catholique ? Je n'en suis pas certaine. Dans un monde pourtant marqué par tous les excès, notre religion est devenue tiède et frileuse. Les grands croyants, les fous de Dieu n'y occupent guère de place, et le mysticisme n'est plus inscrit à son ordre du jour. L'abbé Pierre, mère Teresa, sœur Emmanuelle, où trouver aujourd'hui leurs successeurs ? Où sont les hommes et les femmes de leur trempe capables d'oser cette démesure et cette fureur sacrée qui les poussaient à toutes les révoltes et à toutes les amours ? Nous ne sommes plus capables d'entendre les voix venues d'ailleurs ni de nous brancher sur le spirituel. Le présent fait trop de bruit, et nous-mêmes sommes trop anxieux pour sentir la force du silence et du recueillement. Nous n'y voyons que du vide, alors qu'il renferme l'essence du monde.

J'aime à voir en l'art la manifestation la plus tangible de la preuve de l'existence de Dieu. Les grands créateurs sont comme le reflet terrestre de cette force qui nous dépasse tous, comme les prophètes profanes du sacré. Je songe à Mozart. À travers ce personnage étrange, et par bien des aspects dérangeant, la musique coulait, comme venue d'ailleurs, ainsi que naissaient couleurs et formes sous les doigts de Michel-Ange peignant la chapelle Sixtine. Chez de tels êtres la fulgurance mystérieuse du génie éclate à chaque instant. Salieri s'en est aperçu chez son illustre contemporain, et cette découverte a fait son malheur : il avait compris que, malgré son talent, il lui manquerait toujours le génie, car il n'était pas habité par Dieu. Il pouvait composer une musique honnête et construite selon des recettes éprouvées, dotée même d'une touche d'attrait qui la faisait sortir du lot. Mais elle demeurait une musique ordinaire pour des hommes ordinaires. Mozart, lui, écrivait sa musique en dépit du bon sens, avec une rapidité hallucinante, sans trop savoir ce qu'il faisait, comme mû par un instinct ; elle n'en était pas moins divine. Ce qu'il faisait le dépassait. Il mourut à trente-six ans après avoir composé des centaines d'œuvres dont on se demande comment il a trouvé le temps de les écrire, même à grande vitesse et de manière quasiment illisible. Quelque chose d'inhumain et de plus vaste que sa propre personne l'habitait ; n'est-ce pas là la définition même du divin ? On retrouve ce même phénomène chez tous les immenses créateurs, quel que soit leur art : chez Michel-Ange ou Van Gogh comme chez Beethoven ou Balzac. Leurs œuvres nous dépassent et nous subjuguent. À mi-chemin entre le monde des hommes et celui de Dieu, comme suspendues entre ciel et terre, elles nous apportent la preuve que nous pouvons être plus que nous-mêmes : des créatures que Dieu a voulues à son image.

*

Les valeurs auxquelles je tiens me semblent d'autant plus essentielles que notre société les a trop souvent oubliées. Pour autant, croire en elles ne signifie pas crispation sur le passé et refus de tout changement. La société et l'homme sont en perpétuelle évolution, et nier cette loi universelle serait absurde. Dès lors que l'esprit de tolérance commande tout, l'attention à autrui demeure l'exigence prioritaire.

Le débat qui a récemment agité la société française m'en fournit un exemple. J'ai longtemps été persuadée que le mariage, parce qu'il relevait d'un sacrement religieux, perdait son sens dès lors qu'on voulait l'étendre aux couples homosexuels. Je ne le pense plus. Le mariage pour tous est devenu incontournable. La famille traditionnelle, telle que je l'ai connue et à laquelle j'ai cru comme à une institution inébranlable, a aujourd'hui pratiquement disparu. Vouloir en faire un idéal figé ne correspond plus à la réalité. Dès lors que je ne vois guère comment empêcher les gens d'être homos et que le droit interdit à juste titre toute stigmatisation, il devient difficile de dresser une barrière entre unions légitimes et illégitimes. Et c'est bien ainsi. Pendant des siècles, l'homosexualité a été assumée dans la honte. Elle est aujourd'hui vécue avec franchise parce que notre société est devenue plus ouverte dans le même temps où beaucoup comprenaient que le seul critère décisif, c'est l'amour. Au nom de quoi empêcher le mariage de gens qui s'aiment ? Comment peut-on à la fois cesser de tenir à l'écart les homosexuels et leur refuser l'accès à un droit universel ?

Je vais plus loin, au risque de heurter certaines consciences. L'adoption par des couples homosexuels me paraît, elle aussi, devoir appartenir de plein droit à notre société. Lors de voyages aux côtés de Nicolas du temps où il était ministre de l'Intérieur, j'ai visité dans certains pays des orphelinats où le malheur et la souffrance des enfants m'ont bouleversée. Ces pauvres gosses passaient leurs journées au fond de leurs lits à barreaux dans l'attente d'un miracle, d'une visite, de l'amour de parents d'adoption qui les sortiraient de là. Il m'est alors apparu évident que la priorité consistait à leur redonner du bonheur et à leur permettre de repartir d'un bon pied dans l'existence. Mais comment croire que seule la famille traditionnelle avec un papa et une maman à la maison résoudra de telles misères, alors que cette même famille traditionnelle en est parfois la cause ? Combien de parents maltraitent leurs enfants dans le secret d'une vie familiale d'apparence normale… ? À chaque fois, je revenais de ces visites déchirée et émue, me demandant en quoi je pouvais moi-même agir et quelles solutions collectives mettre en œuvre pour apaiser les souffrances de ces pauvres enfants.

Ma fille Jeanne-Marie, pourtant assez conservatrice, a achevé de m'ouvrir les yeux sur la responsabilité essentielle des « bons parents », qu'ils soient homos ou hétéros. Elle a en effet vécu l'an dernier une expérience assez radicale. Dans le cadre de ses études de psychothérapie enfantine, elle effectuait à Boston un stage de plusieurs mois dans un centre accueillant de tout jeunes enfants puisque leur âge variait entre un an et demi et trois ans. Tous étaient gravement atteints par la maladie ou maltraités. Se trouver confrontée à tant de misère ne lui fut pas facile.

Jeanne-Marie n'a pu qu'être frappée par la comparaison entre deux enfants. Chaque matin arrivait au centre une petite fille qui présentait au cou une terrible cicatrice. Ma fille apprit bientôt que, quelque temps auparavant, son père et sa mère, drogués chroniques, s'étaient précipités sur elle pour lui trancher la gorge alors qu'ils se trouvaient en état de manque. Mais chaque matin se présentait un autre petit garçon, impeccable, qui souffrait d'un cancer en phase terminale. Il avait été abandonné par ses parents et adopté par deux hommes vivant en couple. Plusieurs fois dans le cours de la journée, l'un des deux papas appelait pour prendre des nouvelles du petit et s'enquérir de son état.

Ces deux enfants firent beaucoup réfléchir Jeanne-Marie. De quel côté se trouvait la famille « normale » ? Du côté de l'enfant martyr ou du petit cancéreux ? De quel droit juger un couple homosexuel ? Le père et la mère toxicomanes, n'étaient-ce pas eux qui s'étaient placés par leurs actes en marge de la société ? Cette double situation, au premier abord paradoxale, lui a ouvert les yeux sur le caractère inutile des combats pour ou contre l'adoption par les homosexuels.

Il en fut de même pour moi quand Jeanne-Marie me fit part de ce que cette rencontre avait suscité en elle. Auparavant, mon éducation autant que mes idées m'inscrivaient dans le camp hostile à l'adoption par les couples homosexuels. Mais en écoutant ma fille, en observant autour de moi, en réfléchissant, je me suis rendue à cette évidence : la famille idéale et parfaite à laquelle les gens de ma génération s'efforcent encore de croire est devenue une exception, le privilège de quelques-uns. Partout des couples séparés, des familles recomposées, la nôtre en constituant l'exemple type ; partout des drames, des solitudes, des enfants mal éduqués, livrés à eux-mêmes sinon abandonnés. Face à un constat aussi noir et à des urgences aussi dramatiques, comment refuser à des couples homosexuels la possibilité d'adoption ? Le problème du mariage et de l'adoption doit donc être posé en d'autres termes que lors des générations antérieures. L'ouverture à autrui et l'acceptation de la différence le permettent. Nous savons aujourd'hui que la ligne de partage entre le bien et le mal ne sépare pas les homosexuels des hétérosexuels, mais les bons parents des mauvais.

*

Il ne s'agit là que d'un exemple parmi de multiples situations douloureuses. Je le répète : nombre de problèmes et de conflits du monde actuel s'atténueraient si les gens comprenaient la nécessité de la tolérance mutuelle. Le temps de l'uniformité est clos, les normes qui se prétendaient universelles ont vécu ; couleurs de peau, modes de vie, sexualité, tout se confronte, s'additionne et se mêle. Accepter la différence, c'est la seule manière de vivre le monde d'aujourd'hui. Et il est regrettable que trop de personnes se refusent à l'admettre.

Au motif que Barack Obama est le premier président des États-Unis à ne pas être blanc, ses deux élections ont redonné au Ku Klux Klan un regain inattendu de puissance. Aujourd'hui, ce mouvement parvient à recruter de nouveaux adeptes. Un reportage récemment vu sur une chaîne américaine m'a apporté un début d'explication sur les méthodes que ses responsables utilisent. J'y ai vu un petit garçon de cinq ou six ans allumer la croix du Christ dressée dans la nuit. Des esprits rétrogrades et agressifs conditionnent ainsi des enfants à transformer le symbole de la chrétienté en signe guerrier et à n'accepter comme humains à part entière que des Blancs catholiques. J'imagine sans peine les difficultés futures de tels jeunes s'ils veulent entrer en rébellion contre leurs propres familles et leur idéologie. La tolérance s'apprend à la maison et à l'école ; tout comme son contraire, même si cette dernière, parce qu'elle est souvent liée à une forme de misère sociale et au sentiment d'exclusion, doit aussi s'analyser dans ses causes objectives.

*

L'Église actuelle possède une part de responsabilité non négligeable en matière d'acceptation des différences. Ainsi elle ne s'est guère grandie à mes yeux en partant en croisade contre le mariage homosexuel. Mais son aveuglement à l'égard de la société actuelle remonte à plus loin. Elle reste la dernière religion à ne pas accepter le divorce, une attitude en complète déconnexion avec la réalité sociale, y compris des catholiques eux-mêmes. D'ailleurs en voit-on beaucoup qui défilent en criant « Non au divorce » ? Il ne viendrait à l'esprit de personne de se battre pour des normes qui se rattachent à une conception du mariage désormais morte et qui, au demeurant, n'a jamais relevé du dogme religieux. Le refus catégorique qu'oppose l'Église au mariage des prêtres dénote une même crispation et l'isole au sein des religions monothéistes. De telles attitudes me semblent suicidaires. Si l'Église évoluait sur certains points de société, je ne doute pas que bien des jeunes reviendraient vers elle. Elle retrouverait alors une influence qu'elle a largement perdue depuis deux générations.

Car les repères qu'elle pourrait inscrire dans l'existence de chacun et le message d'espérance qu'elle porte nous font cruellement défaut. Décalé du monde, convaincu qu'il faut maintenir ses propres règles pour qu'elles demeurent des références, le catholicisme a ainsi perdu la forte influence qu'il avait acquise au fil des siècles. Aujourd'hui, les églises sont quasiment vides. Jadis, lorsque l'on se trouvait confronté à un lourd problème, on allait prier dans le secret d'une chapelle. Bien rares sont, désormais, ceux à qui viendrait une telle idée, même parmi les croyants. Comme bien rares sont les jeunes garçons qui veulent devenir prêtres.

Le constat est d'autant plus grave que le rôle pédagogique et consolateur du catholicisme nous aiderait beaucoup. Car les gens ne se sont pas détachés de l'Église par athéisme, mais à cause du décalage de celle-ci avec le monde. Elle envoie plus de messages d'intolérance que de tolérance. Ce qui, aux États-Unis comme en Afrique, laisse la place aux évangélistes et aux prêcheurs dont les propos savent apporter à des foules désorientées paix et espérance. Ces nouveaux prophètes récupèrent ainsi beaucoup de fidèles qui ne se reconnaissent plus dans l'Église catholique. Ce faisant, ils emboîtent le pas à un certain islam : la prise en charge des fidèles perdus pour leur apporter aide et soutien. Tout cela, la religion catholique ne sait plus le faire. Elle ne met en avant aucune des vertus théologales sur lesquelles elle a jadis construit sa force, la foi, l'espérance et la charité.

*

Je constate la même désertion de valeurs structurantes pour l'individu au niveau de l'école. La suppression des cours d'instruction civique qui avaient formé des générations d'enfants au respect de règles collectives fut une profonde erreur – et, heureusement, certains établissements sont revenus dessus depuis. La République, comme l'Église, doit être porteuse de valeurs, installer et transmettre des barrières qui protègent de la chute dans le vide ; en d'autres termes, construire une morale. Aujourd'hui, face à l'absence de repères, les individus ne peuvent que se sentir perdus. Telle une maison, la vie de chacun est faite de nombreux piliers, sinon elle n'est pas solide. Les valeurs sont ces piliers.

Il est vrai que les institutions ne portent pas à elles seules la responsabilité de cette désertion ; leur rejet par les individus est immense. Famille, école, religion, république, tout ce qui pourrait être porteur d'un message universel est voué aux gémonies. J'avoue mal comprendre les raisons d'une attitude aussi négative. Sans doute l'individualisme actuel et le repli sur le cocon familial réduit au couple y sont-ils pour quelque chose. Mais le désarroi des êtres est tel que je conçois mal que tout recours à une quelconque institution soit considéré comme suspect.

Sur ce point je n'ai jamais varié. Les valeurs de mon école de l'Assomption, qui étaient les mêmes que celles de ma famille, vivent toujours en moi. Elles me nourrissent plus qu'elles ne me handicapent, m'ont construite bien plus qu'elles n'ont porté atteinte à ma liberté personnelle. Je ne conçois pas plus d'y renoncer que de suivre aveuglément les modes de la société actuelle. Mais à mes yeux ces valeurs fonctionnent comme des boussoles. Elles doivent nous montrer le chemin à suivre pour avancer, et non nous dicter la conduite à tenir pour demeurer sur place.

5.

Devenir une mère

Ma jeunesse s'écoulait sans heurt ni événement marquant. En apparence elle était pleine d'amitiés, de sorties, d'activités professionnelles plutôt amusantes mais sans réel investissement personnel, à l'exception des quelques mois auprès du sénateur Touzet où je découvris le rythme trépidant et magique de la politique. Elle était surtout calme ; pas de vraie relation amoureuse ni de vision d'avenir. Une incertitude générale nimbait tout d'une sorte de brume.

Les années passèrent. Je tombai amoureuse, du moins le croyais-je, et faillis même me marier. La cérémonie fut annulée trois semaines avant la date prévue. Tout était pourtant prêt : la réception à l'abbaye de Royaumont, les faire-part, la robe de mariée… Par bonheur, mes parents m'arrêtèrent à temps. Ils me firent prendre conscience que je n'aimais pas ce garçon. Je cédais à des illusions qui pouvaient passer pour de l'amour, mais en réalité j'aimais seulement l'idée de l'amour. Grâce à eux j'ai pu découvrir mon erreur, moins sur l'autre que sur moi-même. Je compris les dégâts qu'occasionnaient mes doutes personnels qui, après m'avoir longtemps retenue de franchir le pas du mariage, voulaient maintenant me précipiter vers lui. En fait il s'agissait moins de me marier que d'en finir avec une anxiété tenace. J'étais une jeune fille de bonne famille qui peinait à trouver sa place dans le monde des responsabilités et que personne ne venait arracher à un train-train guère passionnant.

*

Ce ne fut pas un projet d'avenir mais la rencontre d'un homme qui donna à ma vie un tour nouveau. Jacques Martin et moi nous sommes connus par hasard au restaurant. Il dînait à une table à côté de celle où je tentais de consoler une amie qui traversait des moments difficiles. Truculent, à la fois rabelaisien et distingué, bourré de culture aussi bien musicale que littéraire, déclamant à tout propos des tirades de tragédie classique, citant la Bible, évoquant Wagner et Verdi, entonnant un air d'opéra de sa splendide voix de baryton, le personnage avait de la séduction à revendre. J'avais vingt-six ans et ne connaissais pas grand-chose à la vie ; je suis donc tombée sous le charme de sa culture et de son aisance.

Il commença par me faire une cour formidable, m'emmena à Vienne, à Los Angeles, à Bayreuth, m'installa dans un tourbillon permanent. Le personnage ne se réduisait pas au rôle de présentateur télé que la France entière connaissait – *Le Petit Rapporteur*, *l'École des fans*… – et qui lui avait apporté la fortune. Il se situait très au-delà de cette image, à la fois époustouflant de connaissances et capable de dévorer la vie à pleines dents. Mais une autre part de lui-même, et non la moindre, restait tout aussi inconnue du public ; elle était faite d'écorchures et de désabusements. Se trouvant mal considéré par ses contemporains, n'ayant jamais réussi à écrire les livres qu'il sentait en lui et qui, sans doute, auraient été formidables, il se jugeait coincé par sa réussite. Le succès l'ennuyait parce qu'il lui semblait facile ; il aurait voulu la gloire. Il avait le sentiment d'être passé à côté de sa vie et de ne jamais avoir été à la hauteur de celui qu'il aurait voulu être. En somme, ce qu'il réussissait lui pesait autant que ce qu'il ratait l'angoissait. L'ensemble formait un tout compliqué et, à vrai dire, invivable. Mais les premiers temps, j'ai été éblouie par la séduction. Car lorsqu'il allait bien, quel charme cet homme pouvait déployer !

La suite fut moins flamboyante. Mais nous avons eu ensemble deux filles merveilleuses, ce qui demeure le plus important de notre histoire : Judith, née quelques jours après notre mariage le 22 août 1984, et Jeanne-Marie, peu de mois avant notre séparation, le 8 juin 1987. Depuis toujours elles font mon bonheur et ma fierté. Grâce à elles j'ai découvert le sens de ma vie, que j'ai depuis lors tenté de suivre du mieux que j'ai pu : être une aussi bonne mère pour mes enfants que ma propre mère l'a été pour moi.

*

La venue au monde de mes trois enfants compte au nombre des émotions les plus intenses que j'ai vécues. Venant d'une femme, l'affirmation peut paraître banale. Elle n'en reste pas moins essentielle à mes yeux, tant leurs naissances m'ont révélée à moi-même. Dans toutes les fibres de mon cœur, de mon esprit, de mon âme, j'ai alors découvert que j'étais, d'abord et surtout, une maman. Par l'attention et les soins que je leur ai dispensés, les soucis que je me suis faits pour eux, les immenses joies qu'ils m'ont apportées et continuent de m'offrir, mes enfants occupent le cœur de ma vie, lui donnent sa pleine signification, illuminent le présent et orientent l'avenir. Au fil des années, malgré la complexité de mon existence, les crises qu'elle a traversées et les choix difficiles que j'ai effectués, je n'ai eu de cesse de vouloir ce qui était bien pour chacun de mes enfants, leur épargnait trop de souffrances et leur permettait de s'épanouir au mieux. Ils ont été mon souci constant, la lumière qui, dans les moments sombres, n'a cessé de m'éclairer. C'est pourquoi, à sa manière, chacun d'eux fait ma fierté.

Une autre découverte formidable m'a été révélée grâce à eux. Les mettant au monde, j'ai ressenti avec force la sensation de transmettre le flambeau familial et d'inscrire ma vie dans une continuité. Devenir mère m'a permis de saisir que l'éternité existe parce qu'elle se tient devant moi, incarnée par ce petit être avec tous les détails de son corps parfait. Grâce à cet enfant auquel je donne la vie, je m'insère donc dans le cycle immémorial de la nature. Dans *Le Père Goriot*, Balzac fait ainsi s'écrier son personnage : « Quand j'ai été père, j'ai compris Dieu. » Cette phrase me touche par sa justesse. Non que je me sois vécue, lors de la naissance de mes enfants, comme investie d'une surpuissance ; il s'agissait plutôt d'un sentiment d'humilité face aux grands mystères de la nature, de la création et du temps. Car j'ai eu la certitude, dans ces moments, que Dieu nous prenait par la main pour nous faire connaître le goût de l'immortalité.

*

Tout n'a pas toujours été facile pour Judith. Mon divorce d'avec son père a obscurci son enfance. Jeune fille, elle a subi ensuite les servitudes de la vie ministérielle plus qu'elle n'en a connu les agréments. Son désir d'indépendance était brimé par le système de la main courante qu'elle a vécu Place Beauvau, lorsque Nicolas était ministre de l'Intérieur, comme excessivement inquisitorial. Il faut dire que sentir ses horaires cadrés par la République quand on a dix-sept ans doit être dur à vivre ! Elle a alors voulu voler de ses propres ailes en quittant très jeune le cocon familial.

Après un bac brillant, elle a suivi à l'université de Sheffield, dans le nord de l'Angleterre, des études en sciences politiques et sociologie. Je me revois, le jour de son arrivée à Sheffield, désemparée de devoir la laisser dans sa petite chambre que seuls meublaient une chaise, un lit, une table et une armoire. Je suis partie en dissimulant mes larmes. J'avais le sentiment de l'abandonner dans un endroit aux antipodes de ceux qu'elle avait jusqu'à présent habités et où elle ne connaissait personne. Mes craintes prouvaient sans doute mon profond attachement à elle, mais mon ignorance non moins profonde des capacités d'adaptation de la jeunesse. Car Judith a accompli à Sheffield des études couronnées de succès par le diplôme qu'elle y obtint. Et comme, selon sa formule, les mathématiques lui manquèrent dès la seconde année, elle entama ensuite un très beau parcours d'analyste dans la banque d'investissement Morgan Stanley. Elle en est partie lorsqu'elle a jugé qu'à force de tout donner à sa carrière elle sacrifiait sa vie personnelle. Les métiers de la finance exercent sur leurs jeunes collaborateurs une pression tellement lourde qu'elle confine à l'insupportable ; aucun horaire de travail, une sollicitation permanente, un stress excessif. Je comprends donc que Judith ait remis sa démission lorsqu'elle a senti que sa vie professionnelle absorbait la totalité de son existence. Elle occupe aujourd'hui un poste au sein du groupe Estée Lauder à New York, où elle a entamé, à moins de trente ans, une seconde carrière. Grâce à toutes ces expériences enrichissantes, elle a réussi à se construire une vie qui lui correspond et dans laquelle elle semble heureuse.

Sa sœur Jeanne-Marie commença des études supérieures au Hunter College, à New York, avant de les poursuivre en France, à la faculté de Nanterre. Ensuite elle se maria avec Gurvan et partit vivre à Dubaï. C'est là qu'est venu au monde en 2008 leur premier enfant, Augustin. Au bout de deux ans la famille est rentrée à Boston où Gurvan a suivi le cursus de la Harvard Business School tandis que Jeanne-Marie continuait ses études de psychologie au Lesley College. Leur deuxième enfant, Diane-Élisabeth, est alors venue au monde. Gurvan est ensuite reparti pour Dubaï, tandis que Jeanne-Marie restait seule à Boston, avec ses deux enfants, afin d'achever ses études. Elle vient d'y obtenir son diplôme. Rien ne pouvait mieux lui correspondre, car Jeanne-Marie a toujours eu le goût de s'occuper des autres, et des enfants en particulier. Elle doit prochainement intégrer un centre pour enfants autistes à Dubaï.

Au printemps dernier, nous avons assisté à la cérémonie de remise des diplômes au Lesley College ; une cérémonie impressionnante, comme dans toute université américaine. Les étudiants y portent la toge et, devant le public nombreux des familles, amis et professeurs, se voient remettre leur titre avec une profonde émotion ; et nous-mêmes étions très émus d'admirer notre fille recevant son diplôme de fin d'études. Les États-Unis savent valoriser leurs étudiants, leur donner l'envie de devenir performants et de réussir leur carrière professionnelle. Cette cérémonie a donc un sens fort : honorer une réussite méritée. Aujourd'hui, je ne peux qu'être admirative de Jeanne-Marie qui a réussi son parcours universitaire tout en menant de front une vie de famille et en s'occupant de ses deux enfants.

Lorsqu'elle était petite, elle parlait très peu. Comme sa sœur, elle avait été durement secouée par les événements familiaux, et je suis convaincue qu'elle a puisé dans ces épreuves la force de s'occuper des enfants fragiles. Elle jadis si effacée, la vie l'a rendue solide ; elle qui fut élevée dans un milieu aisé, elle consacre sa vie à guérir les enfants en souffrance. Nous nous ressemblons donc beaucoup ; l'une comme l'autre souhaitons apporter aux autres un peu de ce que l'existence nous a offert.

Mes deux filles ont donc trouvé leur voie, ce qui m'apporte un bonheur et une paix profonde. Car j'ai longtemps porté l'inquiétude comme un lourd fardeau. Dans les moments les plus incertains et les heures les plus angoissées que j'ai pu connaître, je me suis toujours efforcée d'éviter à mes enfants des situations trop douloureuses. Je voulais poursuivre ma vie de façon authentique et en conformité avec moi-même, certes, mais en ménageant les miens. Y suis-je parvenue ? Il est encore trop tôt pour le savoir, car mon fils – né le 28 avril 1997 – n'a que seize ans. Du moins mes filles ont-elles réussi à construire leur destin en toute autonomie et en assumant leurs choix, ce qui ne peut que combler le cœur d'une mère.

*

Mon fils Louis poursuit lui aussi sa route après avoir subi bien des changements scolaires. Autant que pour mes filles, mon départ et mon divorce d'avec son père Nicolas Sarkozy ont constitué pour lui de lourdes épreuves. Il nous accompagna, Richard et moi, aux États-Unis pour suivre sa scolarité au lycée français après avoir été malheureux pendant la brève période où nous avons vécu à Dubaï. C'est aujourd'hui un grand jeune homme passionné par la défense de certaines valeurs dont la meilleure représentante est, à ses yeux, constituée par l'institution militaire. Il poursuit donc ses études secondaires dans un internat de Pennsylvanie où, comme sa sœur aînée jadis, j'ai eu mauvaise conscience de l'abandonner. Laisser un adolescent de treize ans dans un lieu qui tient autant de la caserne que du pensionnat a de quoi secouer le cœur d'une mère dont la sensibilité s'exacerbe dès qu'il s'agit de ses enfants !

Lorsqu'il a pris cette décision et après nous avoir convaincus, il y a maintenant trois ans, son père a eu une attitude très intelligente ; Nicolas sait écouter et comprendre ses enfants. Il n'empêche qu'être président de la République française et accepter d'inscrire son fils dans une école de l'armée américaine nécessite une ouverture d'esprit dont je lui suis reconnaissante. Les journalistes ont respecté le choix de Louis et n'ont pas cherché à le poursuivre jusque dans son école, ce dont je leur sais gré. Aujourd'hui, nous n'avons qu'à nous louer les uns et les autres d'avoir choisi une telle orientation. Mon fils, qui a tant souffert dans sa scolarité antérieure, a désormais dessiné sa vie jusqu'à l'âge de trente-cinq ans !

J'appréhendais pourtant les débuts. Durant les six premières semaines, dites d'intégration, Louis a été coupé du monde extérieur. Aucune lettre, aucun texto, email, coup de téléphone ne le reliait plus à ses amis ou à sa famille. L'institution militaire, qui connaît la jeunesse et sait combien les bons plis se prennent au début ou jamais, a appris aux arrivants la discipline, la rigueur et l'obéissance. Cirer ses chaussures et faire son lit au carré, ranger ses affaires, suivre les cours ne suffisaient pas. Il fallait, par exemple, respecter au repas une distance réglementaire entre la table et le corps, ou ne prendre la parole qu'en y étant autorisé. Le système paraîtra excessif au regard d'une éducation qui se veut ultra-libérale et tolérante ; il s'est révélé efficace et bien accepté, du moins par Louis et par de nombreux camarades, même si beaucoup d'autres ont craqué dès les premières semaines. Un jour, durant cette fameuse période d'intégration, sans aucune nouvelle et donc morte d'inquiétude sur le sort de mon fils, je suis parvenue à joindre son officier responsable. Laconique, ce dernier m'a lancé : « Ne vous faites pas de souci, Madame ; c'est votre fils qui m'aide à consoler les autres. » Ces simples mots m'ont aussitôt hissée sur un nuage. L'officier ne m'avait pas menti. À la fin de la période probatoire, j'ai retrouvé un jeune homme mince et grandi, en pleine forme, pétillant, heureux.

Ces événements remontent à plus de deux ans, et depuis lors, tout va bien. L'enseignement général dispensé dans l'établissement correspond aux programmes normaux mais se double l'après-midi d'exercices physiques et militaires, sports collectifs, maniement des armes, parades, défilés, levée des couleurs, cours de leadership... Tout passionne mon fils. Pour la première fois le voici épanoui dans des études où, jusqu'alors, il n'avait été ni heureux ni radieux. Car être le fils du président de la République française est lourd à porter lorsque l'on est très jeune, Louis en sait quelque chose. Se représente-t-on la vie d'un enfant et d'un adolescent sur lequel des agents de sécurité veillaient en permanence ? Et puis, partout où il est passé depuis mon départ de France, Dubaï ou New York, les camarades lui ont mené la vie dure. Aujourd'hui, l'envie de réussir et la confiance qui l'entoure l'ont transformé en profondeur. Après l'équivalent américain du baccalauréat, dans deux ans, il postulera pour entrer dans plusieurs établissements supérieurs, parmi lesquels l'équivalent de notre École navale. Telle est son intention, et nous l'encourageons dans ce sens.

Aux États-Unis, un jeune peut aimer l'armée et envisager d'y faire carrière sans que cela prête à sourire dans son entourage. Car les citoyens américains éprouvent un vrai respect à l'égard des militaires. Un jour, alors que Louis et moi nous préparions à embarquer en avion, un employé lui a annoncé qu'il bénéficiait d'un surclassement du fait de son appartenance à un corps militaire. Et il n'est pas rare que, dans la rue, des gens le saluent et le remercient pour son engagement en faveur de la patrie. Imagine-t-on ce genre d'attitude en France, où les policiers et de nombreux militaires vont jusqu'à ôter leur uniforme pour pouvoir rentrer chez eux sans être importunés dans la rue ou les transports en commun ?

*

Ma nature est ainsi faite que j'ai toujours privilégié mes enfants avant tout le reste. Mais parvenue à mon âge, il m'arrive de songer que je n'ai sans doute pas été la mère qu'ils méritaient. Est-ce là une nouvelle manifestation du doute permanent que j'entretiens sur moi-même ? Peut-être. Mais ma vie a été tellement haute en couleur et changeante que je ne peux m'empêcher de me poser cette question. Comme d'autres, mes filles et mon fils pouvaient espérer une maman plus classique, dont l'existence aurait été plus stable. Je ne peux d'ailleurs pas me dissimuler que mes enfants aient pu souffrir à certains moments de tels bouleversements. Mais pouvais-je continuer sur une route qui n'était plus la mienne, et comment prétendre réussir l'éducation de ses enfants si on ne se sent plus en accord avec sa propre vie ?

Un jour, avec ma fille Jeanne-Marie, nous avons évoqué mon regret de ne pas avoir vécu une existence plus simple, plus carrée. Jeanne-Marie m'a alors répondu : « Notre vie, c'est comme un sablier qu'on a retourné. Mais nous sommes ce que nous sommes grâce à ce que tu as vécu, à la femme que tu es. » J'ai trouvé sa formule aussi tolérante que belle ; en apparence tout est toujours pareil, et cependant tout a été renversé. Mais ce sablier ne s'est pas retourné tout seul ; c'est moi qui ai fait le geste, en toute liberté et lucidité. Je ne peux que l'assumer, même si, certains jours, j'aurais aimé avoir vécu une autre vie. Mais choisit-on vraiment ?

*

Je crois en la famille ; fût-ce celle que nous avons sous les yeux et qui a subi tant de transformations dans le monde actuel. Le divorce y est devenu banal, ainsi que son corollaire, la famille recomposée. Pour des enfants, j'ai la conviction que subir le premier est moins douloureux que de ne pas connaître les joies de cette dernière, car le bonheur familial répond à un besoin affectif fort.

Encore faut-il que la famille recomposée parvienne à fonctionner. Lorsque j'ai connu Alexandra, la fille unique de Richard, elle était encore une adolescente de seize ans ; et elle avait son passé, comme mes enfants avaient le leur. Nous pouvions donc tout imaginer, le pire comme le meilleur. Ce fut le meilleur qui arriva. Alexandra a tout de suite trouvé sa place au milieu de mes propres enfants, et elle est devenue aujourd'hui un élément indispensable de cette famille recomposée. Les quatre jeunes gens forment une vraie fratrie ; c'est ainsi que Louis parle, de façon indifférenciée, de « mes trois sœurs aînées » et que Jeanne-Marie appelle Alexandra « ma petite sœur ». Cette dernière vient d'obtenir son diplôme de marketing à l'université McGill de Montréal et habite désormais avec nous à New York où elle a entrepris de travailler avec son père ; et je l'aime comme ma propre fille. Aujourd'hui, Richard et moi pouvons donc dire que nous avons réussi cet exercice périlleux mais magnifique : recomposer une vraie famille.

Notre dernier Noël, nous l'avons passé tous ensemble. Étaient présents Alexandra, Judith, Jeanne-Marie, Gurvan, Augustin, Diane-Élisabeth et Louis. Ce fut un grand bonheur. L'ensemble s'est reconstruit et marche d'autant mieux que Richard et moi portons ces valeurs et les mettons en application dans nos propres vies. Cela crée une véritable confiance entre les enfants. Mais pour que les forces qui unissent soient plus fortes que celles qui séparent, il faut le vouloir. Qu'un enfant sache qu'il a sa place dans la nouvelle famille, laquelle symbolise une place dans le cœur, est essentiel. Il y a quelque temps, une amie qui passait chez moi m'a posé cette étrange question : « Pourquoi une chambre pour ton fils plutôt qu'une chambre d'amis, puisqu'il ne vit plus là ? » J'en suis restée sans voix. Si les enfants n'ont pas de place chez leurs propres parents, c'est qu'ils n'existent plus.

Difficile d'imaginer métier plus complexe que celui de mère. D'abord parce qu'on ne peut l'apprendre, et puis parce que, quoi qu'on fasse, on risque de tomber à côté. Pour ma part j'ai toujours essayé d'être à la hauteur de la mission que je m'étais donnée, consciente de la nécessité de transmettre à mes enfants ce à quoi je tiens comme mes parents, jadis, me le léguèrent. Mais comment rester serein dans le monde d'aujourd'hui, comment ne pas s'inquiéter pour le futur de nos enfants ? Chômage, maladie, malaise face à la vie, mille périls guettent les jeunes, les rongent, parfois les détruisent. Dans tous les milieux règne une insécurité grandissante. À l'image des informations et des films, les rapports sociaux se font de plus en plus âpres et brutaux. Nous sommes plongés dans un monde d'instabilité et de violence dont la présence quotidienne, comme les fictions qui en découlent, ne cesse de venir nous agresser. Je doute que les esprits malléables et les victimes de la vie puissent s'en accommoder. La société de consommation a creusé des gouffres entre ceux qui ont et ceux qui n'ont pas, tandis que la crise ne cesse d'élargir le fossé entre ceux qui possèdent un travail et ceux qui n'en possèdent pas. Les terribles fléaux de la délinquance et de la drogue sont liés à cette misère. Souvent je songe qu'en Espagne, un jeune sur deux est au chômage et que certaines régions de France ne sont plus très loin de ce triste record. Les deux pays les plus chers à mon cœur sont ainsi frappés au plus douloureux d'eux-mêmes : leur jeunesse. J'en éprouve une tristesse profonde.

D'où la nécessité de revenir à des valeurs seules capables de remettre droit un monde qui marche sur la tête. Les institutions, quelles qu'elles soient, doivent être respectées, et pour cela redevenir respectables. Je reste étonnée d'apprendre que les brigades anticriminalité ont aujourd'hui peur de pénétrer dans certains quartiers. Il me semble que ce devrait être l'inverse ! Redonnons d'urgence moyens et crédibilité à ces institutions qui sont les piliers de la société, éducation, police, justice. Nous ne reconstruirons rien sans eux, pas plus que, recomposée ou non, une famille sans structure ni cadre ne pourra conduire ses enfants jusqu'à l'autonomie adulte.

Deuxième partie

AUX MARCHES DES PALAIS

6.

Le destin d'un jeune homme

J'avais vingt-sept ans et ma vie connaissait une succession de hauts et de bas où je ne trouvais pas mon compte. J'ai toujours été éprise d'harmonie, et il aurait été difficile de dire que je baignais dans une ambiance qui correspondait à mon aspiration. Certes je vivais un grand bonheur grâce à mes filles Judith et Jeanne-Marie, qui comblaient mes désirs de jeune maman, et l'existence était matériellement confortable. Mais les crises existentielles de Jacques alourdissaient le quotidien et hypothéquaient l'avenir. Notre relation ne parvenait pas plus à modifier mon mari qu'à m'apporter sérénité et équilibre ; difficile, dans ces conditions, d'imaginer que notre couple puisse durablement fonctionner. À certains moments j'en arrivais même à penser que Jacques s'attendait à mon départ, voire l'anticipait par ses attitudes désarmantes. Confrontée à une situation que je peinais à maîtriser, je ne comprenais donc plus celle que j'étais devenue ni à quoi je pouvais servir. Ma place et ma vie étaient-elles vraiment au côté de cet homme ?

*

La question se posa avec encore plus d'acuité lorsque j'eus fait la connaissance de Nicolas Sarkozy. Nous nous étions rencontrés au mariage d'amis communs. J'avais été intéressée par le discours de ce presque jeune homme récemment élu maire de Neuilly à vingt-huit ans, un âge record. Pour cela il avait déployé un sens de la stratégie politique qui en avait étonné plus d'un, et d'abord dans son propre camp. Sorti des rangs des jeunes gaullistes, il s'était affranchi d'un appareil qui lui demandait de servir les intérêts des caciques locaux tout en attendant son tour. Mais il avait balayé calculs et pronostics pour incarner un espoir. Sa rapidité d'analyse des situations, la force de son engagement et son charisme soulevaient l'enthousiasme. Il prit donc le RPR de court en se portant candidat à la mairie de Neuilly et gagna l'élection de 1983. Le jeune homme venait de réussir une entrée fracassante en politique, et il était facile de deviner qu'il ne s'arrêterait pas là.

Au dîner qui suivit le mariage de nos amis, je me retrouvai à côté de lui et nous engageâmes la conversation. L'homme était intelligent, vif, drôle, et je me rendis rapidement compte que je ne le laissais pas indifférent. Nous étions alors tous les deux jeunes puisque nous avions moins de trente ans. Cependant nos vies étaient déjà engagées, moi avec Jacques Martin et notre fille Judith, lui avec son épouse et son fils Pierre. Au début nos couples devinrent amis, une manière sans doute pour Nicolas et moi de tenir à distance l'attirance mutuelle que nous sentions poindre. Ce qui ne l'empêcha pas de multiplier des déclarations auxquelles j'opposai une sérieuse résistance. Nicolas avait mis toutes ses forces dans la bataille. Quant à moi, vivant avec un mari de plus en plus lointain et désabusé, peu à peu je suis tombée amoureuse de cet homme qui m'entretenait de ses problèmes et sollicitait mon avis, alors que je restais convaincue de ne pas intéresser les autres. C'était le monde à l'envers : celui à qui tout réussissait s'ouvrait de ses interrogations à celle que le doute habitait depuis toujours !

Mais cette situation évolua vite. Parce que j'étais à ses yeux une personne qui comptait, je pourrais me réaliser aux côtés d'un être dont l'ambition paraissait sans limites et qui avait choisi de tout donner pour son pays. Et c'est ainsi qu'un beau jour, sur le ton placide et résolu qui était le sien dans la vie privée, il m'annonça : « Nous monterons les marches de l'Assemblée nationale ensemble. »

*

Ni lui ni moi n'avions envie d'une liaison clandestine ; notre histoire méritait mieux, et nous étions tous deux forgés d'une autre pâte humaine. Ce que nous ambitionnions, c'était un destin commun ; pas une escapade secrète. Mais rien n'était facile ; ni nos conjoints respectifs, ni l'environnement social. Face à une situation aussi incertaine, je ne parvenais pas à discerner, à certaines périodes, quel chemin allait prendre notre histoire. Ce qui n'empêchait pas qu'en moi l'idée de séparation faisait son chemin, car je suis une femme de rupture, pas de tromperie.

Ma seconde fille, Jeanne-Marie, venait de naître. C'est à ce moment que la situation m'est devenue impossible à vivre ; ce qui aurait dû me retenir fut au contraire ce qui me poussa au départ. Je ne me voyais pas élever mes filles auprès de Jacques qui, lui-même, semblait avoir tiré un trait sur notre histoire. Je l'ai dit, les valeurs ont toujours fonctionné chez moi comme des boussoles qui indiquent la direction à prendre plutôt que comme des bibles qui prétendraient nous dicter notre conduite. Vouloir construire une famille peut passer par l'abandon de la personne avec laquelle on sait que cette famille ne pourra plus jamais en être une.

Jacques s'opposa d'abord à notre séparation, puis il comprit que nous n'avions plus rien à faire ensemble. Retrouvant l'élégance dont il était capable lorsqu'il ne se laissait pas dévorer par son pessimisme, il accepta mon départ au motif qu'« on ne cloue pas au mur l'oiseau qui veut s'envoler ». Je suis donc partie avec mes deux filles, l'aînée âgée d'à peine trois ans, et la petite qui n'avait que quelques mois. Un temps, avant que le divorce ne soit prononcé, mes parents m'ont soutenue financièrement.

La vie a ensuite poursuivi son chemin. Que me reste-t-il de ces années ? Notre union avait permis la venue au monde de deux filles merveilleuses, et c'est bien là ce qu'aujourd'hui j'en retiens et qui compte avant tout. La fin de la vie de Jacques, gravement atteint par la maladie et confiné dans une solitude de plus en plus profonde, fut d'une certaine manière conforme à celle que son pessimisme aurait pu imaginer. Sa mort, survenue en 2007 après de longues années de souffrance, m'a fait beaucoup de peine. J'ai tenu à assister à ses obsèques pour rendre hommage au père de mes filles et à l'homme dont la personnalité flamboyante avait, près d'un quart de siècle plus tôt, séduit la toute jeune femme que j'étais alors.

*

Le divorce de Nicolas tardait, et la situation devenait d'autant plus dure pour moi que ce que nous vivions dépassait la sphère privée. Neuilly est un village où la critique des autres constitue une sorte de sport local. Notre histoire alimentait donc les dîners en ville, autorisait ragots et jugements, même les plus cruels. Le quotidien pouvait être éprouvant. Je ne comptais plus les remarques acides ou les attitudes humiliantes qu'il me fallait subir. Mes filles elles-mêmes n'étaient pas épargnées par les propos qu'elles entendaient. À certains moments, je me disais que je ne pourrais accepter une telle vie bien longtemps. Nicolas, lui, montrait plus de résilience que moi. Il souffrait de notre situation mais n'essuyait pas les mêmes attaques, sans doute en vertu du principe archaïque selon lequel la femme est responsable de tout alors que l'homme ne fait que subir.

On comprendra donc pourquoi je n'ai guère aimé cette époque. Elle demeure dans mon souvenir une période noire dont je ne voyais pas sur quoi elle allait déboucher. Je tenais à Nicolas, mais le prix à payer pour vivre notre histoire me semblait trop lourd. J'avais pris la décision radicale d'un divorce rapidement conclu, mais du côté de mon nouveau compagnon tout était compliqué. Comme si l'existence n'avait pas son compte de souffrance, mon père, très malade, mourut en 1989, peu de temps après mon divorce. Cela faisait beaucoup de situations difficiles à supporter en même temps.

*

Malgré les épreuves que je traversais, la partie publique de ma vie avait soudain pris une dimension passionnante. Très vite je me mis à travailler au côté de Nicolas qui m'avait attribué un bureau à la mairie de Neuilly. Je gérais l'agenda, les relations avec la presse et avec les politiques, l'organisation des déplacements, comme je devais le faire par la suite durant de longues années. Et dès le début aussi, j'ai vécu la Politique avec un grand P.

Car une certitude nous habitait tous deux : même si elle était parfois très galvaudée ou mise au service d'une ambition personnelle, la carrière politique représentait à nos yeux une grande et noble cause, un véritable destin. Dans ce domaine, Nicolas savait se montrer exemplaire. L'énergie déployée pour le bien commun, l'attention portée aux autres, sa volonté de faire bouger les choses, une force de travail exceptionnelle, mais aussi une vraie ambition, tout cela le caractérisait.

Nous étions peu, alors, à croire en son étoile. Parmi les militants et les élus des Hauts-de-Seine, certains commençaient cependant à percevoir chez lui la formidable machine capable de remporter toutes les victoires ; Patrick Devedjian, Roger Karoutchi appartinrent à ce premier cercle. Mais dès sa première élection comme député, en 1988, des réseaux plus larges se mirent en place et de nouveaux amis le rejoignirent. Ils se montrèrent charmants avec moi. Tout semblait alors idyllique. Je découvrais un monde nouveau, j'écoutais, j'apprenais, je m'efforçais de capter au vol toutes les informations que je pouvais recueillir sans jamais juger rien ni personne. Bien que, malgré les difficultés d'ordre privé, je me sentisse emportée par un souffle qui ne me laissait pas une heure de libre, j'évoluais dans un milieu passionnant et divers.

Lorsque, des années plus tard, j'ai vu la manière dont certaines personnes se comportèrent avec moi, j'ai compris mon aveuglement de l'époque et me suis trouvée bien naïve d'avoir pu croire à des attachements solides. Car, parmi ceux qui avaient multiplié les démonstrations d'amitié à mon égard, beaucoup n'avaient agi qu'en fonction de mon lien avec Nicolas ; et il avait suffi que celui-ci disparaisse pour que leur amitié s'évanouisse. La vie politique est plus violente que d'autres car le rythme y est plus brutal, les amours et désamours plus radicaux tandis que les personnalités s'y dévoilent sous une lumière plus crue qu'ailleurs. J'en ai fait la triste expérience. Certains qui, durant des années, s'étaient montrés adorables avec moi disparurent ainsi du jour au lendemain. Un temps ébranlée par tant de désertions, j'en ai pris mon parti, estimant que la vraie amitié se juge à la manière dont elle sait traverser les épreuves et accepter autrui dans ses choix. Si tant de proches me tournaient le dos alors que mon existence changeait et que je quittais un homme alors au zénith de son pouvoir, c'est donc que leur amitié n'en avait jamais été une.

Mais j'étais loin d'entrevoir, à l'époque, ces déceptions futures. Tout m'apparaissait sous un jour nouveau et séduisant. Mon rôle me plaisait d'autant plus qu'il était original, même si les choses se sont mises en place de façon naturelle. Comme compagne d'un homme public qui elle-même refuse de se lancer en campagne électorale sans pour autant se contenter de la vie de famille et de l'éducation des enfants, je n'entrais pas dans une case précise. J'étais plus qu'une collaboratrice de cabinet mais ne figurais dans aucun organigramme – à l'exception du second passage à Bercy et lorsque Nicolas était à la tête de l'UMP – et tel fut le cas jusqu'à la fin. Il n'y a jamais eu entre Nicolas et moi la moindre volonté de définir une stratégie de conquête. Nous n'étions liés par aucun pacte ni n'avions échangé la moindre promesse. Entre nous tout a toujours fonctionné sur la base d'un non-dit d'autant plus inutile à formuler qu'il était évident ; nous vivions et avancions ensemble, et si de hautes responsabilités devaient être au bout du chemin, c'est ensemble que nous les atteindrions.

Mais la route était semée d'embûches. Viser les plus hauts sommets de l'État, comme Nicolas y a songé dès le début de sa carrière politique, c'est sortir de l'autoroute que tous empruntent pour suivre la petite route d'à côté où très peu s'aventurent ; et ce chemin de traverse qui monte directement vers la fonction suprême passe à travers des broussailles touffues. La carrière classique d'un élu, on la connaît par cœur. Le maire devient député, souvent conseiller général, puis président d'une assemblée territoriale, département ou région. Quelques-uns, très peu, héritent un beau jour d'un maroquin ministériel, l'espoir de tous. L'ensemble s'apparente à une longue et épuisante course de fond, et notre vie nationale est encombrée de ces notables qui, au fil des ans, accumulent titres et honneurs. Mais rares sont ceux qui comprennent que la politique est affaire de vitesse et d'engagement plus que de calculs et de patience.

Il est dur d'être seul en politique. Parfois Nicolas sollicitait mon avis sur des points dont souvent je n'avais qu'une faible connaissance technique mais où mon intuition me dictait le choix raisonnable. La politique, c'est tellement difficile qu'il vaut mieux être deux ! J'ai donc accepté d'emblée ce rôle aux contours imprécis parce que je le sentais utile. Je n'en ai pas seulement retiré un vif plaisir ; il a contribué à modifier mon caractère. J'ai dit combien, d'un naturel peu sûr, j'étais habitée par un doute permanent. C'est lui qui m'a appris à avoir confiance en moi. Nicolas n'était encore que maire de Neuilly que, déjà, il voulait me valoriser, me présenter à ses collaborateurs, ses camarades de parti, ses invités. De cela, comme de tant d'autres choses, je lui dois une profonde reconnaissance.

*

Il n'est jamais inutile de juger la politique d'aujourd'hui à l'aune de celle d'hier. Est-ce la raison pour laquelle je me suis très tôt intéressée aux destins de certains grands hommes d'État du passé ? C'est possible. Outre que je n'aime pas perdre mon temps avec des livres qui me distraient mais ne m'apprennent rien, j'ai toujours eu de l'attirance pour les fortes biographies qui retracent des itinéraires complexes. Grâce à elles, certaines rencontres que j'ai eu la chance de faire dans ma vie ont pris plus de relief, et j'ai mieux saisi les ponts entre hier et aujourd'hui. Car à mes yeux, l'étude de telles vies nous fait faire le pas de côté qui seul permet de mieux comprendre le présent.

Je me suis ainsi passionnée pour Talleyrand, le « Diable boiteux » à la longue carrière, personnage aussi doué qu'ambigu. C'est un itinéraire fascinant que le sien. Il le conduit du service de l'Ancien Régime à celui de l'Empire, puis à la monarchie constitutionnelle. Décrypter un tel parcours, c'est comprendre que l'intérêt d'un homme est intimement lié à son grand destin national, et que la vision de la chose publique ne se conçoit pas sans une formidable ambition personnelle.

La longue et difficile carrière de l'Anglais Disraeli porte également à la réflexion. Cet homme, qui pouvait aux yeux de certains apparaître comme un aventurier, a servi son pays pendant plus de quarante ans et fut deux fois Premier ministre – ce qui en fit le premier Juif britannique à occuper cette fonction. Il lui fallut pour cela livrer de nombreux combats et déjouer des ruses incessantes. Entre autres leçons, son itinéraire nous apprend que la politique est affaire de volonté farouche, voire d'obstination ; les irrésolus et les tièdes n'y ont guère leur place.

Dans un genre bien différent, Les *Lettres à une amie* de Clemenceau m'ont fascinée. On y découvre un être merveilleux qu'on ne soupçonne pas à la seule lumière des clichés simplistes du briseur de grèves et du vieux chef de guerre. C'est ici un homme sensible et fin, tout en nuances, qui se livre à nous.

J'aime ces caractères à la fois illuminés d'un grand projet et complexes, auxquels il faut de longues années pour se construire. Ils offrent tellement de composantes qu'ils nous amènent à refuser le manichéisme habituel avec lequel nous aimons trancher de tout : bien ou mal, bon ou mauvais. La réalité, humaine et politique, est faite de nuances à l'infini, et bien vaniteux celui qui prétend la juger en quelques rapides formules.

*

Cette dimension culturelle capable de nourrir la réflexion, j'ai toujours fait en sorte que Nicolas puisse en disposer. Prenant peu à peu la stature d'un homme politique à dimension nationale, il devait sortir d'un milieu qui n'était plus à sa mesure parce qu'il ne dépassait guère le cercle de la famille et des proches. Il lui manquait une vision plus globale de la société et de ses problèmes. C'est pourquoi nous avons organisé à la mairie des déjeuners mensuels avec des gens de la « société civile ».

Ce furent toujours des moments intéressants. Nicolas aimait ainsi participer à des conversations de portée plus générale et intéressante que les habituels débats entre militants. Lorsqu'il a été élu député en 1988, nous fûmes invités par des journalistes de façon régulière, à peu près une fois par mois, ce qui nous permit de prendre le pouls de l'opinion et d'entendre les analyses de brillants politologues. Le trio ferait aujourd'hui pâlir d'envie n'importe quel patron de chaîne ou de radio, puisqu'il réunissait Jean-Marie Colombani, à l'époque chef du service politique du *Monde*, et bientôt rédacteur en chef du même journal, Jérôme Jaffré, directeur des études politiques à Sciences-Po, et Alain Duhamel, chroniqueur dans de nombreux médias et observateur de la vie publique française depuis déjà deux décennies. C'étaient des moments passionnants. J'étais si impressionnée par l'intelligence de ces personnages que j'osais rarement prendre la parole ; toujours me collait à la peau cette réticence à donner un point de vue que je jugeais de médiocre intérêt.

Ce sentiment a perduré bien au-delà de mes trente ans. Puis, peu à peu, j'ai commencé à entrer dans le jeu des échanges après m'être longtemps nourrie de multiples informations. Mais toute appréhension n'était pas morte. Je me revois, bien des années plus tard, au ministère de l'Intérieur, me dirigeant vers les studios de télévision pour y enregistrer ma première longue interview avec Michel Drucker, et terrorisée à l'idée de l'épreuve qui m'attendait. Nicolas avait beau me répéter qu'il me faisait confiance et me rassurer sur mes capacités à prendre la parole devant les caméras, j'étais morte de peur.

D'où me venait cette inhibition ? Je l'ignore. Sans doute, dans ma famille, les enfants parlaient-ils peu ; j'ai évoqué ces repas lors desquels nous devions demander l'autorisation pour prendre la parole. Pourtant mes frères n'ont pas souffert de ce complexe ; je dois donc avoir reçu à moi seul toute cette part d'un héritage dont je me serais bien passée. Aujourd'hui encore, malgré les années et les nombreuses expériences que j'ai vécues, je reste une solitaire, sinon une sauvage, souvent mal à l'aise au milieu des autres alors que je ne m'ennuie jamais seule. D'où des malentendus sur mon attitude en public. On y a souvent vu un excessif aplomb, voire du sectarisme ; elle ne révèle pourtant rien d'autre que le malaise de me retrouver dans une situation qui ne me correspond pas. Dans de telles conditions, il est facile d'imaginer ce que la jeune femme de trente ans ressentait lorsqu'on lui demandait de parler, face à des caméras, d'un homme dont la France entière vantait déjà l'aisance et le charisme audiovisuel.

*

En 1988, dès sa première tentative, et alors que les circonstances n'étaient pas des plus favorables – Jacques Chirac venait en effet de perdre l'élection présidentielle face à François Mitterrand –, Nicolas Sarkozy accéda donc à l'Assemblée nationale. Il n'avait alors que trente-trois ans. Celui qui avait été, cinq ans plus tôt, l'un des plus jeunes maires de France se retrouvait aujourd'hui l'un de ses plus jeunes députés ; et nul ne pouvait douter que sa carrière politique n'en fût encore qu'à ses débuts.

Ce jour-là, comme il me l'avait promis, nous avons en effet monté les marches de ce premier palais de la République ensemble, main dans la main ; il devait être suivi de bien d'autres.

7.

Découvrir la politique

Étais-je destinée à la vie politique ? Je l'ignore. Mais ma famille ne s'en est jamais tenue bien loin. Je suis la petite-fille d'un ambassadeur, et mon cousin, Alberto Ruiz-Gallardón, occupe les fonctions de ministre de la Justice en Espagne après avoir été maire de Madrid. Ma mère suivait de près les affaires espagnoles et mon père se passionnait pour la politique française. Mon oncle Keith McLellan fut, jadis, candidat aux élections face à Pierre-Eliott Trudeau au Canada. Certes, rien de cela ne me préparait concrètement aux activités qui furent les miennes. Mais la chose publique, le service de l'État, l'engagement politique, j'ai baigné dans leur univers depuis toujours.

Et très vite je l'ai approché de plus près. Parmi mes expériences professionnelles de jeune fille figura le poste d'attachée parlementaire du sénateur Touzet. J'organisais sa correspondance et participais à monter des rencontres ; je me souviens m'être investie pour l'organisation d'un important colloque sur la francophonie. Je m'étais sentie à mon aise dans l'ambiance qui régnait alors au palais du Luxembourg. Il faut dire que, quand on a une vingtaine d'années, comme c'était mon cas à l'époque, se retrouver dans un tel milieu a quelque chose de fascinant. Aussi, lorsque j'ai rencontré Nicolas, ne me suis-je pas sentie dépaysée par le monde où il évoluait. La politique constituait même une évidence à mes yeux, car elle correspondait à ma nature, tournée vers les autres et soucieuse de leur venir en aide. L'idée de faire bouger les choses, de contribuer à résoudre les problèmes de mes concitoyens, de me projeter dans l'avenir avec une vision, de définir des priorités et des moyens à mettre en œuvre pour les atteindre, tout cela m'a tout de suite passionnée. La politique est en effet l'un des seuls métiers où l'on traite aussi bien d'éducation, de culture, d'économie, de social, de sport et plus généralement de toute discipline concernant l'Homme dans son pays. Cet éventail de thèmes devient alors votre lot quotidien. Comment ne pas s'y précipiter avec foi et enthousiasme ?

*

Pour autant, gardons-nous d'idéaliser un monde où la lutte permanente peut être une des règles. Comme dans toute affaire humaine, ombres et lumières y cohabitent sans cesse, et sans doute avec une violence plus prononcée qu'ailleurs. Être ébloui par celles-ci relève de la naïveté, mais ne voir que celles-là pousse à un scepticisme stérile ; de si forts contrastes sont à la mesure des enjeux politiques. Les ambitions individuelles y ajoutent leur propre poids, mais comment imaginer une société où le souci de l'intérêt général ne serait pas associé à une réussite personnelle ? De nos jours, l'opinion peine à l'admettre. Elle attend de ses hommes publics un désintéressement qui frôle l'héroïsme. Toutefois, s'il réclame de la part de ses responsables courage et vertu, aucun engagement ne se mesure à l'aune de l'abnégation.

La politique constitue à l'évidence l'un des mondes les plus cruels qui soient. Il est peuplé de grands loups.

Certains chassent en solitaire, d'autres en meute. S'ils parviennent à résister aux attaques, les premiers sont promis à un grand destin, car ils appartiennent à la race de ceux qui conquièrent les sommets. Mais pour cela, il leur faut affronter les incontournables chefs de meute. Parfois feutrés, parfois au grand jour, les combats qui ont opposé Jacques Chirac et Nicolas Sarkozy ne sont un secret pour personne. Mais malgré ce qui les différenciait, Nicolas respectait en Jacques Chirac le formidable politique, l'homme de campagne infatigable, le tribun des meetings, le stratège hors pair. Et je suis convaincue qu'il en était de même pour Jacques Chirac envers Nicolas ; il ne pouvait qu'apprécier le volontarisme, le talent, le tempérament d'un jeune homme dans lequel, sur bien des aspects, il retrouvait les traits du débutant qu'il avait jadis lui-même été.

Mais de tels combats ne furent pas les miens, et cet aspect belliqueux de la vie politique ne m'a jamais attirée. Celle-ci revêt à mes yeux une autre signification et une ampleur d'une nature différente. Il doit y être question des hommes, de leur vie, de leurs espoirs et de leurs problèmes. Le reste appartient à l'accessoire.

*

Autre chose ne tarda pas à me poser problème. Autour des politiques, certains communicants, qui règnent en maîtres, ajoutent un filtre, qui n'est pas le moindre. L'homme politique ne sort plus d'une bulle à l'intérieur de laquelle chacun s'emploie à le persuader que sa compréhension du monde est parfaite et ses initiatives unanimement reconnues. Nicolas le sait mieux que quiconque. Longtemps il a su se protéger de cet « effet cocon » délétère, peut-être en partie grâce à mon franc-parler, et parce que je m'efforçais de garder le contact avec la société réelle afin de lui en renvoyer des images fidèles.

J'étais auprès de lui mais, n'appartenant pas au sérail et ne souhaitant pas faire de carrière personnelle, je n'avais pas plus de préjugés que d'intérêts.

Ce risque d'isolement, il le percevait avec acuité. Et comme pour contrebalancer les effets pervers de cette bulle qu'il sentait se former autour de lui, il décida de jouer la carte de la transparence. Mais ce souci lui-même n'était pas sans poser problème. À ne rien vouloir dissimuler, à soutenir que les citoyens ont besoin de savoir, à abolir toute distance avec les journalistes, on finit par tuer le respect, pourtant l'un des attributs nécessaires à un bon exercice du pouvoir. L'homme politique redevient un individu parmi les autres, alors que son mandat le place, par nature, dans un espace qui n'appartient pas à la vie ordinaire. Le paradoxe est qu'alors sa vie devient objet de curiosité, d'examen, d'investigation, à un niveau tel qu'aucun individu normal ne pourrait le supporter.

C'est une évidence que les hommes de pouvoir doivent être irréprochables et soumis au jugement des citoyens. Mais si ceux qui exercent ce pouvoir s'emploient à abolir toute frontière entre eux et l'opinion, il ne faut pas qu'ils s'étonnent si cette dernière les envahit, pour un jour peut-être aller jusqu'à les dévorer. Ainsi la part dévolue à la sphère privée se rétrécit sans cesse. Car nul n'empêchera jamais médias et citoyens de croire qu'il existe encore autre chose à découvrir au-delà de tout ce qu'on lui dévoile.

Mon ex-mari a toujours cherché à convaincre ses interlocuteurs du bien-fondé de ses analyses et de ses décisions sans percevoir les conséquences qui, au fur et à mesure de sa carrière, devinrent de plus en plus délicates à gérer. Car un ministre, et encore moins un chef d'État, n'est pas un ami. Un homme aussi liant que Barack Obama ne se laisse pas approcher par les journalistes à moins d'une certaine distance. Il a compris qu'accepter une trop grande proximité des journalistes écornerait son image et fragiliserait sa position.

J'ai dit combien, à Neuilly, j'avais souffert que notre vie privée ne soit pas plus discrète. Par la suite, j'ai voulu composer avec une transparence dont Nicolas était convaincu qu'elle correspondait à la fois à une attente de la population et aux besoins d'une politique différente. Il devint ainsi la coqueluche des médias, avant d'en devenir la cible. Et il l'a par la suite payé au prix fort.

*

Contrairement à ce qu'on a pu raconter, je n'ai jamais voulu avoir d'influence sur mon ex-mari. Je ne lui ai jamais « dit » quoi que ce soit, jamais conseillé de prendre telle décision plutôt que telle autre. Simplement il percevait à travers mon attitude comment je ressentais les choses. Par rapport à son entourage, il sentait ceux avec qui j'étais à l'aise parce que je les appréciais, et ceux contre qui j'avais certaines préventions ; il en a parfois tenu compte.

Pour autant ma place n'était pas aussi facile qu'on a pu le dire. La vie politique dévore ceux qui la servent et aliène l'entourage familial. Vivre ses contraintes au jour le jour peut constituer une épreuve ; votre propre existence ne vous appartient plus. Il m'a donc fallu accepter un rythme difficile. Je me rappelle ce jour où, Maman venant de s'éteindre, nous allions en cortège de l'hôpital de La Salpêtrière à l'église Saint-Pierre de Neuilly, où devait être célébrée la cérémonie funèbre. C'était en 1999. Nicolas était alors secrétaire général du RPR, sous la présidence de Philippe Séguin. Le téléphone sonne. Nicolas décroche. Jacques Chirac lui annonce que Philippe Séguin vient de démissionner et que c'est à lui, Nicolas, de prendre le poste et de partir en campagne pour les élections européennes dès le lendemain.

Sur le moment, l'annonce me fut insupportable. La politique, ses coups de théâtre, ses ordres de départ en mission immédiat, ses urgences électorales devant lesquelles tout doit plier, ne nous laisseraient donc jamais en paix ! Même cette journée de chagrin et de devoir devait s'effacer devant elle. J'ai fait arrêter la voiture et en suis descendue pour monter dans celle de mes frères. La tristesse, à laquelle se mêlait de la colère, s'était emparée de moi. Le soir, nous avons donné un dîner au restaurant avec ma famille et nos amis au cours duquel je n'ai rien dévoilé de mes états d'âme. J'avais le cœur trop gros.

Mais dès le lendemain, à sept heures, nous décollions pour nous rendre au premier meeting de la campagne. Je n'avais même pas eu le temps de me remettre de mon chagrin et de mon deuil que la vie politique reprenait ses droits.

*

J'ai aussi découvert, au fil des années, combien la société abîme ses politiques. La fonction est aussi noble qu'admirable, mais l'opinion entretient à son égard une suspicion qui peut facilement tourner au mépris. Tout est prétexte à noircir le tableau. On ne cesse de dénoncer des avantages auxquels on reproche de rendre la fonction idyllique alors qu'ils n'existent que pour soulager le quotidien d'un homme écrasé de travail et de soucis. Appartement de fonction, voiture avec chauffeur, fonctionnaires dévoués à votre service ne sont là que pour aider à vous concentrer sur l'essentiel d'une fonction lourde de responsabilités. À mes yeux, il est vain d'attendre d'un homme public qu'il soit comme tout le monde, dans la mesure où sa fonction et ses décisions engagent un pays et ses habitants.

On reproche tout aux politiques, et tout le temps. Ils communiquent trop ou pas assez, font trop de choses ou pas assez, disent la vérité en temps de crise, ce qui démoralise le pays, ou la dissimulent, ce qui le trompe. Loin de soutenir ses dirigeants pour une bonne gestion des affaires, une large partie des médias et de l'opinion déroule le tapis sans fin des critiques dans lequel, de droite comme de gauche, les responsables finissent par se prendre les pieds. L'exercice du pouvoir devient ainsi exercice de séduction, de communication, de persuasion, et l'homme politique se résout à conduire son action comme il le ferait d'une voiture sur route verglacée ; avec mille précautions, afin de ne pas sortir de la route. Est-ce cela que l'on appelle le souci du bien public ? Et toutes ces précautions ne mobilisent-elles pas un temps et une énergie qui seraient mieux employés à des tâches plus importantes ?

Pourtant la réalité est moins sombre que d'aucuns se plaisent trop souvent à nous en convaincre. J'ignore si cela releva de ma naïveté, de mon inconscience, de mon désir de ne pas voir, ou tout simplement des faits eux-mêmes ; mais je n'ai jamais rencontré en vingt ans cette corruption omniprésente dont les gazettes regorgent, même au niveau local où pourtant elle doit exister. Certains événements récents prouvent qu'elle est bien réelle, dans l'univers politique comme ailleurs, et que les individus qui s'y livrent sont infiniment blâmables ; leur carrière s'en trouve d'ailleurs souvent brisée net. Mais de là à imaginer que l'enrichissement personnel est la loi générale, il y a un pas à ne jamais franchir. L'intégrité et l'honnêteté de l'immense majorité des élus comme des membres de l'exécutif est la règle. Je me rappelle que *Le Canard enchaîné*, en 1993, alors que nous arrivions à Bercy, s'inquiétait de savoir si nous avions un autre appartement personnel. Il nous a fallu montrer les quittances de loyer pour calmer la rumeur ! Est-ce la meilleure méthode pour réconcilier le personnel politique avec son peuple, alors que de graves problèmes assaillent les pays européens, et la France en particulier ?

Aujourd'hui un homme politique de niveau national doit faire attention à tout, s'interroger sur mille détails qui pourraient lui être reprochés, prendre en compte une opinion plus seulement soucieuse de la situation du pays mais sourcilleuse sur ceux qui le gouvernent. Imaginer, en France, prendre l'avion de la République pour partir en vacances, comme cela se pratique couramment aux États-Unis, relève de l'impossible. Un ministre, enfermé vingt-quatre heures sur vingt-quatre dans son ministère, n'a guère le temps de se préoccuper d'autre chose que de la mission qui lui a été confiée ; et on conçoit, s'agissant des grands ministères, combien elle est lourde. Soudain il découvre dans la presse des choses moches. Il en demeure pantois et se demande s'il vit dans le même monde que les journalistes.

La politique est une noblesse à laquelle on a enlevé ses lettres. Sans doute certains élus correspondent-ils mal à la charge qu'ils occupent et ne sont-ils pas à la hauteur de leur mission, et cela est bien dommageable. Mais la plupart des hommes politiques sont au-dessus de tout soupçon. Nicolas a été décrié et critiqué, mais c'est un homme politique au sens littéral et noble du terme, c'est-à-dire entièrement dévoué à la chose publique. Une de ses forces, mal comprise de l'opinion, résidait dans son incapacité à souffrir d'un échec, car la volonté et l'énergie qui l'habitent ont toujours balayé les échecs pour le porter vers d'autres projets. Car un homme politique, c'est aussi cela : quelqu'un qui se détourne du passé pour regarder vers l'avenir.

*

Rumeurs médiatiques, enquêtes souterraines, révélations fracassantes, cette face noire de la politique me choque. Je me suis toujours efforcée de m'en tenir le plus possible éloignée. Pourtant, dans ce domaine, et bien contre mon gré, j'ai sans doute été l'agent d'une évolution. Mon départ, en 2007, marqua le point d'orgue de la période la plus difficile de mon existence. Ce choix appartenait à la sphère privée, mais compte tenu de la place qu'occupait notre couple, il eut un impact considérable. C'est pourquoi, en faisant taire les rumeurs et ragots qui, depuis des mois, encombraient certains médias, j'ai pris une initiative qui a durablement marqué les esprits. À sa manière, notre divorce a donc modernisé la vie politique en rendant vain le jeu continuel des révélations et des démentis, mais aussi en mettant un terme aux mensonges des chefs d'État sur leur vie privée. Le temps « ballet des maîtresses » dont on ne parle pas mais que tout le monde connaît était enfin révolu.

Je crois que les Français nous ont su gré de cette franchise. Une certaine presse a semblé moins convaincue, puisqu'elle prit plaisir à accumuler les révélations caricaturales. Ce pays est ainsi fait. Il va traquer le mystère dans une vie transparente tandis qu'il respectera sans mot dire les ombres imposées par ceux qui le gouvernent. À cet égard, le secret longuement gardé sur Mazarine et la seconde famille de François Mitterrand en dit long sur les choix des médias.

Tout cela explique qu'aussitôt après mon divorce, nous ayons décidé, Richard et moi, de partir vivre à l'étranger ; à New York d'abord, où Richard était installé, puis à Dubaï et enfin à nouveau à New York. Nous avions compris que nous n'obtiendrions jamais la paix en restant à Paris car, comme me le répétait Richard avec bon sens, pour vivre heureux il faut vivre caché. En outre, le mandat présidentiel de mon ex-mari risquait de pâtir de cette situation en devenant l'objet de regards indiscrets autant que néfastes. Partir de France arrangeait donc tout le monde.

*

Les moments forts d'une carrière politique restent associés à de belles rencontres. Ce sont elles qui donnent envie de se battre pour quelque chose plutôt que contre quelqu'un. La rencontre décisive, pour Nicolas, fut celle d'Édouard Balladur. Elle se produisit lors de son premier mandat à l'Assemblée, à la fin des années quatre-vingt. J'ai encore en mémoire la substance de la phrase qu'il prononça, alors que nous étions au téléphone, lui sortant du Palais-Bourbon, moi dans mon bureau de la mairie de Neuilly : Je te laisse, j'aperçois Édouard Balladur et j'aimerais lui parler. Tout comme Nicolas, il venait d'être fraîchement élu à l'Assemblée.

Dès qu'ils eurent fait connaissance et commencé à travailler ensemble, leur collaboration ne cessa plus. Nicolas appréciait le personnage aux analyses impeccables et visionnaires, le politique tourné vers l'intérêt public et le service de l'État, l'élu attentif et travailleur. Il aimait aussi l'homme, sa finesse d'esprit, son humour, son raffinement. Édouard Balladur voyait en Nicolas l'homme politique tel que le définissaient les Anciens : celui pour qui l'intérêt collectif et le souci de la cité l'emportent sur toute autre considération, l'individu capable de consacrer sa vie à un grand projet. J'ai moi-même éprouvé du respect pour cet homme lorsque nos couples sont devenus proches. Il ne se départissait jamais de son calme, comme si tout ce qui était soumis à son jugement était d'une simplicité évidente. Il fut l'une des personnalités politiques qui m'a vraiment impressionnée.

Ceci dit, je dois avouer qu'en découvrant récemment, à travers la presse, les « affaires » que l'on attribue à certains hommes que j'ai connus ou côtoyés, j'ai l'impression, parfois, d'être extrêmement naïve... ou que la politique s'avère définitivement un monde sans pitié. Le dossier Clearstream n'a-t-il pas démontré combien nous devions – et devrions – être prudents avant de juger ou condamner ?

La concrétisation de l'entente entre ces deux hommes est connue. Cinq ans après cette élection, Édouard Balladur devenait Premier ministre et Nicolas entrait dans son gouvernement comme ministre du Budget ; une marque de confiance, car la formation et le début de carrière politique de mon ex-mari ne le destinaient pas a priori à un tel poste. Mais Édouard Balladur n'avait pas hésité à en faire son plus jeune ministre, et à lui confier par ailleurs le rôle délicat de porte-parole du gouvernement. Lequel réunissait une équipe de très grande valeur, avec, outre Nicolas, des personnages comme François Léotard, Gérard Longuet, Alain Madelin, Simone Veil et quelques autres. Très vite, la synergie entre mon ex-mari et le chef du gouvernement devint totale. D'ailleurs, les trois mots clés sous lesquels le Premier ministre plaça son action lors de son discours d'investiture devant l'Assemblée – renouveau, tolérance et rassemblement –, ont quasiment été repris par Nicolas bien des années plus tard, lors de la campagne électorale de 2007.

Ils correspondaient aux valeurs qui inspiraient sa propre action.

8.

La forteresse de Bercy

En 1993, Nicolas Sarkozy fut donc nommé ministre du Budget et porte-parole du gouvernement, après avoir travaillé étroitement avec Édouard Balladur à la constitution de l'équipe ministérielle. La France s'apprêtait à connaître sa deuxième cohabitation ; exercice du pouvoir délicat qui, pour corser les difficultés, s'acheva par un combat fratricide entre balladuriens et chiraquiens. Il suffit de consulter aujourd'hui la liste des membres de ce gouvernement pour voir que bien peu d'hommes politiques de haut niveau ont survécu à une période doublement périlleuse.

*

Une nouvelle étape de notre vie débutait. Nous quittions Neuilly pour nous installer dans un des lieux les plus emblématiques de la République. Bercy, semblable à un immense vaisseau arrimé au bord de la Seine, hébergeait à l'époque pas moins de quatre ministères et les milliers de fonctionnaires correspondants. Nicolas, pour sa première expérience gouvernementale, se voyait confier un poste régalien. Désormais, il allait se trouver confronté à des situations complexes dont il ne pouvait sortir que vainqueur ou vaincu.

Le ministère du Budget appartient en effet à la petite catégorie des postes clivants ; celui qui l'occupe en sort par le haut s'il réussit, mais s'il échoue, disparaît du paysage politique. La liste de ses anciens titulaires est à cet égard éloquente. Elle compte autant de futurs grands hommes d'État que de noms sombrés dans l'oubli parce que la fonction les a dévorés. Il allait donc lui falloir donner le maximum de lui-même et prouver ses compétences dans un poste exécutif, comme il les avait attestées dans ses mandats électifs. Pour cela, il savait qu'il pouvait compter sur mon aide et mon soutien.

*

D'un point de vue privé, cette date marque une étape tout aussi importante dans notre vie. Bien que Nicolas ne fût pas encore divorcé, notre couple prenait une allure officielle puisque la République nous accueillait tous les quatre, nous et mes deux filles. J'en éprouvai un profond soulagement. L'époque des vexations de Neuilly et des déchirements domestiques était enfin terminée. En outre, nous arrivions à la fin de la procédure de divorce de Nicolas. Un sentiment de soulagement m'envahissait donc. À trente-six ans, une autre vie s'ouvrait devant moi, plus forte, plus intense, plus passionnante encore.

Aussi est-ce d'un cœur léger que nous nous acheminâmes vers l'est de Paris pour la traditionnelle cérémonie de passation de pouvoirs. Mais le hasard voulut que notre voiture tombe en panne sur les Champs-Élysées ; petit moment de stress dont nous nous serions bien passés ! Après quelques minutes de flottement, nous décidâmes de monter dans la voiture suivante où avait pris place Maryse, la fidèle assistante de Nicolas. Nous sommes arrivés légèrement en retard à Bercy. Nicolas partit aussitôt rejoindre le ministre sortant,

Martin Malvy, pour la passation de pouvoir, tandis que j'étais conduite vers les appartements privés.

J'y arrivai avec mes deux filles, Judith, neuf ans, et Jeanne-Marie, six ans. À cette époque, le spectacle d'une jeune mère accompagnée de deux enfants aussi jeunes était à l'évidence inhabituel pour les fonctionnaires de Bercy. Je le compris à un certain étonnement sur leurs visages qui, pour être discret, n'en était pas moins réel. Le mien fut tout aussi grand. À l'entrée m'attendait une armée d'hommes en noir, tous pareils, chargés de me faire visiter les lieux et de recueillir mes souhaits pour le fonctionnement de notre nouvelle maison. Ce que j'avais déjà perçu dès notre arrivée, puis en arpentant les longs couloirs du bâtiment, se confirma : les lieux étaient démesurés. Pendant quelques minutes je me demandai ce que je faisais là et comment nous allions pouvoir vivre dans un tel endroit, élever des enfants, avoir une vie privée.

Les premières questions d'intendance mobilisèrent l'attention vigilante des fonctionnaires. Sur le moment je me retrouvai moi-même un peu perdue, puis repris mes esprits. Il faudrait des yaourts pour les enfants, mais lesquels ? Et puis aussi des boissons, des petits gâteaux, ajoutai-je, cherchant à parer à ce qui me semblait le plus pressé. Un instant de désarroi passa dans les regards de ces dignes fonctionnaires. Des yaourts dans l'appartement ministériel, on n'avait jamais vu cela à Bercy ! Le lendemain, je trouvai dans les frigidaires des dizaines de yaourts, tous les mêmes. Et des dizaines de paquets de petits-beurre, eux aussi tous les mêmes, comme je l'avais demandé la veille. Tout serait toujours ainsi, imprévu et caricatural, souvent décalé par rapport à une vie habituelle.

Décalé, mais formidable. Parmi les fonctionnaires attachés à notre service comme parmi ceux avec lesquels j'ai travaillé, je n'ai rencontré à Bercy que des gens plus qu'attentionnés : dévoués et d'une totale gentillesse à notre égard. Peu à peu, grâce à leur aide, je suis parvenue à humaniser les appartements et à leur donner une apparence plus familiale. De notre côté nous nous sommes adaptés à cette étrange vie, et nous avons vécu deux années d'une expérience exceptionnelle.

*

Les Parisiens sont aujourd'hui familiarisés avec la silhouette atypique de Bercy ; mais il y a vingt ans, les lieux conservaient leur caractère de nouveauté surprenante. Ils n'avaient été inaugurés que cinq ans plus tôt, et tout y était immense et flambant neuf. L'aspect extérieur, déjà, surprenait. Les deux architectes, Chemetov et Huidobro, avaient rivalisé d'audace. Le bâtiment le plus important, baptisé Colbert, celui que l'on voit de loin, comporte deux arches monumentales d'une longueur de soixante-dix mètres reliées entre elles par des arches plus petites, la première enjambant la rue de Bercy et la dernière plongeant dans la Seine. C'est dans celle-ci que se trouvent, tout en haut, les quatre appartements ministériels. Les deux plus grands, en duplex, sont surmontés d'une verrière qu'on aperçoit de l'autre côté de la Seine. Ils comportent au premier niveau un salon de réception, une salle à manger, puis une plus petite réservée aux repas familiaux ou intimes, et au second niveau quatre chambres. Y pénétrer, c'est découvrir un monde où rien ne fonctionne comme ailleurs. Par la taille des lieux, d'abord. Par l'usage qui en est fait, comme je l'expliquerai ensuite. Et par une série de détails spécifiques. C'est ainsi que les cuisines des différents appartements ne servent pas… à faire la cuisine ! Ce ne sont que des offices servant de relais entre la véritable cuisine qui est située à un autre étage et les salles à manger privées.

À Bercy tout est surdimensionné. Les cinq bâtiments, répartis sur plus de vingt hectares, regroupent plusieurs ministères et une vingtaine de directions générales de grands services. Plus de cinq mille fonctionnaires y travaillaient à l'époque. Si tout palais de la République peut se comparer à une ruche à l'activité incessante, Bercy, lui, s'apparente à une ville entière fermée sur elle-même, un peu à l'image des cités radieuses de Le Corbusier, mais conçue pour héberger cent fois plus de monde. Les coursives semblent ne jamais devoir finir. Les halls, les escaliers, les salles de réunion, tout paraît avoir été conçu pour accueillir des armées de géants. L'organisation de l'espace se doit donc d'y être d'une précision absolue. Les premiers temps, lorsque je rentrais dans l'espace privé, j'avais parfois l'impression que, dans un couloir où se succédaient les bureaux A 360, A 361, etc., j'arrivais enfin à une porte semblable aux autres, mais ouvrant sur notre appartement. En fait il y avait un aspect un peu cocasse dans le fait de se retrouver à vivre là. Nous étions jeunes tous deux, mes filles étaient petites, et nous avions le sentiment ni plus ni moins d'habiter dans une entreprise qui aurait comporté, en son milieu, un appartement !

Pour tenter de fixer ces images, je me souviens d'avoir proposé à mes filles de noter dans un cahier tout ce qu'elles voyaient et qui leur arrivait. L'idée les a beaucoup amusées et elles se sont prêtées au jeu. Que sont devenus ces cahiers ? Je l'ignore. J'étais moi-même en permanence surprise par cette ville ultramoderne où s'activaient tant de fonctionnaires et où nous menions une vie si étrange ; je suppose donc que leurs regards de petites filles ont dû aller, pendant les deux années où nous avons vécu à Bercy, d'émerveillement en émerveillement.

Mais aussi de fatigue en fatigue. Ne voulant pas ajouter de nouveaux bouleversements à une vie déjà passablement changeante, j'avais pris la décision de laisser mes deux filles suivre leurs études dans leur école de Sainte-Marie de Neuilly, et je maintiendrais cette décision tout au long de leur scolarité. Elles devaient donc, matin et soir, traverser tout Paris pour accomplir le long trajet séparant domicile et école. Une jeune fille au pair les emmenait chaque matin et les ramenait chaque soir. On imagine dans quel état de fatigue elles rejoignaient Bercy le soir à sept heures et demie, après avoir fait leurs devoirs dans la voiture. Les premiers temps, leurs notes s'en sont ressenties, car un tel rythme les éprouvait. Puis elles ont remonté. Judith et Jeanne-Marie ont alors poursuivi leur scolarité sans accroc dans les résultats ni plainte pour une vie qui n'était pas drôle tous les jours. Je pense qu'elles en ont gardé de bons souvenirs. Ce qu'elles ont vécu relevait d'une expérience exceptionnelle et leur a forgé un socle qui a contribué à faire d'elles ce qu'elles sont aujourd'hui : des jeunes femmes complètes, qui ont vécu de multiples expériences mais ont su prendre du recul, ce qui leur a donné une grande ouverture d'esprit. Je me souviens d'une visite du lycée français de Berlin lors de laquelle j'ai été frappée par la maturité de ces jeunes qui vivaient des choses peu communes. À leur manière, mes filles ont connu des situations tout aussi atypiques dont elles ont su s'accommoder avec facilité. Pour la jeunesse, toute nouvelle découverte est positive et enrichissante, même si elle semble difficile sur le moment.

Ce fut le cas pour ces deux enfants, comme plus tard pour notre fils Louis. À cause de nos emplois du temps fort chargés, auxquels s'ajoutèrent plus tard, au ministère de l'Intérieur, de perpétuels déplacements, tous trois n'ont guère connu l'existence normale d'enfants de leur âge. Nous étions souvent absents ou très occupés, et donc ne les voyions pas beaucoup. Mais lorsque nous étions là, mes filles et plus tard Louis déboulaient sans crier gare dans mon bureau, ce qui créait un tourbillon au milieu d'une ambiance généralement plus austère. J'aimais ces moments imprévus et joyeux. Je n'étais pas la seule. Les fonctionnaires, peu habitués aux courants d'air frais de la jeunesse, y voyaient comme une récréation dans des journées entièrement dévolues au travail. Quant à moi, malgré un emploi du temps surchargé, j'ai toujours su garder un œil sur mes enfants et voulu suivre leurs études ; à mes deux fidèles et successives jeunes filles au pair, Geneviève et Guita, qui m'aidaient pour le quotidien, je n'ai délégué que l'accessoire, jamais l'essentiel. Je suis trop une maman pour renoncer à ce qui constitue depuis toujours le cœur de ma vie.

*

Pour saisir ce qu'ont représenté pour moi ces deux années à Bercy, il faut se souvenir que je passais sans transition de Neuilly à l'une des plus imposantes machines administratives et politiques de la République. Je me retrouvais soudain vivant dans une bulle ; certes elle était parfaite, captivante même, mais elle restait une bulle. Le fait qu'on ne pouvait ouvrir les fenêtres de l'appartement de fonction était à cet égard symbolique. Bercy constitue un monde à part, coupé de tout, éloigné du centre de Paris et des autres ministères. Nous y vivions en circuit fermé, entre nos bureaux et l'appartement de fonction. Si je n'y prenais garde, je pouvais rester plusieurs jours sans franchir les murs de cette forteresse aux allures de prison dorée.

Nicolas était totalement absorbé par son travail. Sa tâche était lourde et compliquée – préparation des budgets, réformes fiscales, mesures pour le désendettement du pays, sans compter toutes ses autres missions – mais intellectuellement très enrichissante. Peu nombreux sont les postes ministériels où l'on a le sentiment d'agir de manière quasi immédiate sur le cours des choses. Nicolas a eu la chance d'en connaître deux, et pas des moindres ; le Budget et l'Intérieur. On ne peut rêver meilleure préparation à la fonction suprême. Encore faut-il savoir tenir l'archet d'une main habile. J'ose cette image, car Bercy m'est toujours apparu comme un stradivarius ; un merveilleux instrument aux pouvoirs étendus, mais qui demande une main experte pour produire tous ses effets. On trouve à Bercy les hauts fonctionnaires parmi les plus compétents qui soient au service de l'État. Dévoués à leur ministre et à leur administration, ils n'en sont pas moins capables de repérer en un temps record leurs faiblesses et leurs limites. Il vaut donc mieux savoir se servir de cette mécanique parfaite, car la moindre erreur peut être fatale. En outre Nicolas occupait les fonctions de porte-parole du gouvernement, un poste délicat où il faut présenter avec finesse la politique menée, affronter les journalistes, déjouer mille pièges. Sa tâche était d'autant plus difficile que le pays vivait alors sous le régime de la cohabitation, et qu'il fallait, pour Edouard Balladur et son équipe, assumer des choix sans partir en guerre contre François Mitterrand. Ce rôle demandait donc autant de doigté que de faire vibrer les cordes du stradivarius Bercy !

Pour le seconder, il avait formé un cabinet très jeune et remarquable. Celui-ci comptait une vingtaine de personnes à la tête desquelles il avait placé Pierre Mariani. J'aimais beaucoup assister à ces réunions de cabinet où chacun possédait sa compétence et allait droit à l'essentiel. Elles étaient incroyablement riches. J'ai connu là, comme plus tard au ministère de l'Intérieur, des hauts fonctionnaires totalement dévoués à leur tâche, les meilleurs d'entre les meilleurs au sein de leur génération, capables de travailler sans relâche ni autre gratification que l'honneur de servir leur pays et la satisfaction de remplir la mission confiée. À leur contact j'ai connu deux années passionnantes, pleines d'intensité et d'expériences. D'une certaine façon, je peux dire que c'est à Bercy que j'ai commencé à réellement vivre la vie que j'aimais et pour laquelle je me sentais faite.

*

Notre vie sociale se trouva rapidement réduite à la portion congrue. Non pas qu'elle ait été intense à Neuilly ; nous y commencions notre vie commune. Du moins pouvions-nous de temps en temps voir nos amis, que nous nous sommes toujours efforcés de choisir dans les univers les plus différents, allant des milieux d'affaires au monde artistique en passant par les professions libérales et intellectuelles. C'étaient moins souvent des représentants du monde politique, car nous préférions sortir du monde dans lequel nous étions immergés du matin au soir.

Au demeurant la vie sociale ne constituait pas à nos yeux une priorité. Nous n'étions pas mondains et sortions très peu. Cela n'a pas changé par la suite. J'ai gardé peu de souvenirs de dîners amicaux que nous aurions donnés à Bercy. Je me rappelle en revanche des repas de travail auxquels, parfois, nous invitions un ou deux proches pour sortir un peu des dossiers.

Avec le recul, je me dis que cette vie aurait dû me peser terriblement. Ce ne fut pas le cas. Je me retrouvais prise dans un univers aussi intéressant que nouveau, consciente des enjeux du poste qu'occupait Nicolas, heureuse de sa réussite et songeant à l'avenir. Tout cela laissait bien peu de place et de temps pour envisager un autre mode de vie.

*

Une des caractéristiques méconnues du quotidien ministériel est que la frontière entre vie publique et vie privée y est si poreuse qu'on ne l'aperçoit qu'à peine. D'abord parce que les longues journées de travail absorbent tout, ensuite parce que les appartements eux-mêmes sont moins privés qu'on pourrait le croire. Outre qu'ils accueillent souvent des collaborateurs lors de dîners de travail, les chariots de parapheurs à signer arrivent jusque dans votre salon. Ou bien c'est un huissier qui frappe à la porte et entre avec un dossier urgent, tout comme il le ferait dans le bureau du ministre. Il n'est pas rare que des réunions de cabinet se tiennent tôt le matin ou tard le soir dans ces mêmes appartements.

Les premiers temps, on conçoit combien ce mode de vie a pu me surprendre. Tout le monde pouvait rentrer chez moi, personne ne sonnait, ni les huissiers ni les conseillers ; à peine un coup frappé à la porte, par réflexe, sans même prendre le temps d'attendre l'autorisation d'entrer. L'intimité devient alors très théorique. Combien de fois me suis-je heurtée à des gens jusque dans le couloir de mon appartement ! Les policiers, les maîtres d'hôtel, les fonctionnaires, les membres du cabinet, tout cela forme un ballet quasi incessant. Quant aux téléphones, ils sonnent en permanence. Mais dans ce domaine je n'étais pas au bout de mes surprises : Bercy constitue presque un havre de paix en comparaison du ministère de l'Intérieur !

Bien vite je me suis rendue à cette évidence : à l'inverse de ce que croit l'opinion publique, les appartements constituent plus une facilité pour les ministres qu'un avantage. Ils leur permettent de résider sur leur lieu de travail et de rester ainsi jour et nuit au service de l'État. La tâche est si prenante que, dans certains pays, obligation est faite aux ministres de vivre dans leur ministère. Aucun de ceux qui occupent ces fonctions prestigieuses ne songerait à s'en plaindre ; mais de là à y voir de scandaleux privilégiés, il y a un pas qu'il serait souhaitable de ne pas franchir. La réalité de la vie ministérielle est plus simple : la tâche est tellement lourde que le quotidien doit être facilité. Et son corollaire est implacable : un ministre ne peut plus prétendre à une véritable vie privée. Il est entré corps et âme au service de la République et doit se tenir en permanence disponible pour son pays.

Outre qu'ils permettent à son occupant de travailler sans perte de temps, une autre raison d'importance pousse au maintien de ces appartements. Le patrimoine de la République reste un des plus beaux moyens pour que la France brille d'un éclat qu'elle a, dans bien d'autres domaines, perdu. Recevoir des invités de marque dans un cadre chargé d'histoire et souvent exceptionnel honore un pays tout entier. Les réceptions dans les grands ministères ont aussi pour rôle de montrer que la France sait tenir son rang et conserve ces traditions tissées au fil du temps qui impressionnent tant les étrangers. Tout le monde sait, par exemple, de quel éclat brillent les dîners du Quai d'Orsay. Quant aux réceptions de l'Élysée, par la beauté du lieu, le luxe et la qualité de la table, la perfection du service, elles appartiennent à la légende et à l'histoire de la France.

Mais ces magnifiques décors d'apparat ne doivent pas tromper sur la réalité du quotidien. À l'exception des moments dédiés aux tâches de représentation, à Bercy comme dans les autres ministères, le ministre déjeune la plupart du temps d'un plateau dans son bureau en compagnie de ses collaborateurs. C'est que tout doit être dévolu à une mission chronophage au cœur de laquelle, de surcroît, l'imprévu est sans cesse au rendez-vous, que ce soit parce que le Premier ministre ou un de ses conseillers vous réclame au téléphone ou parce qu'une réunion inopinée ou une visite imprévue vous mobilise. C'est ainsi que, pendant deux ans, nous n'avons fait que vivre à Bercy, dans Bercy, pour Bercy, dans une osmose permanente des sphères publiques et privées.

Il ne faut donc pas se tromper sur ces postes. Les hommes de gouvernement n'y jouissent pas d'avantages, mais – j'insiste – de facilités pour un travail harassant qui ne connaît guère de vacances ou de week-ends. Le quotidien ne doit donc ni leur peser ni engendrer de problèmes inutiles ou perturbateurs. Un ministre ne doit pas perdre de temps avec l'accessoire, mais se concentrer sur l'essentiel.

*

Un mois et demi après notre arrivée à Bercy, le 13 mai 1993, en milieu de matinée, alors que je m'apprêtais à emprunter en voiture le pont de l'Alma, mon téléphone portable retentit. Je pris l'appel. Pendant quelques secondes j'eus du mal à saisir ce qu'avec des accents effrayés m'expliquait mon interlocutrice, Arlette, la secrétaire de Nicolas à la mairie de Neuilly. Mais soudain la gravité de la situation me saisit d'effroi. Un homme venait de prendre en otage une classe entière d'enfants dans une maternelle du groupe scolaire Charcot. L'émotion de la secrétaire était d'autant plus grande qu'elle croyait ma dernière fille Jeanne-Marie encore scolarisée dans l'établissement, alors qu'elle l'avait quitté depuis un an. Je la rassurai sur ce point, et décidai aussitôt de prévenir Nicolas.

Il participait à une réunion présidée par le Premier ministre à Matignon ; impossible de le joindre directement. Je le fis donc prévenir par un huissier afin qu'il me rappelle au plus vite, ce qu'il fit quelques instants plus tard. Je lui exposai le peu que je savais et compris à son calme et à sa résolution qu'il allait prendre l'affaire en main. Le connaissant, c'était une évidence. Après avoir obtenu l'accord d'Édouard Balladur, il partit pour Neuilly, dont il était toujours maire, résolu à négocier directement avec le preneur d'otages et à superviser les opérations du Raid aux côtés de son collègue de l'Intérieur, Charles Pasqua.

Aussitôt connu, l'événement prit une dimension nationale et marqua durablement l'opinion. Vingt ans ont passé mais ses péripéties demeurent encore dans toutes les mémoires. Celui qui se faisait appeler « Human Bomb », de son véritable nom Éric Schmitt, avait déjà fait exploser des bombes dans un parking sans faire de victimes. Mais peu de monde avait prêté attention à ses premiers faits d'armes qui constituaient autant de signaux envoyés à l'opinion publique. Aussi était-il passé à la vitesse supérieure. Il détenait aujourd'hui vingt et un enfants et leur institutrice pour la libération desquels il exigeait la somme de cent millions de francs. L'homme était extrêmement dangereux. Ne se contentant pas de s'être confectionné une ceinture d'explosifs, il en avait fait courir sur le sol de la classe et autour du tableau. Ses premières déclarations laissaient augurer d'un sang-froid et d'une volonté à toute épreuve. Personne ne pouvait imaginer vers quoi on s'acheminait, reddition de Human Bomb, massacres des enfants, intervention du Raid.

Commencèrent alors des dizaines d'heures d'attente anxieuse jusqu'au dénouement qui intervint le samedi matin avec l'assaut du Raid. Et durant toutes ces heures, Nicolas resta à la manœuvre, négociant pied à pied avec le preneur d'otages auquel il parvint à arracher un, puis sept enfants. Après quelque temps, Human Bomb ne retenait plus que l'institutrice et six enfants. Tous les autres avaient été soustraits à sa folie meurtrière grâce à la force de persuasion de Nicolas et des policiers.

Mais tout cela, bien sûr, nul ne pouvait alors le deviner tandis que, en ce matin de printemps, la France apprenait avec stupeur qu'une vingtaine de petits étaient retenus en otage dans leur classe. J'avais à peine raccroché mon téléphone qu'envahie par la peur que l'on imagine, je fis demi-tour pour revenir à Bercy et suivre les événements auprès des miens à la télévision. Durant la cinquantaine d'heures qui suivirent, je restai ainsi devant mon écran, suspendue aux images, incapable de me concentrer sur autre chose, écartant mes filles de la télé en leur disant que tout allait bien et qu'il ne fallait pas s'inquiéter.

La vérité est que j'étais morte de peur. Nicolas m'appelait tout le temps pour me raconter ce qui se passait et tenter de me rassurer ; tâche d'autant plus difficile qu'alors qu'il me parlait je suivais les images sur l'écran, et que celles-ci démentaient souvent ce qu'il me disait pour calmer mon angoisse. Je voyais que la situation pouvait basculer en une seconde vers un drame. Mais de bout en bout Nicolas se montra d'un calme absolu. Il était déterminé, solide, attentif à tout, et je sentais à sa voix que sa place était là et nulle part ailleurs, et que les propres risques qu'il encourait ne comptaient pas. Non seulement il ne montrait pas sa peur, mais il s'efforçait de diminuer la mienne.

Plus tard, il devait me raconter que la situation avait été encore plus tendue que ce que les caméras et les commentaires des journalistes le laissaient penser. Ainsi « HB » tenait à la main un détonateur, qu'en période de veille et d'attention il lui suffisait de relâcher pour faire tout sauter, et sur lequel en période de repos il fallait au contraire appuyer. Dans un cas comme dans l'autre, un geste à peine perceptible de la main aurait suffi à tout faire exploser ; ou un simple faux mouvement de sa part, car les heures passant, chacun voyait que l'homme se fatiguait, perdait patience et parvenait de plus en plus mal à se contrôler.

Durant toute cette affaire les protagonistes se comportèrent de façon parfaite. La maîtresse avait organisé un coin de la classe pour occuper les enfants et tenter de les tenir au calme afin de ne surtout pas faire monter une tension qui aurait pu pousser HB à bout. Quant à l'équipe du Raid, elle agit de façon extraordinaire. Quelques semaines plus tard, au ministère de l'Intérieur, je devais faire la connaissance de ces policiers dévoués corps et âme à la cause qu'ils servent et oublieux de leur propre vie ; autant d'hommes courageux et obscurs que l'opinion ignore le plus souvent, quand elle ne les tourne pas en ridicule, et à propos desquels je me souviens très bien m'être répété, pendant ces heures d'angoisse face à mon écran de télévision, combien ils avaient droit au nom de héros. Ils couvraient avec intelligence Nicolas lorsqu'il s'approchait de la porte de la classe pour établir un contact plus direct avec HB, et se retrouvait face à cet homme cagoulé et bardé d'explosifs, la main sur le détonateur. Il s'avançait alors avec lenteur tandis que deux tireurs d'élite se tenaient embusqués derrière lui. Tout en parlant à HB, il devrait penser à contrôler ses gestes en cas d'attaque ou de riposte pour permettre aux hommes du Raid de tirer entre ses jambes écartées, ou de part et d'autre de son corps. Puis il ressortait avec un enfant dont la restitution avait été durement négociée, par exemple en échange d'une interview sur une grande chaîne, car HB, conscient de ce qu'il représentait aux yeux de l'opinion, exigeait la plus large audience.

Nicolas n'avait rien du kamikaze inconscient. Il était bien placé pour saisir la détermination d'HB et n'avançait pas vers lui sans ressentir une terrible crainte de ce qui risquait de se produire. Mais il n'en montrait rien. C'est d'ailleurs un trait de son caractère que ce grand calme dans les moments difficiles. Il y avait assez de dynamite dans la classe pour tout pulvériser et creuser un cratère qui aurait englouti l'immeuble entier. Nicolas n'avait pas peur pour lui, mais pour la vie des enfants.

Pendant qu'il poursuivait les négociations pour fatiguer HB et pouvoir à la fois libérer de nouveaux otages et préparer un assaut déjà programmé, je m'efforçais de rassurer mes filles tout en priant le ciel pour que l'histoire ne vire pas à l'horreur… Je vécus alors des heures terribles, dans une ambiance d'autant plus singulière que je devais à tout prix donner le change à mes propres enfants.

*

Lorsque, une semaine après, tout fut fini, HB tué et les enfants sauvés, ma fille Judith, neuf ans, décida d'écrire une lettre au président de la République. Ses motivations étaient aussi simples que généreuses : elle voulait demander la Légion d'honneur pour son beau-père. La lettre était attendrissante et sincère. Elle mettait en avant l'héroïsme d'un homme tel qu'avait pu le ressentir, avec force, une enfant. Je fus profondément émue en la lisant, et persuadée qu'elle saurait toucher un homme tel que François Mitterrand.

Mais elle ne reçut jamais de réponse. J'en ai été étonnée et déçue. Nicolas non. Il connaissait la loi d'airain de la politique, son âpreté. Politiquement, les conséquences d'une telle affaire étaient prévisibles : l'estime de ses proches et des gens de son camp, la critique de ses adversaires. Même à l'occasion d'un événement aussi dramatique qui aurait dû transcender tous les clivages, la France restait coupée en deux, victime d'a priori et de jugements à l'emporte-pièce.

*

La Légion d'honneur ne fut cependant pas absente de l'événement. Remise par le président de la République en personne, dans la salle des fêtes de l'Élysée, elle vint à juste titre récompenser le courage de l'institutrice et des hommes du Raid. Après le discours qu'il prononça avec une parfaite aisance et sans notes, comme à son habitude, François Mitterrand vint vers nous pour échanger quelques mots avec mon ex-mari et le complimenter de son action.

Puis il se tourna vers moi et m'entretint de ce qui lui tenait tant à cœur : les grands travaux parisiens par lesquels il avait décidé d'imprimer sa marque à notre époque. Il évoqua la pyramide du Louvre, qui avait profondément ému l'opinion – dont la mienne, je l'avoue – avant de recueillir l'approbation générale. Il enchaîna ensuite avec l'opéra Bastille, dont la salle lui paraissait parfaite d'un point de vue acoustique, et rappela l'anecdote étonnante de la méprise au moment du choix de l'architecte : le projet du lauréat primé avait été confondu avec celui d'un autre, mondialement célèbre !

Mais moins que le contenu des propos présidentiels, me frappèrent ce jour-là le charme et la culture de leur auteur. Le regard qu'il fixa sur moi était celui d'un homme rompu à l'art de la conversation avec des femmes. Le Président était, à l'évidence, un séducteur. Quant à sa maladie, pourtant fort avancée, je n'eus pas le sentiment qu'elle le diminuait. Dois-je dire aussi que, derrière l'extrême courtoisie des phrases, la douceur du ton, la distinction des propos, on sentait également le politique florentin usant du verbe comme d'une arme pour conquérir ceux qui, d'emblée, n'appartenaient pas à son camp ? Quoi qu'il en soit, cette première rencontre avec François Mitterrand me fit une forte impression.

*

Le temps de cette parenthèse élyséenne, Nicolas put oublier le drame qu'il avait vécu. Mais pendant des jours et des semaines il allait subir sa forte présence en lui. Images, paroles et sans doute peurs, qu'il a si peu évoquées, ne le quittaient plus. Même si elle se termine au mieux de ce que l'on peut espérer, une épreuve aussi grave que celle qu'il avait traversée figure au petit nombre de celles qui vous marquent à tout jamais. J'en ferais moi-même l'expérience des années plus tard avec l'épisode des infirmières bulgares que je parviendrais à arracher aux geôles de Kadhafi. Durant de tels moments nous puisons en nous le courage d'approcher jusqu'au bord du gouffre pour saisir les mains de ceux qui sont en train d'y tomber.

Une telle dimension soudain offerte à l'existence ordinaire, rares sont ceux qui ont eu l'occasion de la connaître. Tout demeure alors en vous ; aussi bien la peur qui vous a envahi que le bonheur d'avoir remporté l'improbable victoire, ou l'intensité dramatique que vous ne connaîtrez sans doute jamais une seconde fois. Ce sont ces moments si forts, à côté d'autres plus paisibles et d'une qualité plus discrète, qui donnent son véritable sens à une existence ; tant il est vrai que contribuer à sauver des vies reste la façon la plus haute de ne pas perdre la sienne.

9.

Le difficile exercice du pouvoir

Lorsqu'on a un mari qui a l'honneur d'être nommé à un poste aussi important que ministre du Budget, la moindre des choses consiste à l'accompagner et à l'aider, ce à quoi je me suis toujours efforcée. Ce que j'avais commencé à Neuilly, je le poursuivis donc à Bercy. Nicolas n'a jamais effectué un seul déplacement sans moi, participé à un meeting ou à une émission de télévision sans que je sois présente. Souvent on ne me voyait pas ; et c'était bien ainsi, car être sur le devant de la scène n'a jamais été mon choix. Dans les réunions publiques je m'installais au milieu des militants pour ne pas perdre une miette de ce qui se passait aussi bien devant moi que dans la salle.

Disposant d'un bureau, je continuais à veiller aux relations avec la presse et tenais l'agenda ministériel. Par ailleurs j'assistais aux réunions de cabinet. C'est en ces circonstances que j'ai commencé à saisir ce qu'était la politique, ses options, ses priorités à choisir, ses moyens à mettre en œuvre. Et puis je continuais à organiser des déjeuners avec des membres de la « société civile », comme j'avais commencé à le faire à Neuilly. Ces rencontres, qui se déroulaient à un rythme mensuel, n'étaient pas directement liées aux activités du ministère. D'élu local, mon ex-mari évoluait désormais au niveau national. Il lui fallait donc acquérir une vision d'ensemble de la société française, comprendre où se situaient les enjeux, les blocages, les urgences et les opportunités de changement.

Aucun de ces déjeuners ne donnait lieu à une quelconque préparation. Je réunissais une dizaine de personnes autour d'une même thématique qui pouvait aussi bien porter sur l'art, la religion, la littérature, l'entreprise, l'histoire ou la recherche scientifique, et donnait lieu à des échanges généralement passionnants. Le cardinal Lustiger fut ainsi à plusieurs reprises notre invité au côté du recteur de la mosquée de Paris Dalil Boubakeur. Dans une autre rencontre, c'est l'écrivain Denis Tillinac qui s'imposait par sa verve, ses anecdotes et ses souvenirs. D'autres déjeuners réunissaient des gens de spectacle, réalisateurs, metteurs en scène et comédiens. Dans un autre genre, mais qui ne fut pas moins vivant, j'ai gardé le souvenir d'un repas qui réunissait deux illustres prix Nobel, les physiciens Georges Charpak et Pierre-Gilles de Gennes. Ce dernier me fit une forte impression. Il avait alors plus de soixante ans, mais continuait à se passionner pour tout : la voile et le bateau autant que les mathématiques ou la cueillette des champignons en forêt. Il était fascinant de voir sa conversation rebondir d'un sujet à l'autre avec le même intérêt. Grâce à lui j'ai saisi la force d'une intelligence en perpétuel éveil, capable de s'enthousiasmer pour des sujets qui laisseraient de marbre un esprit moins ambitieux. De tels moments demeurent dans ma mémoire comme des perles semées sur la route du quotidien.

Pour toutes ces raisons, l'époque de Bercy fut pour moi une formidable expérience. C'est au cœur de cette forteresse que j'ai touché ce qu'étaient la puissance d'un grand État et ses liens avec le passé. Notre système fiscal, aussi bien que notre tradition d'interventionnisme dans l'économie du pays, sont vieux de plusieurs siècles ; on en sent là toute l'évidence. Où, ailleurs que dans ce ministère, se trouvent en effet concentrés autant de talents ? Je connaîtrais quelques années plus tard, Place Beauvau, des hommes tout aussi exceptionnels, impliqués dans une fonction tout aussi régalienne, celle de la sécurité et de l'ordre publics. Et ce sera alors la qualité de cette pâte humaine qui me fascinera. Mais la compétence technique hors pair que le monde nous envia durant des décennies jusqu'à copier notre système de formation des élites technocratiques, c'est à Bercy que je l'ai rencontrée. De sorte que Bercy et Beauvau constituent deux expériences simultanées, différentes mais aussi fortes. Et les souvenirs personnels d'une vie parfois difficile, car sans cesse exposée, que je peux en conserver comptent pour bien peu en comparaison de la chance de m'être retrouvée et d'avoir pu travailler dans des endroits et des situations pareilles.

*

Mais c'est également à Bercy que j'ai découvert combien le pouvoir isole. Je n'étais pas naïve au point de ne pas en avoir l'intuition, mais l'ampleur du phénomène m'a surprise. Quelle que soit la lourdeur de son mandat, un maire de grande ville ou un député conserve le contact avec les citoyens. Il tient une permanence, circule dans sa circonscription, croise régulièrement ses administrés, recueille les mille attentes et doléances qui traversent leur quotidien. Au reste personne ne concevrait qu'un élu n'agisse pas ainsi dans la mesure où il tire sa légitimité du suffrage universel. Mais le pouvoir exécutif fonctionne de manière différente. Un ministère est un monde clos. L'activité y est si dévoreuse de temps qu'il ne reste pas une minute pour saisir l'information à sa source, maintenir le contact avec les citoyens et analyser leurs attentes.

Pourtant prompte à dénoncer les abus et les manques à la morale publique, l'opinion ignore largement le pouvoir des conseillers de l'ombre et autres visiteurs du soir. Ils sont les véritables interlocuteurs de l'homme d'État, eux qui savent si bien lui parler le langage attendu qu'il leur accorde bientôt toute sa confiance. Le résultat se devine sans peine. Les gens de l'ombre prennent de plus en plus d'importance. Ils parviennent ainsi à orienter une politique selon leur vision personnelle des choses et non plus en fonction de l'intérêt général. De messagers du quotidien, ils se glissent peu à peu dans la peau d'éminences grises. Le plus étonnant est qu'ils ne sont en général ni élus ni nommés par quiconque. On a beau se dire que ce phénomène existe depuis des lustres auprès de tout pouvoir, il n'en représente pas moins un danger potentiel. J'ai tenté, dans la mesure de mes moyens, de le contrebalancer. Mon rôle et ma particularité étaient que je n'attendais ni ne souhaitais rien à titre personnel ; ce qui rendait mon avis d'autant plus précieux. Je ne me suis pas fait que des amis dans un tel exercice ; cela m'était égal. J'ai poursuivi mon travail sans me soucier de ce que certains en pensaient. Mais par la suite, lorsque je ne fus plus là pour rétablir un équilibre, on a pu voir combien certaines personnes prirent une importance dont elles n'étaient pas toujours dignes.

Je n'ai ni impulsé une politique – au nom de quoi aurais-je pu le faire ? –, ni soufflé des solutions, contribué au choix de celui-ci, à la promotion de celui-là, au départ de tel autre. Mon travail fut de rechercher l'équilibre et la modération. J'essayais de calmer certains élans qui me semblaient maladroits et aidais mon ex-mari à prendre de la distance vis-à-vis de lui-même afin de mieux saisir les attentes des citoyens. Ce n'était pas toujours facile. Je pense y être parfois parvenue. Il est étrange que cet homme qui, dans le privé, était d'une totale placidité et n'élevait jamais la voix, ait pu alors – plus tard notamment – donner de lui une image aussi impulsive.

Son énergie avait été porteuse d'un vrai dynamisme ; son agitation ne fit qu'agacer. Elle pouvait tourner à l'énervement avec ses collaborateurs. Sans doute oubliait-il en quelques minutes les terribles colères dont il les avait abreuvés ; mais pas eux. Souvent sur des points de détail, il se mit à inquiéter une opinion que la crise économique avait rendue fragile et sensible. Tout ce en quoi il était parvenu à rassurer les citoyens passa au second plan. Pourtant si attentif au sort des victimes et des laissés-pour- compte, il montra une inquiétante impulsivité et multiplia les propos choquants. Pour finir, en 2012, il alla chercher ses électeurs vers les extrêmes, où d'ailleurs il ne les trouva guère, alors que tout politologue sait qu'en France, comme dans la plupart des grandes démocraties, les élections se gagnent au centre. Mais voici que je quitte ma ligne. Tout ceci appartient à une histoire qui n'est pas la mienne, et je ne souhaite pas en parler.

*

À Bercy, j'ai certainement commis des maladresses. Ne parvenant pas toujours à adapter ma grande timidité à la situation, j'ai pu donner à certains moments une impression de froideur et de supériorité bien trompeuse. Des fonctionnaires peu habitués à une famille avec des parents et des enfants aussi jeunes ont pu croire que j'abordais cette nouvelle vie avec un véritable aplomb. Quelle erreur ! Je ne faisais que dissimuler ma gêne de me retrouver là, dans l'attente de ce qui allait se produire et observatrice d'un monde encore inconnu. Pendant un temps, certains, dans ce monde feutré, ont dû m'en vouloir. Tout s'est finalement bien passé, malgré les médias qui, fidèles à leur habitude, ont jeté de l'huile sur le feu. Contrairement à ce que certains d'entre eux ont prétendu, je ne me suis jamais permis de donner des ordres intempestifs ni de révolutionner quoi que ce soit. De sorte qu'à Bercy, loin d'avoir essuyé des critiques, je pense être parvenue au contraire à gagner la confiance des différents services ministériels.

Cela ne fut pas aussi simple avec l'entourage de Nicolas où, déjà à cette époque, plusieurs personnes qui ne m'appréciaient pas ont cherché à m'éloigner de lui. Mais nous formions alors avec lui une équipe si soudée que nous passions tout notre temps ensemble, dans le quotidien du travail comme dans les réunions, les repas que nous prenions en commun, les voyages que nous effectuions tous les deux. Je conçois que certains aient pu me trouver dérangeante au point de vouloir m'éloigner. Pour cela ils envoyaient des mauvais signaux en direction de mon ex-mari et des médias. Nicolas ne s'est jamais laissé impressionner par ces tentatives de déstabilisation, car c'était bien de cela qu'il s'agissait. Ce qui a par la suite créé de la distance entre nous relevait de la sphère privée et en aucune façon de notre vie professionnelle.

Plus tard, à l'Intérieur, j'ai moins ressenti cette ambiance, sans doute parce que, aussi incroyable que cela paraisse dans un pays où les mœurs ont tellement évolué, Nicolas et moi nous étions entre-temps mariés. J'étais ainsi devenue moins attaquable. Ce n'est qu'après bien des années, quand certains ont senti une faiblesse en moi, que les attaques ont recommencé. L'expérience m'a appris cette chose terrible : un genou à terre, dans ce pays, suffit à déclencher la curée.

Quels souvenirs ai-je conservés de tout cela ? Bien peu. Ceux qui multipliaient les critiques – dissimulées évidemment – se sont livrés à un petit jeu où je n'ai jamais voulu leur tenir compagnie. À quelque niveau qu'elle s'exerce, la politique est un exercice compliqué, difficile, offert à mille suspicions. Bercy nous projetait de façon soudaine du niveau local à un niveau national. Il est normal que nous nous soyons retrouvés plus exposés. Rien de tout cela n'a d'importance. Nicolas gagnait en densité et se fabriquait pour l'avenir national qu'il sentait en lui. Il ingérait le maximum d'expériences et de connaissances pour être à la hauteur de la tâche à venir. Rien d'autre ne comptait.

*

Il me semble que les Français n'ont pas compris Édouard Balladur. Pour l'essentiel, ils ont validé la politique du Premier ministre et apprécié qu'il n'envenime pas une cohabitation déjà difficile avec François Mitterrand. Mais ils ne l'ont pas suivi dans sa marche vers l'Élysée. Plus que son programme ou son bilan, c'est l'image qu'il projetait de lui-même qui ne leur a pas plu. Sans doute un tel homme n'était-il pas acceptable dans le paysage politique d'alors. Face à un Jacques Chirac tellement semblable au copain que nous aurions eu envie d'avoir dans notre jeunesse, un homme poli, réservé, parfois condescendant, ne faisait pas le poids.

C'est d'autant plus dommage qu'à mon sens, l'opinion s'est doublement trompée sur les personnes. Jacques Chirac était sans doute plus complexe qu'il ne paraissait à première vue, et Édouard Balladur plus simple. Car l'image empêchait de voir les ombres du premier tandis qu'elle dissimulait les qualités du second. Élu président, il n'est pas douteux qu'il aurait agi au mieux pour son pays.

Je sentais cela, et nous étions très nombreux à croire en sa réussite à l'élection présidentielle de 1995. C'est pourquoi, au soir du premier tour, quand nous apprîmes que Jacques Chirac devançait notre candidat, la déception fut immense. Nicolas et les soutiens d'Édouard Balladur devaient d'ailleurs en subir les conséquences durant des années, tant la rancœur de l'entourage chiraquien à leur égard fut tenace. Quant au candidat malheureux, il a profondément souffert de son échec, des caricatures qui le ridiculisaient et de l'incompréhension des Français qui lui avaient préféré le style Chirac.

Il est tout de même étrange que, dans ce pays, il faille souvent faire assaut de simplicité pour recueillir les suffrages des électeurs alors que les chefs d'État qui savent garder leurs distances déplaisent. Par une sorte d'ostracisme commun, l'opinion, qui n'aime pas les riches, a tendance à rejeter certains hommes politiques ; ceux qui, par leur milieu social, leurs études, leur attitude dans la vie ou leur conviction du noble rôle dévolu à la politique tranchent avec l'image ancestrale de l'élu de base gouailleur et bon vivant. La manière dont les médias scrutent à la loupe les visites au Salon de l'agriculture est à cet égard représentative. Gare à l'homme politique qui hésite à lever le coude et à taper sur le cul des vaches !

Notre époque a perdu le sens de la grandeur. Elle affectionne les hommes politiques qui ressemblent à tout le monde et ne cherchent pas à s'imposer par leurs qualités. C'est regrettable. Quand un peuple ne respecte pas ses hommes publics, il passe à côté d'une dimension essentielle de la politique : la fierté qu'il doit éprouver pour ceux qui le représentent. Mais à trop mépriser les élus, on ne méprise que soi. Qui donc les a installés à cette place ? Le suffrage universel a-t-il une si piètre opinion de lui-même qu'il lui faille s'employer à abattre ceux qu'il a mis à sa tête au motif qu'il les juge par la suite indignes de la fonction ou incapables de l'exercer ?

*

En 1995, après la sévère défaite d'Édouard Balladur lors de l'élection présidentielle qui vit la victoire de Jacques Chirac, un vide s'est donc ouvert devant nous. La traversée du désert commença. Comme c'était prévisible, Nicolas ne fut appelé à aucun poste ministériel dans le nouveau gouvernement. Mais cela ne suffisait pas. Il fallait qu'il paie son soutien à l'ancien Premier ministre. On le fit passer pour l'ennemi de son propre camp, une sorte de traître à la noble cause chiraquienne ; le parti gaulliste a toujours aimé les vainqueurs et enfoncé les vaincus. Je me souviens de l'avoir vu se faire siffler et huer à un meeting RPR à Bagatelle.

De tels comportements de la part de camarades de parti m'attristaient. Lui s'en offusquait à peine. Impavide, il savait qu'une carrière politique se paie au prix fort et que l'honni d'aujourd'hui sera souvent l'encensé de demain. Telle est la règle, dans tous les partis et à toutes les époques. Jacques Chirac lui-même, le grand triomphateur de 1995 puis de 2002, traversa à un moment tant de turbulences que beaucoup ne croyaient plus en son destin national. Mais nul ne meurt vraiment en politique. Jusque fort tard dans une vie, parfois l'extrême vieillesse, le retour demeure possible. Qu'on se rappelle les exemples de Georges Clemenceau, Charles de Gaulle, François Mitterrand.

*

Nous sommes partis avec le couple Léotard nous reposer sur la Côte basque. C'étaient là nos premières véritables vacances ; nous les dégustâmes avec joie, même si la défaite conservait un goût amer. Puis nous nous mariâmes le 23 octobre 1996, à Neuilly, dont Nicolas était resté maire. Ce fut une époque heureuse. Nous avons beaucoup voyagé, à l'invitation de gouvernements étrangers qui, à la différence des dirigeants français, anticipaient l'avenir de Nicolas. Il a alors noué des amitiés extérieures et pris ses marques sur la scène internationale. Par ailleurs il écrivit la biographie de Georges Mandel, l'un des plus jeunes et brillants ministres de la Troisième République dont la carrière fut tranchée net par la défaite de 1940. Puis le régime de Vichy le plaça en détention comme Juif avant que la milice ne l'assassine. La fulgurance d'un tel destin politique, autant que sa fin dramatique, fascinait Nicolas.

Nous installâmes notre nouvel appartement de la rue Pierre-Charon où nous pûmes enfin passer des soirées entre amis. Je m'occupais de Louis, âgé de quelques mois, et mes filles grandissaient. Le pouvoir ministériel ne manquait pas à Nicolas ; il savait qu'il avait l'avenir pour lui. Il ne me manquait pas non plus ; nous avions enfin le présent pour nous.

Pour la première fois de ma vie, je pouvais savourer l'existence, prendre mon temps, m'occuper des êtres que j'aimais. Même si je savais que le tourbillon ne tarderait pas à reprendre, je goûtais des instants qui, à force de s'additionner les uns aux autres, finirent par créer l'illusion qu'ils pourraient être éternels.

10.

Place Beauvau

Après le sévère échec de la liste RPR-DL aux élections européennes de 1999 – elle arriva en troisième position, derrière la liste souverainiste emmenée par Charles Pasqua et Philippe de Villiers –, Nicolas Sarkozy démissionna de la présidence du RPR. Pendant deux ans, il ne se consacra qu'à ses deux mandats de maire et de député de Neuilly. Je fus loin de m'en plaindre.

Il aurait été cependant naïf de penser que cette époque durerait longtemps. Il soutint Jacques Chirac à l'élection présidentielle de 2002, et fut, dans la foulée de la victoire, élu pour la quatrième fois consécutive député de Neuilly en obtenant le plus beau score de toute la droite. On le donna un temps favori pour Matignon. Sans doute inquiet de l'ascendant d'un Premier ministre qui risquerait de jeter une ombre fatale sur la sienne, le président préféra nommer Jean-Pierre Raffarin. Nicolas se vit offrir l'Intérieur, assorti de la Sécurité intérieure et des Libertés locales, avec le titre protocolaire de « numéro deux du gouvernement », mais sans celui de ministre d'État ; les nécessités politiques de 2002 n'avaient pas complètement cicatrisé les plaies de 1995. Mais cela importait peu. Nicolas était disposé à faire ses preuves dans ce nouveau poste. En mai, nous reprîmes donc le chemin des ministères pour nous installer Place Beauvau.

*

L'hôtel de Beauvau, c'est l'anti-Bercy. Situé à quelques dizaines de mètres de l'Élysée, au cœur du Paris où j'avais passé ma jeunesse, c'est un joli hôtel dont boiseries et moulures, portes et plafonds décorés nous rappellent les fastes d'antan. Sa façade arrière ouvre sur un jardin à l'anglaise, havre de paix au milieu de rues grouillantes d'animation. Il fut construit en 1770, soit une cinquantaine d'années après son illustre voisin de l'Élysée. À cette époque, ce coin de Paris était presque désert et devait le rester jusqu'au XIXe siècle. Aux côtés de quelques autres du quartier Saint-Honoré, l'hôtel de Beauvau demeure aujourd'hui encore l'un des rares témoins des lustres d'Ancien Régime, ce qui lui donne tout son cachet.

Mais s'il possède la majesté des anciennes demeures aristocratiques, il réclamerait de gros travaux de restauration et de modernisation. Soucieuse de protéger et de mettre en valeur le patrimoine de la République, j'avais un temps envisagé de lancer une étude afin de rendre aux lieux tout leur lustre. J'y ai vite renoncé. Les investissements nécessaires auraient sans doute déclenché une polémique stérile. Avec l'accord de mon ex-mari, j'ai donc choisi de faire rénover les bureaux des conseillers techniques, d'améliorer leur équipement et les escaliers qui les desservaient, ainsi que de moderniser les cuisines du ministère et de mettre les installations électriques aux normes. Un autre gros chantier aurait dû être entrepris ; il concernait la façade sur jardin, très abîmée. Les mêmes raisons m'ont convaincue de ne pas me lancer dans une telle entreprise.

*

Le ministère de l'Intérieur est installé à l'hôtel de Beauvau depuis 1861. Mais il s'y trouve à la vérité bien à l'étroit. Au cours des Républiques successives, de nombreux immeubles du quartier ont été annexés pour contenir des services de plus en plus nombreux. Et aujourd'hui, on parle de « l'îlot Saussaies », un miniquartier qui abrite une partie des quelque six mille fonctionnaires centraux. Lors de notre installation dans les lieux, Nicolas a caressé le projet de conduire avec le ministère de l'Intérieur la même opération que jadis avec le ministère des Finances : procéder à une délocalisation hors du centre de Paris qui aurait permis le regroupement de tous les services. Il y a renoncé. Les priorités gouvernementales et budgétaires de l'époque étaient autres.

Tel était donc le revers de la médaille Beauvau : des lieux inadaptés à une grande administration moderne. Mais son bon côté, pour nous, était de vivre dans une demeure, pas une entreprise, un endroit chaleureux et à taille humaine. Il ne me fut donc pas difficile de m'y sentir plus chez moi qu'à Bercy. Certaines images ne se sont pas effacées de ma mémoire. Ainsi, au fond du vaste jardin à l'anglaise, un bâtiment abrite la crèche destinée aux enfants des fonctionnaires. Le matin, depuis nos fenêtres, j'aimais les regarder en train de jouer dans le jardin. Cela donnait une réelle touche d'humanité et de jeunesse aux lieux.

Le rez-de-chaussée héberge les bureaux du ministre, de quelques proches conseillers et les salons de réception. Mon propre bureau jouxtait celui de mon ex-mari, dont la porte de communication restait la plupart du temps ouverte. Le premier étage est entièrement occupé par un bel appartement. On pénètre d'abord dans un grand salon, puis une vaste salle à manger, ces deux pièces étant utilisées pour les réceptions, les remises de décorations ou certaines réunions du ministère. Notre famille n'y allait que rarement. Au-delà de ces salons se trouvent trois chambres à coucher qui occupent le bout de l'appartement.

*

Notre noyau familial comptait désormais un garçon : Louis, alors tout petit, puisqu'il n'était né que cinq ans plus tôt ; mais une fille de moins, Judith, l'aînée, qui décida de ne plus vivre au ministère dont l'atmosphère lui pesait. Nous nous y étions installés peu de temps avant qu'elle passe son baccalauréat. Aussitôt son diplôme obtenu, elle décida de suivre des études supérieures à l'étranger. Malgré la tristesse de la voir partir loin de nous, je ne l'en dissuadai pas. Car à Beauvau, les exigences de sécurité rendent la vie de ses occupants transparente. Qu'on imagine que l'heure de sortie ou de rentrée de chacun est consignée sur la main courante tenue par les policiers ! Judith ne supportait plus cette intrusion permanente dans sa vie. Elle avait gardé un bon souvenir de Bercy, mais l'obliger à vivre à Beauvau aurait été une grave erreur de notre part. Dans la position qui était la mienne, je devais sans cesse veiller à composer avec mes fonctions auprès de Nicolas, l'éducation de mes enfants, le respect de leur autonomie ; exercice durant lequel je suis parvenue, non sans mal, à éviter tout drame familial. Ma fille aînée est donc partie faire ses études dans le nord de l'Angleterre. Chaque mois, j'allais avec son frère et sa sœur passer un week-end auprès d'elle.

*

Ce bout de premier étage, avec nos chambres et le bureau de mon ex-mari, constituait le seul endroit à peu près privé du ministère où nous pouvions avoir le sentiment d'être chez nous. Impression très relative. Comme j'en avais fait l'expérience à Bercy, les portes de l'appartement sont en permanence ouvertes puisqu'à tout moment les conseillers montent avec des dossiers ou viennent participer à une réunion. Car pour un ministre et ses collaborateurs toutes les heures sont ouvrables, la République ne connaissant pas de fermeture.

Compte tenu du caractère spécifique de l'Intérieur, cette réalité était encore plus prégnante. Le ministre est sans cesse confronté à des événements imprévus auxquels il lui faut réagir : troubles à l'ordre public, accidents de la route, enlèvements, exécutions de décisions judiciaires, maintien de l'ordre, le tapis roulant des problèmes ne s'arrête jamais. Parce qu'il est surexposé médiatiquement et sous le regard permanent de l'opinion, le détenteur du poste doit en urgence prendre une décision, faire une déclaration, effectuer un voyage – d'ailleurs une voiture attend en permanence à la porte du ministère pour parer à tout déplacement imprévu. Les téléphones sonnent sans arrêt. Celui de l'appartement poursuit le ministre jusqu'aux heures de nuit. Ce dernier, bien sûr, doit réagir aussitôt ; se déplacer, constater les dégâts, écouter les témoins, consoler les victimes, faire la déclaration qu'on attend de lui. Laquelle convainc rarement, y compris dans son propre camp politique. Tour à tour trop laxiste et trop répressif, trop présent et trop absent, trop autonome et trop servile, le ministre de l'Intérieur occupe à la fois le poste clé d'un gouvernement et le plus ingrat. En ce sens, il constitue un bon apprentissage de la fonction qu'occupe, à quelques dizaines de mètres, le locataire de l'Élysée. À Beauvau comme à la présidence de la République, on expérimente que l'exercice du pouvoir ne s'accompagne d'aucun plaisir mais additionne jour après jour des responsabilités toujours plus lourdes.

Nicolas trouvait donc à Beauvau un poste à sa mesure. Sans cesse sur la brèche, n'appréciant rien moins que de répondre à une urgence et résoudre un problème pour passer au suivant, il sut totalement s'investir dans sa nouvelle mission. Qu'on se rappelle l'action qu'il mena en faveur de la sécurité publique et pour faire baisser le nombre des accidents de la route, la mise en place du Conseil français du culte musulman et la lutte contre l'antisémitisme. Son volontarisme lui valut bientôt, dans l'opinion, des scores de popularité rarement atteints par un responsable politique – et encore moins si ce dernier occupe le poste de ministre de l'Intérieur.

*

Les expériences que j'ai eu la chance de connaître dans ces différents ministères furent tout aussi passionnantes, mais pour des raisons diverses. J'ai dit l'admiration que je portais aux fonctionnaires qui œuvrent à Bercy. Leur action démontrait que le service de l'État constituait l'une des tâches les plus nobles. Mais à Beauvau, j'ai pu approcher la réalité quotidienne d'hommes et de femmes de terrain. C'est pourquoi, dès mon arrivée j'ai voulu tout connaître, et d'abord les locaux.

Certains avaient conservé leur caractère historique. Ainsi les anciennes cellules des résistants sur les murs desquels on pouvait encore lire des graffitis poignants ; les derniers mots et les ultimes prières qu'y avaient laissés les prisonniers avant de mourir. On me fit visiter la pièce où Pierre Brossolette avait été torturé par la Gestapo avant de se jeter par une fenêtre et de trouver ainsi la mort. Régulièrement, des écoles sollicitaient l'autorisation de venir visiter les lieux. J'étais toujours émue lorsque je croisais des groupes d'enfants qui découvraient combien le passé et ses drames demeurent proches de nous.

Beauvau restait un lieu à forte densité humaine. Comme hier, la souffrance y conservait droit de cité, ce qui me toucha profondément. Je voulus saisir la manière dont les fonctionnaires travaillaient, sans doute là plus encore qu'ailleurs, au service de leurs concitoyens. Mettre sa vie en jeu pour la défense des autres est une démarche qu'il faut saluer. Comment, par exemple, un garçon de vingt ans décide-t-il de rentrer dans la police pour protéger les autres, au risque de se retrouver face à des criminels ? Le mystère de ces dévouements individuels, dont la somme finit par former le service public, ne cessait de me passionner. Je découvris par exemple que le passage par la brigade anticriminalité est une terrible expérience par laquelle débute le plus souvent la carrière d'un jeune policier.

Ces BAC connaissaient à l'époque des conditions de travail très éprouvantes ; et je ne pense pas que, malgré des promesses successives, leur situation ait beaucoup évolué. Des années durant, des fonctionnaires de police y tentent d'endiguer le flot de violences et d'injustices que la société déverse. À les voir ainsi travailler sans relâche et les entendre me détailler leur quotidien, il ne me fallut pas beaucoup de temps pour conclure qu'ils n'ont pas la place qu'ils devraient avoir. Ils possèdent le sens des autres, du devoir, de la patrie, et sont bien peu payés en retour, en termes financiers comme en considération. L'opinion leur porte un respect pour le moins mitigé ; il arrive même qu'elle les traite avec mépris.

Car notre pays récompense bien peu ceux qui se dévouent pour l'ordre public et tentent de limiter les catastrophes, qu'elles soient naturelles ou sociales, policiers, pompiers, militaires. Il suffit de voyager en France, comme je l'ai fait lors des déplacements de mon ex-mari, pour s'en rendre compte. La plupart des policiers travaillent avec peu de moyens, doivent se débrouiller sans grande aide ni véritable espoir de promotion, et cependant accomplissent un travail remarquable. Mais par différence avec ce que j'ai pu par la suite constater aux États-Unis, personne ne les considère comme de véritables héros. Ils assument néanmoins leur tâche, à la fois par dévouement et parce qu'ils ressentent le sentiment d'appartenir à une grande famille, celle de la police. Ils en éprouvent une fierté que la société leur refuse trop souvent. Je suis choquée par tant d'injustice. Refusant le diktat du « politiquement correct » mis en avant pour ne pas se poser de question dérangeante, je maintiens que tous ceux qui œuvrent pour faire régner l'ordre dans un pays, protéger les biens et les personnes et endiguer la criminalité ont tous droit à notre profonde considération.

*

Parmi tous les services visités, ce fut sans doute celui de la lutte contre la cybercriminalité qui me marqua le plus. J'y découvris des hommes à l'intelligence aussi vive que leur courage. Relégués dans de petits bureaux, car à cette époque on percevait mal l'ampleur qu'allait prendre cette forme moderne de délinquance, de jeunes policiers traquaient sans relâche les mille recoins de la Toile. Ils y remontaient tous les sites que les jeunes affectionnent et où ils peuvent se retrouver piégés, comme certains sites musicaux. Ils parvenaient ainsi à mettre au jour des criminels sexuels, véritables prédateurs qui se dissimulaient derrière des offres alléchantes. Et lorsqu'ils étaient arrivés à remonter les réseaux sur leurs ordinateurs, ils partaient, s'il le fallait, jusqu'au bout du monde où, épaulés par leurs homologues étrangers, ils débusquaient les criminels.

Je suis restée de longs moments au côté de ces hommes qui tentaient de saisir l'organisation de réseaux d'un type nouveau. J'admirais leur force de caractère et leur endurance face au mal. Ils accomplissaient un travail de fourmi et en avaient conscience ; à peine un site était-il fermé qu'un autre ouvrait. Mais loin de se décourager ils consacraient à leur mission toute l'énergie possible et un dévouement extrême. Souvent je songeais combien, pour parvenir à travailler dans un tel service, il fallait se construire un mur de protection. De quoi était fait ce mur ? De quelle foi en leur mission, de quel respect pour le service public, de quel équilibre personnel ? Je l'ignorais et ne cherchais pas à percer les mystères des êtres. Mais je savais que, sans ce mur, bien des individus auraient été détruits. Car la cybercriminalité, lorsqu'elle prend des enfants pour cibles et monnaie d'échange, dépasse le révoltant pour devenir insoutenable. Plus d'une fois j'ai été bouleversée en découvrant des images destinées aux pédophiles. La turpitude de certains hommes est à l'échelle de la grandeur de tant d'autres. C'est ce que m'ont appris mes deux années à Beauvau.

Le hasard a voulu que, l'année dernière, dans un avion, un jeune homme qui passait dans le couloir me reconnaisse et me salue. C'était un des policiers du service en lutte contre la cybercriminalité. En accord avec la police du pays, il partait traquer un site jusqu'au fond de l'Amérique latine. Nous avons échangé quelques mots et évoqué l'époque où, à Beauvau, j'allais passer des heures auprès de ses collègues et de lui-même. Dix ans plus tard, nos vies avaient pris en apparence des chemins divergents. J'avais tourné bien des pages, je vivais désormais aux États-Unis et consacrais mon temps à lutter pour améliorer le sort des femmes un peu partout dans le monde. Lui continuait sa traque en gardant espoir qu'un jour, des moyens technologiques et financiers accrus permettraient d'endiguer un flux criminel sans cesse croissant. Il avait le même sourire, le même visage calme et résolu que lorsque je l'avais rencontré la première fois. Je me suis alors revue, bien des années auparavant, dans le petit bureau, penchée sur des ordinateurs en compagnie de ces jeunes gens qui avaient choisi de lutter contre la monstruosité humaine. D'une certaine manière, avec mes moyens et ma personnalité, je poursuivais à mon niveau une lutte comparable à celle de ce garçon. Tous deux tentions de combattre le mal.

*

J'ai voulu aider ces jeunes gens dans toute la mesure de mes moyens : en parlant de leur travail pour les faire connaître, en faisant débloquer des aides, en essayant d'accroître leurs moyens matériels. Lorsque je lui présentais ce genre de dossier, Nicolas m'écoutait. Il donnait aussitôt des consignes pour résoudre le problème que je lui soumettais, et les fonctionnaires se rendaient compte que leur travail était pris en considération, ressort essentiel dans la poursuite de leur tâche, car travailler sans reconnaissance est une des choses les plus ingrates qui soient. Ai-je obtenu des résultats ? Sans doute, bien que je ne puisse les mesurer. J'ai aussi rencontré les syndicats de police pour entendre leurs problèmes et tenter d'y apporter des solutions. Entre nous la communication était facile. Ils savaient qu'ils trouveraient toujours en moi une interlocutrice qui, sans leur promettre de miracles ni les endormir de belles promesses, les écouterait et ferait tout son possible pour les aider.

Car c'est à Beauvau que j'ai découvert ceci : nous avons du pouvoir pour autant que nous le voulions. Qu'il s'agisse d'intervenir pour de belles causes et pour venir en aide aux autres, les choses ne sont pas aussi bloquées qu'on le prétend d'ordinaire. Ce sont souvent les personnes qui ne veulent pas agir qui assurent que toute action est impossible. Certes, rien n'est jamais facile, mais ne pas entreprendre reste le meilleur moyen de ne rien conclure.

*

Il m'est arrivé à quelques reprises, tout au long de ma vie, d'entreprendre. Parfois ce fut de manière publique, comme lors de la libération des infirmières bulgares. Et parfois ce fut de manière plus discrète, à cette époque comme aujourd'hui, grâce à ma fondation. Lorsque j'ai voulu obtenir un résultat, je l'ai souvent obtenu. Hasard de m'être trouvée là au bon moment ? Sans doute. Bonne étoile ? Peut-être. Mais certainement volonté de réussir. Celui qui entreprend n'obtient certes pas tout, mais beaucoup plus que celui qui choisit la résignation et le pessimisme. Et puis il n'est pas toujours nécessaire de remuer des montagnes pour obtenir un résultat. Parfois, le seul fait de permettre aux gens de communiquer sur ce qu'ils font, de le faire connaître, de pointer ce qui marche et ce qui résiste, permet de débloquer une situation qui semblait compromise.

J'en ai fait l'expérience à Beauvau avec d'autres hommes dont l'action demeure méconnue : les pompiers. L'opinion ne les critique pas, tels les policiers. Mais elle ne fait pas mieux : elle les ignore. Pourtant ils appartiennent à la catégorie de ceux sans lesquels la vie moderne deviendrait un enfer semé de catastrophes en tout genre. J'en ai pris conscience en passant vingt-quatre heures sans sommeil à la caserne Champerret. J'ai découvert les conditions de travail de ceux qu'on surnomme justement les soldats du feu, les jours et les nuits d'astreinte épuisante, et les ai suivis sur le terrain pour ce genre d'opérations dont personne ne parle et qui tissent leur quotidien. J'ai vu des hommes au courage, aux compétences et à la modestie sans équivalent. Mettre sa vie au service du plus grand nombre est une des missions les plus nobles de la République. Et accueillir les véhicules de ces personnes au dévouement magnifique, comme ceux de la police, par des jets de pierre, ainsi que l'habitude s'en est installée dans certains endroits, constitue une honte absolue.

*

Il y avait beaucoup à découvrir derrière les murs de Beauvau, et beaucoup à faire aussi. J'ai donc appris à connaître et agi du mieux que je l'ai pu, avec un vrai engagement et un total désintérêt. J'aurais aimé pouvoir entreprendre plus. Mais comme je n'étais pas en charge d'une mission officielle, ma présence pouvait déranger certaines personnes. Elles ne se sont d'ailleurs pas privées de me le dire par médias interposés. Qu'est-ce que je faisais là ? Je n'avais qu'à m'occuper des bouquets de fleurs dans les salons et sourire aux invités du ministre ! Sauf que choisir les fleurs et alimenter la conversation en platitudes ne justifient pas une vie. En tout cas, pas la mienne.

Dans ces moments-là, je l'avoue, l'envie politique, le désir de me présenter à une élection, me sont venues. Deux bonnes raisons m'ont retenue de sauter le pas : la place que j'occupais aux côtés de Nicolas, et mes enfants que je ne voulais pas sacrifier. Mais à Beauvau plus qu'ailleurs j'ai senti le vent de la politique souffler à mes oreilles ; la vraie politique, celle qui explique et sait aider les autres.

*

Je n'ai jamais ressenti dans ce ministère l'impression d'enfermement de Bercy. J'allais faire mes courses dans les rues alentour où je parlais avec tout le monde, attentive à ce que les gens me disaient et à la manière dont ils voyaient les choses. Ces échanges à bâtons rompus alimentaient ma réflexion. Quand j'estimais que cela en valait la peine, j'en faisais part à Nicolas, aussi attentif que moi à l'état de l'opinion et ne voulant pas perdre le contact avec elle.

Je dois à ma mère une leçon de vie jamais oubliée. Il faut, disait-elle, être à son aise à la table des gens les plus simples comme à celle des rois. J'allais plus naturellement vers celle des premiers. C'est là que je faisais les rencontres les plus authentiques. Et puis j'ai toujours aimé regarder depuis les coulisses comment les choses s'organisent sur scène ; la machinerie humaine me captive plus que le spectacle.

À Beauvau, j'aimais ainsi passer du temps avec les employés du ministère à essayer de comprendre leur travail et leurs problèmes. Car une sorte de connivence nous liait à tout ce monde qui nous entourait. Quand les enfants rentraient de l'école, ils passaient directement par les coulisses et je les retrouvais en train de discuter avec les cuisiniers, les maîtres d'hôtel ou les policiers, souvent très jeunes. L'ambiance était sympathique et chaleureuse parmi la vingtaine d'employés attachés au service du ministère.

Compte tenu du cadre historique du ministère, à Beauvau plus encore qu'à Bercy, j'ai aussi pu voir à l'œuvre la maison France auréolée de toute sa splendeur. Le service, impeccable, est régi par le protocole du Quai d'Orsay. Le moindre détail est ainsi codifié et respecté. Le drapeau français trône en permanence dans le salon et dans la salle à manger. J'aimais cette tenue, cette élégance, où se lit la longue histoire de notre pays. C'est pourquoi, à mon niveau, je me suis efforcée de mettre en valeur notre patrimoine et notre identité.

*

J'ai toujours éprouvé du respect pour la police, et voilà que je me retrouvais aux premières loges pour mieux connaître son action. Au ministère de l'Intérieur existe peu de décalage entre la réalité du quotidien et le monde des bureaux. Ce sont souvent des anciens venus du terrain qui occupent des postes ailleurs tenus par des hauts fonctionnaires que leur formation et leur expérience professionnelle ont pu éloigner des réalités concrètes, comme à Bercy. Mais Beauvau ignore ce clivage. Sans doute est-ce une des raisons pour lesquelles les cérémonies en hommage à des hommes tués en service y prennent un relief si poignant.

Un jour, un accident de voiture survenu lors d'une poursuite avait tué quatre policiers. Nicolas et moi nous sommes rendus à leurs obsèques. Elles furent déchirantes. Devant moi se tenaient les familles des disparus, leurs collègues, la hiérarchie policière, tout ce monde bouleversé, comme cela arrive si souvent. Il est difficile d'accepter la mort de jeunes gens qui se sont sacrifiés pour le bien des autres. En une minute, ils avaient laissé des jeunes femmes, des enfants, leurs parents… Le tribut payé par les gens en uniforme est d'une grande lourdeur. L'opinion en est-elle émue ? Sans doute, mais elle considère trop souvent le malheur des policiers comme la résultante normale d'un métier à hauts risques, et non comme le signe que notre société va mal. Elle fait erreur. La mort des fonctionnaires qui ont en charge la sécurité de leurs concitoyens est l'un des plus graves symptômes de son dysfonctionnement.

*

L'Intérieur reste une des expériences les plus enrichissantes de ma vie. J'y ai vu la misère du monde. Tous les jours, je recevais des gens en difficulté, des victimes, des familles éprouvées par le malheur. J'étais à leur écoute et leur apportais l'aide qui était en mon pouvoir. Ainsi me suis-je personnellement occupée des cellules mises en place pour retrouver les enfants disparus.

Je garde le souvenir poignant de cette petite fille de Seine-et-Marne qui n'a jamais été retrouvée. Le père remuait ciel et terre pour tenter de recueillir des témoignages, malheureusement sans succès. Ce fut une histoire aussi terrible qu'incompréhensible, et dont le seul souvenir m'étreint d'autant plus que partout dans le monde ce genre de malheur arrive.

Je revois aussi cette jolie jeune femme qui m'avait demandé un rendez-vous sans en préciser l'objet. Elle avait été victime quelques années auparavant d'un violeur et tueur en série célèbre, et éprouvait le sentiment douloureux de n'avoir pas été suffisamment écoutée après avoir subi de telles épreuves. Certes le tueur avait été arrêté, jugé et condamné, mais elle, qui avait pris en compte sa souffrance ?

Une autre femme que je rencontrai avait été violée cinq ans auparavant ; et un enfant lui était né. Son violeur allait sortir de prison, et elle était désemparée, en proie à la panique de peut-être revoir cet homme, et d'être contrainte de lui laisser voir son enfant.

Bien d'autres personnes cherchèrent auprès de moi une écoute parce qu'elles avaient vécu leur drame avec une intensité qui échappait à la plupart des membres de leur entourage. Tous ces gens en souffrance avaient pensé que, comme femme, je montrerais de la compréhension envers eux, et cet espoir les avait conduits jusqu'à moi. Mon devoir était de les accueillir. J'espère avoir su être à la hauteur de leurs attentes. Au moins ma porte restait-elle tout le temps ouverte, et elles le savaient. Hélas, je n'ai sans doute pas pu apporter mon soutien à tous ceux qui me sollicitèrent, mais, croyez-le, j'ai fait du mieux que j'ai pu. Et toujours avec cœur.

Par ailleurs j'ai tenu à apporter mon aide à la mise en place de centres pour les enfants dont les deux parents policiers avaient été tués ou blessés en service. Ce métier constitue une telle épreuve pour un conjoint qui exerce une activité différente, plus normale en quelque sorte, qu'il arrive souvent que des policiers épousent des policières. Il peut donc se produire que les deux parents soient tués ou blessés en service. Nous avons donc développé les centres pour orphelins, ainsi celui d'Agde, Orphéopolis. Je me souviens d'un petit garçon tellement touchant qui avait une passion pour la pêche. À l'occasion de son anniversaire, je lui avais fait parvenir une boîte d'hameçons et une canne. À la chaleur de ses remerciements je compris combien ce modeste geste l'avait touché.

*

Ces deux années m'ont changée à un point tel que je ne me sentais plus la même en quittant ce ministère. J'avais approché la misère qui nous environne et à laquelle nous ne prêtons le plus souvent guère attention. Bien sûr, la presse nous informe jour après jour sur des drames humains dont nous nous protégeons en nous répétant qu'ils n'arrivent qu'aux autres ; de sorte que tout cela reste très extérieur à nous. Mais à Beauvau, j'ai approché la vraie détresse humaine. Sortie de son abstraction, elle est devenue concrète et palpable. Heureusement, pour affronter des situations parfois difficiles, je pouvais compter sur l'aide d'une personne précieuse. Tout au long de ces années j'ai en effet été aidée dans ma tâche par mon assistante, Vanessa, qui par la suite ne m'a pas quittée. Elle m'a suivie à l'Élysée, où elle est aujourd'hui toujours en poste. Il s'agit d'une jeune femme remarquable, très au fait des problèmes car elle-même mariée à un policier. Je ne l'ai malheureusement pas revue depuis mon départ. Elle appartient au petit groupe de personnes que je regrette d'avoir perdues de vue, car leur attitude envers les autres force mon respect.

*

Nous avons quitté la Place Beauvau fin mars 2004 pour rejoindre Bercy, où Nicolas était nommé ministre de l'Économie, des Finances et de l'Industrie, avec, cette fois, le rang de ministre d'État. Je retrouvai la forteresse qui m'avait tant impressionnée onze ans plus tôt ; elle ne m'impressionnait plus. J'y ai vécu huit mois bien différents de la première fois, dans une ambiance plus atone, moins captivante, qui ne m'a guère laissé de souvenirs aussi forts que ceux de mon premier séjour. Il est vrai que je n'avais ni les mêmes préoccupations ni le même étonnement qu'en 1993.

Mais si les choses me parurent plus lourdes, sans doute est-ce parce que ma vie elle-même commençait à me peser. Les bonnes ondes n'étaient plus là. J'éprouvais le sentiment douloureux que tout ce que j'avais aimé s'éloignait insensiblement. La place qui avait longtemps été la mienne ne me correspondait plus. Revenant à Bercy, je vivais un sentiment bien étrange : tout redevenait comme avant et cependant la vie ne possédait plus le même goût. Quelque chose était en train de disparaître. Je m'en serais sans doute satisfaite si ma nature m'avait portée vers le doux confort de l'habitude. Mais je conservais en moi l'envie permanente de toujours connaître et découvrir.

Un des rares souvenirs que je conserve de ce second séjour porte sur un détail qui, pour sympathique qu'il soit, donne la mesure de l'amnésie qui nimbe cette période. Il concerne ma fille Jeanne-Marie, qui préparait alors son baccalauréat de français. Elle occupait une chambre dont le centre était embarrassé d'un énorme plot, en fait le haut de la cage de l'escalier. C'était étonnant ; il fallait contourner ce plot pour aller du lit jusqu'au bureau ! Que faire de cette masse de ciment laide et encombrante ? Je décidai un beau jour d'y faire peindre le célèbre vers du poème de Rimbaud que Jeanne-Marie avait eu à commenter au baccalauréat de français, « On n'est pas sérieux quand on a dix-sept ans », clin d'œil dans un lieu totalement atypique pour une jeune fille. Cette phrase orne-t-elle toujours la chambre ? Je l'ignore.

Un souvenir plus marquant concerne le voyage que Nicolas et moi fîmes à Washington en 2003. Sur les conseils de David Martinon, nous avions tenu à rencontrer deux personnages dont l'un était alors pratiquement inconnu des Américains, et a fortiori des Européens : le jeune sénateur de l'Illinois Barack Obama, âgé à l'époque de trente-deux ans. L'autre était le sénateur John McCain. Selon le conseiller diplomatique de Nicolas, il s'agissait là des deux personnalités politiques majeures pour les années à venir ; McCain, déjà rodé à tous les combats, et Obama, dont les observateurs attentifs prévoyaient qu'il ne resterait pas longtemps dans l'ombre.

Le jeune sénateur nous fit une forte impression. Par différence avec John McCain, déjà très installé dans une carrière publique, Obama n'avait à peu près aucune expérience ; mais son charisme faisait toute la différence. Je n'ai pas souvenir d'avoir rencontré un autre être qui, sitôt la porte franchie, possédait le pouvoir de s'imposer comme un personnage important. En quelque sorte, Obama arrivait quelque part et tout était différent. Pourquoi, comment ? Je suis bien incapable de l'expliquer. Le charisme ne se comprend pas, il se constate. Soudain, un être parle et tout le monde l'écoute, parce qu'il se situe d'emblée au-dessus de la mêlée. Obama possédait ce don de manière évidente et lumineuse. Je me rappelle, lorsque nous l'avons quitté après deux heures d'entretien, m'être tournée vers Nicolas et lui avoir dit : « Nous venons de rencontrer le futur président des États-Unis. » Il en a convenu. Pour lui comme pour moi, c'était l'évidence que ce presque jeune homme irait loin. Les faits ne nous ont pas démentis.

*

Ce second séjour s'acheva avec le congrès de l'UMP qui devait porter Nicolas à sa tête. L'élection présidentielle de 2007 était déjà dans tous les esprits, et mon ex-mari entendait bien mettre le maximum de cartes dans son jeu afin de remporter cette première manche, à savoir la présidence du parti. Je me sentais de plus en plus seule, près d'un homme dont, désormais, toutes les pensées étaient tendues vers un seul but : devenir le prochain président de la République. Jour après jour, j'éprouvais le sentiment douloureux que tout devait être consacré à voir s'accomplir le rêve d'une vie.

J'avais croisé dans les palais de la République des êtres dont les destins m'avaient parfois bouleversée, souvent émue, toujours intéressée. Et je savais où passait désormais ma route : dans l'aide à apporter aux autres. Les ors, les réceptions, le spectacle parfaitement rodé du pouvoir demeuraient à mes yeux accessoires par rapport à tout ce que j'avais envie de vivre. J'avais pris plaisir à monter les marches des palais républicains au côté de Nicolas, parce que c'était l'aboutissement de longues années de travail ; quant à y vivre durablement, c'était une autre affaire.

Une chose, du moins, était certaine : je ne m'y laisserais jamais enfermer.

Troisième partie

AU CÔTÉ DES FEMMES

11.

Amour et amitiés

La première rencontre avec Richard eut lieu en octobre 2004 dans les locaux ministériels de Bercy. On lui avait confié l'organisation du congrès pour l'élection du président de l'UMP qui devait se tenir à la fin du mois de novembre au Bourget. La tâche était lourde ; il ne fallait pas rater cette rencontre décisive avec les militants. Car en prenant la tête de l'UMP, Nicolas comptait bien se positionner de manière décisive pour la marche vers l'Élysée. Ce qui d'ailleurs se produisit. À compter de l'instant où il devint président de son parti, mon ex-mari ne poursuivit plus qu'un seul but : remporter l'élection de 2007 et devenir ainsi le sixième président de la Cinquième République.

Mais lui comme moi étions loin d'imaginer que cette marche triomphale ne mènerait pas seulement au sommet de sa carrière politique ; elle conduirait aussi à la fin de notre couple.

*

En cette soirée d'octobre 2004, tous les organisateurs se réunirent dans l'appartement de fonction du ministère pour examiner les nombreux points à l'ordre du jour en vue du futur congrès. Chacun des participants avait une conscience précise des enjeux politiques, et l'ambiance était empreinte de gravité. C'est alors que Richard me vit arriver en jeans et accompagnée d'un petit garçon qui courait partout en pyjama. Il m'a confié plus tard combien cette image l'avait surpris. Le moins qu'on puisse dire est qu'elle ne correspondait pas à l'idée qu'il se faisait d'une femme de ministre ! Il en a ri intérieurement ; mais sans en rien laisser paraître.

Quant à moi, malgré mon apparence décontractée, je savais combien ce qui nous réunissait était important pour l'avenir de Nicolas. J'assistai donc à la séance de travail comme à la plupart de celles qui se déroulaient au ministère. Richard expliqua comment il voyait l'organisation du congrès, les principes qui guideraient la soirée, les mille détails matériels, la logistique complexe d'un meeting qui réunirait des milliers de personnes et dont le moindre aspect devait être réglé de façon minutieuse. Tout le monde l'écouta avec attention. J'ai gardé le souvenir d'un propos à la fois brillant et précis, complet sans être pesant. Il y avait en cet homme une force de persuasion et une solidité que, ce premier jour, je versai au seul crédit de son intelligence. Je n'allais pas tarder à découvrir que cette force ne définissait pas seulement son univers intellectuel. Elle symbolisait tout son être, caractère, sentiments, valeurs personnelles.

Aujourd'hui, lorsque je repense aux premiers moments de notre rencontre, je suis frappée de voir combien j'ai aussi été sensible à un autre aspect de sa personne : Richard dégageait une impression de sécurité qui le mettait totalement en accord avec lui-même. Il incarnait un monde à l'opposé de celui que je voulais fuir et où régnaient la superficialité trompeuse, les paroles lancées à la va-vite, les jugements à l'emporte-pièce, toute cette hâte épuisante dans laquelle je me trouvais prise depuis des années, et que, sans en avoir toujours conscience, j'éprouvais de plus en plus de mal à subir. Prise dans le tourbillon où Nicolas évoluait avec d'autant plus d'aisance qu'il en était souvent l'instigateur, et embarquée dans l'agitation creuse des médias, j'avais soudain devant moi un homme solide, précis, posé, rassurant pour la personne inquiète que j'étais devenue.

Comme souvent dans ce genre de rencontre, je pris conscience que ma vie n'allait pas aussi bien que je m'efforçais de le croire en découvrant, de manière fugitive et ténue, ce qu'elle pourrait être. Depuis des années je souffrais d'être malmenée par une presse qui brossait le tableau d'une femme aux antipodes de moi-même : omniprésente, influente, décisionnaire, dure… J'avais la sensation d'être incomprise car ces portraits ne me correspondaient en rien, d'où une froideur que certains imputaient à mon caractère alors qu'il ne s'agissait que d'une attitude de défense. Au demeurant celle-ci se révélait bien inefficace puisque je recevais les critiques en plein cœur. En m'atteignant, elles me plongeaient dans un sentiment d'insécurité difficile à vivre.

Toute femme a besoin d'attentions, car un couple n'est jamais acquis pour l'éternité. Chacun doit y déployer des efforts quotidiens et se battre pour aller de l'avant. À défaut, l'habitude remplace peu à peu les égards avant de laisser place à l'ennui. Longtemps pleine, mon existence était devenue encombrée ; et c'était un constat d'autant plus lourd que la possibilité d'une autre vie m'était fugitivement apparue. M'est alors arrivé ce que tant d'autres ont connu lorsque leur couple subissait l'usure du temps et de l'habitude : je me suis sentie redevenir moi-même sous le regard d'un homme que je connaissais à peine.

Rencontrer Richard constituait une immense promesse ; je me suis très vite sentie attirée vers lui. Tous deux, d'ailleurs, éprouvions un besoin de séduction mutuelle. À quelque âge que ce soit, le coup de foudre ne bouleverse les existences que lorsqu'il frappe des deux côtés ; grâce aux mots, aux regards, aux attentions de Richard, j'en ai bientôt eu la certitude. La suite devait être plus compliquée et déchirante. Mais ce moment de la rencontre possédait le caractère de l'évidence. Quiconque a eu le grand bonheur de connaître des instants semblables me comprendra.

*

Mais comme tout cela, mis en mots, paraît simple ! Les actes sont d'un autre métal, plus difficile à faire plier à nos désirs. À cette époque, je sentais confusément ce qui était en train de se produire, mais sans préjuger d'une quelconque suite. Contrairement à ce qu'on a raconté, du temps s'écoula avant qu'il se passe quelque chose entre Richard et moi ; et beaucoup de temps avant que je prenne la décision de partir pour le rejoindre – quelque chose comme six mois, peut-être plus, car les événements s'entremêlent dans mon souvenir et je suis incapable d'en restituer la chronologie. C'est l'époque où états d'âme, décisions contradictoires, espoirs et remords pouvaient se contrarier en moi au cours d'une même journée.

Je l'ai dit : je suis incapable de tromper, mais je sais partir. C'est ce que j'ai fait, à deux reprises, dans ma vie, à presque vingt années d'intervalle : prendre mes enfants et m'en aller. Mais pour parvenir à un tel choix, il m'a fallu trancher un terrible nœud gordien. Car si j'ai toujours aspiré à une vie authentique, j'ai par-dessus tout voulu rester une mère. C'est pourquoi passer des idées à l'acte m'a demandé des mois de réflexion et de déchirements. Comment prendre d'un cœur léger une décision qui va à l'encontre de ce que l'on est ? À tout point de vue, les dégâts qui risquaient d'en découler paraissaient immenses ; je prévoyais un séisme dont je me rapprochais tout en voulant m'en éloigner. Tout entrait en ligne de compte : bien sûr mes enfants, mais aussi le bouleversement d'une existence installée, mon rôle auprès de Nicolas, son besoin de ma présence à ses côtés, sans doute l'aide que je lui apportais, encore que prétendre aider les autres sans être capable de voir clair en soi-même tient de la gageure. Tout cela formait un bloc compact que je ne parvenais pas à entamer. Partir correspondait à mes aspirations profondes mais contrariait les valeurs de la famille qui ont toujours été les miennes.

En revanche, qu'on me fasse crédit que le poids du qu'en dira-t-on n'a jamais pesé dans ma décision. D'ailleurs, l'aurais-je pris en considération que mon choix s'en fût trouvé simplifié, et qu'il eût été tout autre. Mesuré à l'aune des critères de convenance sociale, celui-ci était en effet dicté d'avance : ma vie aurait continué à glisser sur son erre. J'aurais alors rejoint la longue cohorte de ces épouses d'hommes d'État qui arborent un large sourire devant les objectifs tout en vivant un drame intime dont personne ne dit mot. Cela ne me ressemblait pas. Mon combat, je le menais entre moi-même et moi-même, et les jugements d'autrui n'y tenaient aucune place.

Le bonheur résulte d'une bien étrange alchimie. Je n'étais plus heureuse alors que j'avais tout pour l'être : un mari exceptionnel et qui m'aimait, une existence on ne peut plus confortable, des filles et un fils formidables, un environnement professionnel et humain de grande qualité… Pourtant rien de tout cela ne parvenait à combler le vide sentimental de ma vie. Qu'est-ce qui m'a rendue disponible pour une rencontre ? Je serais bien en peine de le dire. Mais c'est pourtant ainsi que les choses se sont passées. Je savais que ma décision, quelle qu'elle soit, ferait un dégât considérable. Ou elle m'enterrerait vivante dans une existence qui n'avait plus de charme ni même de goût, ou elle détruirait tout ce que Nicolas et moi avions tissé au fil des années. Et pourtant, cette décision, il fallait que je la prenne.

*

Comme dans chaque moment intense d'une vie, la rencontre avec Richard m'a semblé un signe du destin. Celui-ci m'est toujours apparu comme un puzzle ; les pièces sont éparpillées dans la boîte et il nous revient de les placer dans le bon ordre sur la table ; cela s'appelle forger son destin. Beaucoup n'y parviennent jamais, certains y consacrent leur vie entière. Mais rares sont ceux qui assemblent convenablement les pièces du premier coup. Comme tant d'autres êtres humains, j'ai donc le sentiment paradoxal d'avoir à la fois choisi mon destin et qu'il m'a été imposé par une force supérieure. Mais cela ne s'est pas fait sans mal. Face à ces pièces que je ne réussissais pas à assembler, je me sentais perdue.

On ne s'éloigne jamais vraiment de son enfance. J'ai été baptisée à Saint-Pierre-de-Chaillot, et c'est dans cette église que je suis allée prier pendant des heures. J'y attendais un signe qui, à défaut de me dicter ma conduite, m'aurait éclairée sur ce que je devais faire. C'est ainsi qu'à trois reprises pendant ces années j'ai hésité sur la route à suivre ; pour m'éloigner en 2005, pour revenir en 2006, enfin pour repartir définitivement en 2007. Et, à chaque fois, la crainte de causer de la souffrance à mes enfants et à mon mari m'a torturée plus que tout. Qu'on songe qu'en 2005 Louis n'avait que huit ans et ne comprenait pas ce qui se passait entre son père et moi. Jeanne-Marie, à dix-huit ans, vivait l'épreuve de façon particulièrement douloureuse, car Nicolas s'appuyait sur elle pour me convaincre de rester à ses côtés, tandis que Judith sentait le monde s'écrouler autour d'elle. Tout cela rendait ma décision difficile et lourde de conséquences. C'est pourquoi j'attendais, assise dans le silence de Saint-Pierre-de-Chaillot, une sorte de révélation qui aurait eu l'éclat de l'évidence. Elle n'est jamais venue ; et il m'a fallu décider seule, dans le huis clos de mon cœur et de mon âme.

Certains jours, je me retrouvais face à une telle contradiction avec les valeurs que m'avait inculquées ma famille que j'en venais à me demander si ma vie d'adulte n'avait pas été une manière de fuir ma jeunesse. Ce que je tentais de construire reposait donc sur une destruction, puisqu'il s'agissait d'abord de rompre avec un passé familial. Des gouffres s'ouvraient alors, face auxquels j'étais saisie d'effroi. Et si, au lieu de ne plus aimer ma vie, c'était cette vie elle-même qui ne m'aimait plus et se détachait de moi ? Je la quittais donc moins qu'elle ne se retirait, comme si nous divorcions tous deux avant que je ne le fasse de l'homme dont je partageais l'existence depuis si longtemps. Dans ces moments, toutes ces questions se bousculaient dans ma tête. Mais seuls, autour de moi, le silence et l'ombre de l'église me répondaient.

*

Que dire de plus ? Surtout, ne pas me raconter jusqu'à l'indiscrétion ou l'impudeur, ce que je déteste. Seul importe le principe que me répétait ma mère : se tenir droit jusqu'à la tombe. La période qui s'ouvre à la fin de l'année 2004 pour s'achever trois ans plus tard appartient à ma vie privée, non à ma vie publique. Ce furent des années d'hésitations douloureuses, autant entre deux choix de vies qu'entre deux hommes. J'ai donc pris ma décision à travers mille doutes et tourments ; j'ai fait ce que j'ai pu, plus que ce que j'ai dû. La preuve en est que j'ai ensuite voulu effacer ce premier choix. Tout était si lourd, à commencer par ma propre culpabilité face à Nicolas et à mes enfants ! Je suis alors revenue. On connaît, ou du moins croit connaître, la suite.

Pour ma part j'en conserve une vision confuse, tant je peine à nommer ce qui emporta ma décision en 2007. Tout tenait sa place dans ce choix : l'aspiration à une autre existence, la rencontre d'un homme, le fait de ne plus me sentir à ma place. Mon âge y tint également un rôle non négligeable ; si je ne partais pas maintenant, ce serait sans doute jamais. Mais une phrase résume tout : en tentant de toutes mes forces de renouer avec ce qu'avait été ma vie, je ne suis jamais parvenue à redevenir celle que je n'étais plus depuis des années.

*

Bien du temps a passé. Je sais aujourd'hui qu'une existence demeure elle-même à travers les changements qui l'affectent. La mienne aura connu ces moments providentiels que fut la rencontre de gens captivants. Depuis des années ma route croisait celles d'artistes, de penseurs, d'hommes d'affaires et, plus rarement, d'hommes politiques, qui possédaient des dons impressionnants. Mais le vrai cadeau de la vie, c'est d'avoir pu partager de belles et grandes choses avec des hommes de valeur. Quand on découvre grâce à eux la culture, le charme, une énergie jamais en repos, des intelligences tranchantes, des visions du monde comme un don de soi, comment ne pas s'en réjouir ?

Richard possède des dons exceptionnels. Attentif à chacun, curieux de tout, intéressé par l'humain dans l'acception la plus large, il capte le monde comme une éponge et utilise les données qu'il a recueillies. Puis il passe à la synthèse, voit ce qu'il faut faire sans jamais se tromper dans ses prises de décision. Ayant vécu des vies successives, d'abord comme ingénieur, puis comme communiquant, enfin comme créateur et concepteur de grands événements mondiaux, il va d'autant plus vite à l'essentiel qu'il a d'abord tout embrassé, analysé, compris. Chez lui l'action n'est jamais le résultat d'un mouvement impulsif, car son intelligence en éveil et une réserve sur les conséquences de toute décision humaine lui donnent le recul nécessaire. Et ainsi il s'avance, non par aveuglement ou goût immodéré du risque, mais avec l'aide d'une stricte méthode et d'un regard lucide sur les obstacles à venir.

*

Durant cette période difficile, le plus grand calme régna autour de moi ; aucun jugement, aucune désertion parmi mes amis. Ceux-ci étaient d'ailleurs si nombreux que j'aurais eu du mal à les compter. Le poste que j'occupais depuis des années auprès de mon mari fonctionnait comme une fabrique permanente de lien social et de relations amicales. Au fil du temps et de la montée vers les postes les plus élevés de la République, une sorte de cour s'était ainsi formée autour de moi, sympathique, attentionnée, chaleureuse. Cela était loin de me déplaire, et je me refusais à m'avouer qu'un intérêt quelconque pouvait se mêler à tant d'empressement.

En fait la situation ne correspondait pas à une réalité profonde. La plupart de ces gens ne m'entouraient que pour la fonction et le pouvoir que je détenais – tout du moins qu'ils m'imaginaient avoir. J'aurais dû ne pas prendre pour argent comptant leurs démonstrations de fidélité, mais mon caractère est ainsi fait que je peine à imaginer les turpitudes d'autrui. C'est mon premier départ en 2005 qui a servi de révélateur. Du jour au lendemain, la masse de mes prétendus amis a fondu. Je quittais mon mari mais surtout le pouvoir et ses palais, et donc rentrai dans l'ombre. Or nombreux sont ceux qui préfèrent le soleil à l'ombre.

Mais lorsque, quelques mois plus tard, je suis revenue, quelle ne fut pas ma surprise : tous les amis se retrouvèrent présents. « Tu m'as manqué » est une formule que j'ai alors maintes fois entendue. Une amie, ou que je croyais telle, dont je n'avais plus de nouvelles depuis mon départ, m'a passé un coup de téléphone dès mon arrivée : « Quand déjeune-t-on ensemble ? » J'en suis restée pantoise. La marée des « amis » me submergeait soudain. Je ne savais où donner de la tête.

Mais après le flux, le reflux. Mon second départ, définitif celui-là, en octobre 2007, a sonné le glas des faux amis. Ceux que je m'étais faits au sein du monde politique ont été les premiers à disparaître ; loin des yeux, loin du cœur. D'une certaine manière je ne peux leur en vouloir, puisque c'est moi qui les ai quittés, eux et leur monde. En revanche, les vrais et solides sont restés. Béatrice, par exemple, pourtant liée à notre couple, refusa de choisir entre Nicolas et moi alors que tant d'autres juraient à ce dernier une obédience de pur intérêt. Béatrice, en refusant l'hypocrisie, en demeurant ce qu'elle est – un être attentif, présent, d'un soutien sans faille, mieux qu'une sœur en somme tant le cœur lui importe plus que le titre – reste très proche de moi tandis que sa franchise lui a conservé – je l'espère – l'estime de Nicolas. D'autres, qui se jugeaient plus subtils, ont perdu sur les deux tableaux. Se détournant d'autant plus de moi qu'ils espéraient plaire à mon ex-mari, ils n'ont rencontré qu'indifférence de sa part. Nicolas ayant senti que leur fidélité n'était appuyée que sur l'intérêt, il s'en méfiait légitimement.

J'ai tiré la leçon de cet épisode : longtemps j'avais été très entourée, mais cela ne voulait rien dire. Une cour n'est rien de plus qu'elle-même ; elle suit les tourbillons de la vie du couple. Bien peu sont ceux qui ne m'ont pas lâché la main et ont aimé celle que je suis, sans considération de la place que j'occupais ou du nom que je portais. Certaines personnes dont je ne soupçonnais pas l'attachement se sont révélées de vraies amies alors que d'autres ont soudain prêté attention à ce président devenu célibataire. Une ou deux ont même divorcé pour se rendre libres…

Faut-il traverser des moments difficiles pour savoir auprès de qui trouver la véritable amitié ? La réponse ne fait pas de doute. Dans le domaine des sentiments comme dans tant d'autres, la force se mesure à l'aune des épreuves traversées, et ce qui ne tue pas rend plus fort. Il n'en demeure pas moins douloureux de constater que des liens qu'on croyait solides ne résistent pas à la tempête. J'ai à cet égard ressenti la déception de voir s'éloigner une amie dont rien n'avait pourtant pu me séparer depuis l'âge de seize ans. Mettant à son profit mon entregent, j'avais facilité l'obtention de postes pour son mari et un de ses enfants, démarches à mes yeux normales dès lors qu'elles sont dictées par le sentiment et non par l'intérêt. Du jour où j'ai quitté la France, je n'ai plus eu de nouvelles de sa part.

Mais ce cas reste isolé. La plupart de mes amis de jeunesse ont su résister au chant des sirènes, et nul intérêt personnel n'a pu détruire les liens qui nous unissaient. J'ai cité Béatrice, qui reste pour moi l'amie majuscule, mais je n'aurais garde d'oublier Ariane, Francesca, Nathalie, Cucha et quelques autres qui furent présentes à chaque étape de ma vie et le sont toujours. Monica, que je connaissais peu, a rejoint ce noyau. À toutes je dois cette richesse exceptionnelle qu'est la véritable amitié. Grâce à elles, je sais que la droiture et l'honnêteté morale existent, et que les relations humaines authentiques ne sont jamais dictées par l'intérêt. Telles sont les valeurs profondes qui structurent un être humain alors que le pouvoir ne fait, au mieux, que l'accompagner. Plus encore que le reste, celui-ci est par essence volatile. Il se perd ou se quitte en quelques secondes. Si vous n'avez pas autour de vous l'amitié et l'amour, vous ne tenez pas le choc et vous volez en éclats.

Aujourd'hui, je vis dans un milieu moins violent. Pourtant les enjeux y sont d'importance, souvent de nature planétaire, mais la course au pouvoir n'y occupe qu'une place restreinte. C'est un monde où les êtres ne se combattent pas en permanence, comme je l'ai tant vu dans le microcosme français. Ayant la chance de beaucoup me déplacer pour ma fondation, je compte des amis partout sur la planète, que ce soit en Afrique, en Asie, au Moyen-Orient, aux États-Unis comme en Amérique latine. Pour être plus épisodiques qu'auparavant, les liens que je tisse ainsi n'en sont pas moins solides, car renforcés par des combats communs. Que m'importent donc les faux amis perdus naguère ? Bien peu, en vérité. Et certainement pas des regrets.

12.

Le grand bal des médias

Durant près de deux décennies, mon investissement auprès de Nicolas fut quotidien. J'en ai d'autant plus payé le prix sur le plan de ma tranquillité personnelle et familiale que j'étais sous le regard des caméras et des objectifs. Il m'était impossible de m'y soustraire dans la mesure où j'étais devenue un personnage public. Au fil des années, que je le veuille ou non, j'avais fini par faire partie du décor de la maison France.

Il est donc peu surprenant que la suite des événements ait pris une telle ampleur. Les médias ont surréagi à mon départ. Par la force des choses, celui-ci a fait plus de bruit que si, comme la plupart des épouses de ministres, j'étais restée dans l'ombre. Toutefois on imagine que je me serais volontiers passée du ballet médiatique qui, pendant des mois, n'a cessé de tourner autour de moi.

*

Il faut avoir vécu le choc de voir sa vie privée jetée en pâture à l'opinion à cause de la une d'un hebdomadaire *people* et avoir vécu la peur d'une course-poursuite à travers les rues de Paris, pour comprendre l'acharnement des paparazzi et les risques qu'ils font courir à la malheureuse victime qu'ils traquent sans vergogne. Être un personnage public n'est déjà pas simple, car vous êtes observé de toute part. Mais un personnage public qui traverse une crise privée subit une pression encore plus terrible. Lady Diana en fit, en son temps, la triste expérience, et jusqu'à sa mort.

Je me rappelle en particulier un après-midi épouvantable où des photographes en moto me poursuivirent jusqu'à la Concorde. J'essayais de les éviter lorsqu'ils serraient ma voiture de trop près, mais cela ne les empêchait nullement de revenir alors à la charge de façon plus brutale. Ma fille Jeanne-Marie m'accompagnait. Plusieurs fois nous avons frôlé l'accident, jusqu'à ce que je reprenne une conduite normale et ignore les motos qui nous encerclaient. J'avais décidé de ne plus me battre contre ce que je ne pouvais empêcher ; et puisqu'ils voulaient leurs photos, qu'ils les prennent. Du moins ne nous tuerais-je pas pour leur offrir des images encore plus croustillantes.

Pendant des semaines, ce ballet ne connut guère de pause. Les photographes avaient entrepris de rester à l'affût, en bas de la maison, guettant mes entrées, mes sorties, les personnes qui m'accompagnaient ou venaient me rendre visite, se précipitant pour saisir une image de mes enfants ou de moi-même. Le sommet a été atteint lorsque, en 2005, la rumeur s'est répandue que j'envisageais de quitter mon mari. Je conserve de cette période l'impression de me retrouver sous un feu ennemi. Je n'avais vraiment pas besoin de subir cela ; au séisme personnel venait se rajouter le sentiment d'une agression permanente.

Au bout de quelque temps, n'en pouvant plus, j'ai décidé de ruser en essayant de me cacher. En dépit du fait que la course était épuisante dans la mesure où des photographes aguerris conservent toujours une longueur d'avance sur celui qu'ils pourchassent, je me sentais devenir paranoïaque. Les fuir devenait une obsession de tous les instants. Il n'était pas dans ma nature de me mettre en colère et de foncer vers les appareils parce qu'un tel harcèlement me poussait à bout ; mais je redoutais qu'un de mes enfants ne le fasse. Un jour, cependant, je me suis avancée vers les photographes pour leur demander de me laisser tranquille. Peine perdue. J'ai donc continué à fuir en me renfermant sur moi-même. C'est pourquoi on aura du mal à trouver une seule photo prise pendant cette période où j'arbore un sourire. D'autant plus que j'ai vécu ces pénibles épisodes à deux reprises ; lors de mon premier départ, en 2005, et du second, en 2007.

J'en ai alors beaucoup voulu aux photographes et journalistes. Pendant ces deux ans, j'avais l'impression constante d'être prise dans une nasse. C'était là une des conséquences les plus pénibles de mon statut semi-officiel autant que des choix de mon ex-mari. Car si la place que j'occupais à ses côtés m'exposait par elle-même, elle le faisait de manière excessive. À l'époque de Bercy, en 1993, lorsque les journalistes commencèrent à s'intéresser à moi, j'avais montré la plus grande réticence. Mais Nicolas ne l'entendait pas ainsi. Notre vie privée, il en a revendiqué la transparence, laquelle constituait à ses yeux une attente de l'époque. Il était persuadé que les citoyens devaient être informés et tout connaître en vertu d'un principe simple : le temps des mystères d'État était révolu. Il ne devait y avoir aucune opacité entre les citoyens et ceux qui les gouvernent ; telles étaient les nouvelles règles du jeu démocratique.

Le problème est que je ne faisais que subir un choix qui ne correspondait pas à ma façon de vivre. En outre, de nous deux, je suis celle qui a le plus souffert de cette transparence. D'abord parce que la vie d'une femme offre plus de prise aux médias. Ensuite parce qu'elle ne correspondait pas à ma nature, plus secrète et pudique. Enfin parce que la crise qu'a traversée notre couple se retrouva brutalement sur le devant de la scène. Cette époque fut donc horrible. J'avais le sentiment d'être jetée en pâture à qui saurait prendre l'image inédite ou recueillir le scoop susceptible de multiplier les ventes. Au moins en ai-je tiré des leçons et quelques réflexions sur les rapports entre monde politique et médias.

*

En une vingtaine d'années, j'ai vu les organes de presse évoluer dans un sens très désagréable parce qu'ils devenaient de plus en plus *people* et intrusifs. Les tabloïds ont ouvert les hostilités. Ensuite le reste de la presse, hebdomadaires en tête, leur emboîta le pas. Cette évolution, déjà ancienne en Grande-Bretagne, est rapidement arrivée chez nous. Depuis des années, la plupart des journaux parlent moins de l'action des hommes publics que de leur vie personnelle. Pourtant rompue de longue date à ne pas franchir la ligne entre vie publique et vie privée, la France ne mit guère de temps à faire tomber la barrière. La vente du papier est sans doute à ce prix. Il reste que la forme l'emporte désormais sur le fond, l'anecdote sur le véritable récit, les apparences sur la réalité. Longtemps, nous avons sans doute trop caché. Mais aujourd'hui, il est clair que l'obsession du tout dire et tout connaître a pris un tour insupportable.

C'est la raison pour laquelle la question me semble devoir être posée avec franchise : vaut-il mieux une opacité trompeuse pour l'opinion ou une transparence dévastatrice pour les individus ? Les citoyens ont-ils le droit de tout savoir sur leurs dirigeants, au risque des dérives auxquelles on assiste aujourd'hui ? Ou bien faut-il conserver à la vie privée ses secrets, quitte à tomber dans d'autres travers qui s'appellent mensonge et manipulation ? Présenté en ces termes, le problème paraît insoluble.

Sauf qu'il me semble posé de manière fausse. Même s'ils l'affirment haut et fort, les médias ne nous révèlent trop souvent qu'un simulacre en place de réalité et agissent comme si travestir devenait nécessaire pour révéler. Mais je ne vois pas pourquoi la mise en scène, l'interprétation, le libre jeu de la rumeur, seraient gages de transparence ; la vérité s'accommode mal d'une telle liberté prise avec le réel. Les médias ne sont donc pas seulement intrusifs, ce qui après tout serait difficile à vivre pour les personnes concernées mais apporterait quelque chose à l'opinion ; ils transforment les choses pour les arranger à leur manière. Et c'est bien là le cœur du problème. Entre opacité et vérité, l'alternative est claire. Mais entre opacité et mensonge, chacun comprendra que je préfère l'opacité.

J'ajoute un second élément, qui ne concerne plus le vrai et le faux, mais la morale. À force d'abolir toute limite entre vie privée et vie publique, on tue le respect, dont la vie politique aurait pourtant grand besoin. Connaître tout sur tout le monde modifie en profondeur la relation entre gouvernants et gouvernés, comme l'absence de discipline altère la relation entre le professeur et ses élèves. Qu'adviendrait-il d'un pouvoir qui, à force de transparence de ceux qui l'exercent, se retrouverait livré en pâture à l'opinion ? L'idéal démocratique n'a jamais prétendu ériger chaque citoyen en enquêteur et en juge. Et ce qui répugne à tout lecteur d'Orwell devrait être médité ; la société de *1984* n'est pas plus un idéal dans le sens des gouvernants vers le citoyen que dans celui du citoyen vers ses gouvernants.

Très tôt, auprès de Nicolas, je me suis donc posé la question : quelles limites instaurer face à un pouvoir, celui de la presse, qui souhaite précisément abolir toutes ces limites ? Dans un premier temps ma ligne n'a pas varié. Je refusais de participer à un jeu dont les règles changeaient si souvent en cours de partie que j'en sortirais forcément perdante. Il ne s'agissait pas pour moi de cultiver de quelconques secrets ; mais simplement de discrétion et d'éthique. J'ai ainsi refusé la plupart des émissions que l'on me proposait, alors même que mon entourage me poussait à les accepter au nom de la transparence. La cellule communication du ministre œuvrait en permanence pour infléchir mes décisions, parce que je voulais rester fidèle à moi-même. D'où l'énervement de nombreux journalistes face à mes refus.

Et puis, de guerre lasse plus que vraiment convaincue, j'ai accepté une interview, ensuite une émission, et encore une autre. J'avais mis le doigt dans l'engrenage. D'où les dérives sans nombre, les inventions, l'absence de tout respect pour l'intimité. J'avais participé au grand bal des médias parce qu'on m'avait expliqué que je devais le faire, et désormais je ne pouvais plus m'en arracher.

Je me suis donc retrouvée piégée par ce système de l'information permanente. Je n'aime pas faire la une des journaux, défrayer la chronique, et encore moins lire des choses fantaisistes sur mon compte. Et comme je suis loin d'avoir le culte de moi-même, je n'ai jamais éprouvé de plaisir narcissique à ce que l'on parle de moi ni à croiser mon image en passant devant le moindre kiosque à journaux. Un tel étalage n'appartient pas à ma nature.

En outre, il est sans fin. Vous nous montrez votre jardin et votre salon, mais pourriez-vous nous faire voir votre cuisine ? Et votre chambre, où se trouve-t-elle ? À quel moment prenez-vous votre douche, le matin, le soir, les deux ? Vous refusez de nous répondre ? Pas grave, nous le ferons à votre place. J'exagère à peine. À l'opacité totale d'hier doit aujourd'hui répondre une transparence absolue, comme si le balancier devait monter aussi haut dans un sens que dans l'autre. La mesure exigerait un *modus vivendi* acceptable par tous. Mais nous en sommes loin. Par réaction avec l'ancien code de discrétion, l'époque veut tout savoir, tout connaître à défaut de tout comprendre. Et même si le soupçon du caché demeure fort, car aussi dévoilée soit-elle une vie n'est jamais complètement transparente, cela ne change rien. Aux yeux de l'opinion, les mensonges d'un journal valent parfois mieux que son silence.

Le paradoxe, c'est que la transparence n'entraîne aucune considération particulière. Le cas de François Mitterrand prouve qu'il vaut mieux une opacité qu'au final les citoyens respectent plus. Aux États-Unis, les Obama montrent ce qu'ils veulent bien montrer, rien de plus. L'opinion leur en tient-elle rigueur ? Pas le moins du monde. Pour l'ensemble de ces raisons, je n'ai pas envie de tout dévoiler. Car ma vie n'a été faite que de choix sincères et honnêtes, et jamais de postures face aux médias.

*

C'est peu de dire que je n'en ai guère été récompensée. Ce qu'on a pu écrire ici ou là sur mon couple et sur moi-même relève de la fiction, pas du documentaire. Un film a prétendu raconter l'accession au pouvoir de Nicolas et la fin de notre mariage ; sauf qu'il ne reflète nullement ma vie. Les scénaristes vivaient-ils dans notre salon pour savoir comment se déroulaient les choses entre nous ? J'ai beaucoup souffert de ces extravagances jetées en pâture au public. Une journaliste célèbre, auteur d'une biographie à succès, se trouvait-elle à mes côtés pour prétendre rapporter mes propos et connaître mes pensées ? Il suffirait donc de relater des conversations fausses pour qu'elles deviennent paroles d'évangile ! De là à construire des théories sur moi, ma vie, notre vie, se répandre dans les médias, apporter des réponses aux mille questions posées, colporter des rumeurs – ce milieu adore les inventer, puis les amplifier – il y a tout de même un pas ; force est de constater qu'un journaliste répugne rarement à le franchir. Mais depuis quand un roman se confond-il avec la réalité ? Ces batailles contre de tels mensonges, qu'au demeurant j'ai bien peu livrées car autour de moi tout le monde m'en dissuadait, m'ont épuisée. J'ai donc pris du recul et adopté le détachement que prônait mon ex-mari.

Il n'en reste pas moins que tous ces portraits mensongers et ces amalgames entre clabaudages et informations ont généré en moi une vraie souffrance. Tout cela s'éloigne désormais. Je peux donc analyser plus sereinement l'ampleur de tels phénomènes médiatiques. Car j'ai aujourd'hui saisi une évidence : le véritable prix à payer pour arriver là où Nicolas et moi étions parvenus ne se chiffrait ni en efforts ni en énergie déployée, mais en incompréhension, caricatures, regards des autres sur nous. Les efforts et l'énergie furent tout le contraire : des moteurs. J'ai toujours eu besoin de produire et d'avancer. Seuls me freinent la méchanceté des autres et leurs jugements implacables, toutes ces attaques qui, pendant des années, m'ont atteinte au plus profond.

*

Longtemps j'ai eu beaucoup de mal avec Facebook. Cet étalage de soi qui plaît tant aux jeunes me gênait, ce qui ne surprendra personne. Lorsque je vois combien de temps mon fils Louis passait à envoyer et à lire ses messages sur Twitter, où toutes les informations données sont aussitôt reprises, je trouve cela à la fois incroyable et glaçant. Mais la formidable importance qu'ont prise les réseaux sociaux nous fait toucher du doigt un aspect essentiel de cette sacro-sainte transparence moderne. Ainsi une génération éclatée dans le monde entier communique grâce à de tels réseaux, dont l'existence résulte en partie d'un nouveau genre de vie. C'est le lien entre les membres de la jeunesse d'aujourd'hui. Quoi de plus normal ? Dans le domaine de la communication comme dans d'autres, la fonction crée l'organe. Jadis nous ne partions pas vivre aux quatre coins de la planète, et les cartes postales suffisaient à donner des nouvelles de nos vacances. Mais le monde et ses habitants ont changé. Être loin réclame de rester connecté. C'est à nous de nous adapter, pas à cette nouvelle génération de renoncer à ces formidables outils. Je me suis donc mise aux réseaux sociaux, avec étonnement d'abord, puis plaisir. Et cela au grand dam de Richard, qui est profondément opposé à ce mode de communication et ne cesse de réprimander nos enfants lorsqu'ils postent en temps réel nos instants de vie !

Et si Twitter et Facebook nous fournissaient la solution pour sortir du dilemme entre transparence et secret ? Puisque je suis comme tout le monde, semblent dire tous les utilisateurs, je n'ai plus à me cacher. La révolution des réseaux sociaux, c'est que chacun y est à la fois objet et sujet de sa propre information. Les gens y exposent ce qu'ils veulent, décision volontaire qui supprime du même coup l'investigateur intrusif. L'image de moi en train de marcher dans la rue, elle peut se répandre à des millions d'exemplaires dans le monde *via* les portables, sans même l'intervention des médias ; il suffit pour cela que je le décide. Le choc des photos, qui a tant agité plusieurs générations, n'existera bientôt plus. Nous vivons dans un monde de l'instantané. À la seconde où l'événement se produit, il est connu par la planète entière. C'est pourquoi le côté *people* de la presse n'aura bientôt plus lieu d'être.

Si tel est le cas, comme j'incline à le penser, nous vivons la dernière génération d'hommes publics confrontés à ce dilemme entre opacité et transparence. Car tout devient public, sous réserve de le vouloir et non de le subir ; la nuance est de taille. C'est là un tournant auquel la presse devra bien s'adapter.

Qui sait ? Libérée de la recherche permanente d'informations inédites, peut-être deviendra-t-elle alors moins sensible aux faits et à la forme pour retourner vers le fond, la réflexion, l'explication. Il va lui falloir s'adapter à cette nouvelle donne, se recentrer sur l'essentiel pour être reçue différemment, redevenir le noyau dur de l'information et se détourner de l'accessoire afin de se consacrer à ce qui compte. Car l'accessoire est ailleurs, il s'envole avec les jours. Qui va-t-il encore intéresser ?

13.

À l'Élysée

En janvier 2006 je suis revenue auprès de Nicolas pour refonder ma famille, de manière définitive et sans calcul d'aucune sorte. J'avais décidé de repartir dans mon ancienne vie en mettant une croix sur l'épisode précédent. Je voulais tout essayer, tant je désirais repartir sur des bases claires et être à nouveau heureuse auprès de mon mari.

Malheureusement, il ne m'a pas fallu beaucoup de temps pour comprendre que cela ne marcherait pas. Lorsque le vase est ébréché il ne se casse peut-être pas tout de suite, mais l'ébréchure ne disparaît jamais. Fallait-il s'en satisfaire ? Je l'ai essayé, pendant près de deux ans. Lorsque j'ai compris que la tâche était impossible et que ma vie était ailleurs, j'ai pris la seule décision qui s'imposait à moi. Je n'aime pas plus les demi-mesures que les doubles jeux, ni avec les sentiments ni avec les hommes. Je suis donc partie, cette fois-ci de manière définitive, pour construire une nouvelle vie avec Richard.

Étranges années que celles-ci. Malgré le volontarisme et la force que j'affichais, je m'y suis sentie perdue. Tant d'éléments composites les tissèrent. Des sentiments contradictoires et confus, d'abord ; j'avais renoncé à un homme que j'aimais pour un autre que j'espérais réapprendre à aimer. Celles et ceux qui ont vécu ce déchirement intime reconnaîtront leur propre douleur sans qu'il soit besoin de la décrire. Aussi l'énergie que je consacrais à reconstruire ma vie venait-elle constamment se heurter à mes doutes. Sans doute est-ce la raison pour laquelle je me suis jetée à corps perdu dans la politique, voulant de toutes mes forces aider Nicolas à conquérir l'Élysée. Ce que j'ai fait. Plus encore qu'aux autres périodes de notre vie commune, j'ai consacré toute mon énergie à cette campagne. Elle fut éreintante, mais brillante, nouvelle, surprenante, et aboutit à la magnifique victoire de 2007. De cette époque je ne regrette rien. Je n'ai pas trahi l'attente de mon ex-mari ; j'étais revenue pour être à ses côtés, et je le fus. Ce qui n'a pu réussir à faire repartir notre couple aura au moins contribué à cette victoire.

*

J'ai ainsi renoué avec l'atmosphère des meetings. Rien de plus palpitant que ces grands-messes électorales, même si l'on en sort éreinté ; elles happent littéralement ceux qui y participent. Le candidat en campagne court d'un chapiteau de toile à un palais des congrès selon un emploi du temps infernal, soutenu par une logistique impressionnante, partout attendu par des militants en liesse auxquels il doit, malgré sa fatigue et ses doutes, montrer son meilleur visage et son inébranlable confiance dans l'issue du combat. Discours préliminaires, arrivée du candidat, ovation, musique, applaudissements, chaleur, projecteurs, journalistes omniprésents, milliers de mains à serrer ; puis discours, salle enflammée, nouvelle ovation, triomphe, départ. Le rituel tient de l'immuable, et les reportages télé en ont maintes fois montré les images.

Pourtant il manque à celles-ci le principal : l'émotion humaine, la force de l'espoir et des attentes, palpables presque physiquement. Les militants politiques sont des gens extraordinaires. C'est à leur chaleur que le candidat vient refaire ses forces, à leur contact qu'il saisit ce que lui-même incarne, dans leurs yeux qu'il lit l'attente d'un peuple. Venir à leur rencontre fut toujours un choc, une découverte, un enrichissement. C'est pourquoi, plus que tout le reste, le cœur d'une campagne électorale demeure à mes yeux le meeting électoral, celui qui vous attend partout, au centre de la grande ville comme dans le plus petit bourg rural.

Nous avons tellement fait de campagnes électorales en vingt ans que, dans mon souvenir, j'ai l'impression qu'elles se sont enchaînées sans transition. Il y en eut de toutes sortes ; législatives, européennes, présidentielles. Celle d'Édouard Balladur, en 1995, a beaucoup compté. Nicolas était alors directeur de campagne au côté de Nicolas Bazire. La tâche était lourde, mais exaltante. Nous avons battu les estrades, espérant une victoire que nous pensions à notre portée. Elle ne fut hélas pas au rendez-vous.

Au fil des années et de ces campagnes successives, on se doute que la foule des journalistes que nous retrouvions de meeting en meeting me portait une attention croissante. Lorsque les rumeurs sur ma vie privée grossirent, ce phénomène prit encore plus d'ampleur. Je ne désertai pas pour autant. Même si, durant la campagne de 2007, j'avais bien souvent l'esprit occupé par des soucis autres, j'ai voulu tenir mon rôle. Ce fut souvent difficile. Parfois il m'est arrivé de ne pas accompagner Nicolas parce que la lassitude m'avait envahie. Surtout, cette exposition permanente m'éprouvait au point de ne plus pouvoir l'assumer.

À l'approche de l'élection, je décidai de m'impliquer encore plus à fond dans la campagne électorale. On m'attribua un bureau au QG de Nicolas, où je côtoyai les permanents de l'UMP ainsi que de nombreux militants.

L'expérience fut passionnante. Un parti, surtout lorsqu'une échéance décisive se profile, tient de la ruche ; bourdonnante, constamment agitée, sur la brèche vingt-quatre heures sur vingt-quatre. Ce qui est en revanche moins facile à gérer, surtout quand on est une femme, ce sont les luttes entre les diverses personnalités. Détestant toute forme d'affrontement, je ne sais si j'aurais pu supporter à haute dose une telle atmosphère de concurrence mêlée de coups bas. Ceux-ci sont d'autant plus insupportables que leur enjeu national varie fortement selon les individus. Si certains cherchent à mettre en valeur leurs idées et leur détermination, d'autres songent d'abord à leur propre carrière. Mais j'aime agir, réaliser, avancer. Qu'on me donne les outils, et je les utilise, à l'UMP comme ailleurs. Et les rivalités que je voyais autour de moi, si elles m'ont surprise et parfois heurtée, ne m'ont pas dissuadée de tenir ma place.

Lorsque je me rendais au QG de campagne, je le faisais dans la plus grande discrétion, car je redoutais moins les luttes intestines que les caméras et micros des journalistes. Et si la pression devenait trop forte, je savais me rendre invisible en ne sortant pas de chez moi. Les combats intérieurs reprenaient alors le dessus. Je me revois, tournant en rond pendant des heures, autant indécise de ce que je devais faire de la journée à venir que de ma vie entière. Ce fut une période épouvantable.

Je suis consciente de n'avoir plus été, à ce moment-là, le soutien de celui qui en avait intensément besoin : Nicolas. Ainsi, j'ai été incapable de me trouver à ses côtés lors du débat d'entre les deux tours avec Ségolène Royal. Moi qui, durant tant d'années, ne l'avais pas lâché, ce 2 mai 2007 j'étais absente alors qu'il s'agissait d'un des moments les plus importants de sa carrière. Aujourd'hui encore, je le regrette.

*

Vint le temps de l'élection, puis celui de la victoire. Aux yeux des médias, que le paradoxe gênait visiblement peu, j'étais à la fois invisible et toute-puissante, déjà partie mais toujours là, absente mais omniprésente. À les croire j'avais tout voulu et tout réglé. J'organisais dans l'ombre des événements auxquels je refusais de participer. Le vainqueur de l'élection, son staff de campagne, ses conseillers, ses proches et ses amis, personne ne décidait rien puisque c'était moi qui choisissais les lieux – *Fouquet's*, Concorde, yacht de Bolloré –, établissais les listes des invités, éloignais les indésirables, choisissais les témoins du triomphe et rejetais ceux que j'estimais m'avoir trahie. Tout cela, qui a rempli les gazettes avant de nourrir des livres et un film, ne tient pas debout. La vérité est que, durant ces jours de combat et ces heures de victoire, je me terrais le plus souvent chez moi. Seule et en proie à d'autres pensées...

Dès les premières heures qui suivirent la victoire de Nicolas, on raconta tout et son contraire. J'y vois la preuve de ce que j'énonçais plus haut sur la transparence : elle prête le flanc aux interprétations les plus fantaisistes. En 1988, François Mitterrand fêta sa réélection à la Maison de l'Amérique latine, endroit qui, autant que je sache, n'est pas plus une gargote pour militants politiques que ne l'est le *Fouquet's*. On y croisa, paraît-il, le même type d'invités qu'en 2007 pour la victoire de Nicolas : hauts dirigeants d'entreprise, patrons de presse, journalistes, vedettes du show-biz, hauts fonctionnaires. Nul ne s'en offusqua, car la fête fut tenue secrète. Il reste qu'une fête en plein faubourg Saint-Germain ne dérange personne dès lors qu'elle demeure cachée. Mais au cœur du quartier des Champs-Élysées, au su et au vu de tous, elle est jugée inconvenante.

Nous avions longtemps réfléchi, Nicolas et moi, à un endroit pour réunir nos amis et l'équipe de campagne en cas de victoire. Notre préoccupation première portait sur son caractère symbolique. Quel lieu était le plus à même de représenter la France et d'honorer son peuple ? La réponse ne tarda pas : les Champs-Élysées. C'est là que Parisiens et Franciliens ont plaisir à venir se promener, là que furent célébrées nos plus grandes victoires, là où tout étranger qui visite la capitale veut à tout prix se rendre. La plus belle avenue du monde est aussi la plus chère au cœur des Français. À elle seule elle représente notre pays, son histoire, sa grandeur, son luxe, son harmonie, et en est l'une des plus merveilleuses ambassadrices, tant son image est connue dans le monde entier.

Organiser une fête privée à l'hôtel *Fouquet's* n'avait donc rien d'incongru. C'était une manière d'honorer Paris et la France, et d'associer notre joie à un lieu que nos concitoyens aimaient. Par ailleurs il se trouve que la chose nous était commode, moi-même ayant été avant sa disparition amie avec Diane, épouse du tout nouveau propriétaire Dominique Desseigne. Notre choix présentait donc le double avantage d'être symbolique et amical. Mais qui s'est interrogé sur nos motivations, qui a vu dans ce choix ce que nous voulions y mettre ? Personne. En revanche, nombreux sont ceux qui s'employèrent à dénoncer ce qu'ils estimaient être un affichage de luxe tapageur et indélicat – alors même qu'ils y déjeunaient régulièrement !

Il est vrai que, où que nous soyons allés ce soir-là, nous aurions subi le feu nourri des critiques. Un bistrot de la rive gauche ou un estaminet de quartier bobo, pour des bourgeois comme nous ? Impensable. Une table étoilée, une brasserie, une auberge de banlieue, tout aurait donné lieu à ricanements. Il aurait fallu nous cacher chez nous pour avoir la paix. Ce n'était pas compatible avec nos idées. Nous voulions une transparence et un symbole ; nous n'avons recueilli que le sarcasme condescendant des uns, la stupeur outrée des autres.

Pour que la mesure soit comble, il fallait que je porte le poids d'autres fautes. Mais, n'en déplaise à certains, je n'ai jamais établi de listes d'invités ni bloqué les entrées de quiconque. Mon état d'esprit était alors à cent lieues de ce genre de préoccupation. Je restais chez moi, reculant sans cesse le moment de rejoindre la fête où tous, et d'abord Nicolas, m'attendaient, appréhendant les regards, le monde, la foule de la Concorde, me demandant ce que je faisais là tout en me répétant qu'il fallait que j'y sois, incapable de mettre de l'ordre dans mes idées, perdue. C'est son cabinet qui s'est occupé de ces listes comme du reste. Qu'il ait commis des boulettes et mécontenté certains ne me concerne en rien. Plus tard, devant le remue-ménage médiatique, je suppose que certains membres de l'entourage ont dû me charger pour se dédouaner eux-mêmes. Une mule est parfois commode pour charger les bagages encombrants.

J'ai rejoint Nicolas au *Fouquet's* assez tard dans la soirée. Ma fille Jeanne-Marie était parvenue à me convaincre que ma place se trouvait avec le nouveau président, et pas chez moi. Il fallait que la femme publique reprenne le pas sur la personne privée, car un événement exceptionnel était en train de se produire et un destin était en marche. Tout cela nous a portées, ma famille et moi. Ce jour-là, et ceux qui suivirent, je me devais d'être présente. Je l'ai fait. Et ne le regrette pas.

*

Tout comme cette soirée au *Fouquet's*, les quelques jours passés sur le bateau de Vincent Bolloré suscitèrent des interprétations malveillantes. La vérité est pourtant plus simple que tous les romans qui fleurirent alors. Il s'agissait de trouver un endroit au calme où nous reposer et réfléchir avant des moments difficiles tout en fuyant la pression des journalistes. Compte tenu de l'acharnement de ces derniers à poursuivre le nouveau président de la République, on conviendra que de tels lieux n'étaient pas légion. Par ailleurs, Louis, passionné par des lectures sur l'archéologie sous-marine, ne rêvait que d'une chose : voir de ses propres yeux certains des vestiges antiques que renferme la Méditerranée. La proposition que nous fit Vincent Bolloré sur son bateau constituait donc une opportunité à saisir. Nicolas pourrait s'y détendre et réfléchir, Louis assouvir sa passion, et nous tous passer une semaine familiale et calme. Nous étions alors loin d'imaginer que ces quelques jours au large de Malte seraient présentés par certains médias comme des vacances de milliardaires !

Tout le monde conserve en mémoire les images de la cérémonie de passation de pouvoir à l'Elysée, le 16 mai 2007. J'avais tenu à y être présente avec tous nos enfants : mes deux filles, les fils de Nicolas, et notre fils Louis. Pour nos deux familles réunies, une telle journée devait rester à jamais gravée comme de grands moments de fierté et de bonheur. Je me suis efforcée d'y tenir mon rôle du mieux que je l'ai pu. Il est des circonstances où chacun de nous s'inscrit dans une histoire plus vaste que sa propre vie. Et lorsqu'on a le privilège d'y être associé, les sentiments personnels doivent savoir, le temps de la parenthèse lumineuse, se tenir à distance.

*

Ce ne sont pas les ors de la République qui m'ont retenue presque six mois à la place de Première dame alors que tant de choses n'allaient plus dans ma vie. Je me suis toujours défiée des honneurs, des cérémonies, des apparats grandioses, leur préférant solitude, famille et amis. Certes les hôtes de la République sont éblouis par la grandeur de ces lieux chargés d'histoire, leur luxe impeccable, leur ordonnance classique. Mais ce qui le temps d'un soir impressionne finit, comme tout décor, par s'oublier dès lors qu'on y passe ses jours. C'est autre chose qui vous frappe bientôt, en regard de quoi palais et cérémonial ne comptent plus : le poids de la fonction.

L'Élysée est une machine parfaite, à la fois vitrine de la France et empilement de bureaux et de services, monde en soi. J'y ai saisi que le pouvoir porte en lui une gravité constante. Je savais, grâce à mes expériences de Bercy et de la Place Beauvau, combien l'exercice de responsabilités ministérielles pouvait remplir le quotidien. J'ai vu, à l'Élysée, comment il envahit un homme, l'habite totalement, ne lui laisse aucun repos tant il sent sur lui la responsabilité écrasante d'un pays entier. Celui qui possède le sens de l'État et un total dévouement à la chose publique vit d'une manière différente, ne dort plus de la même façon, et sans doute ne pense plus comme auparavant. À l'Élysée tout change, et d'abord celui qui y pénètre. Nicolas avait beau être prêt psychologiquement à affronter la charge, j'ai senti que la nature du pouvoir qu'il allait exercer était soudain devenue différente.

De façon un peu surprenante, certaines obligations s'assument en revanche de manière facile. C'est ainsi que les fonctions de représentation sont moins prenantes qu'on ne le pense généralement ; lors des cérémonies rituelles tout est parfaitement cadré et organisé. Ainsi certaines audiences protocolaires ou les remises de décorations tiennent presque du moment de détente au cœur de journées pleines à craquer. D'où leur caractère parfois souriant et libre. Nul ne s'en formalise. Apercevoir durant quelques minutes un président de la République heureux d'échanger quelques mots avec ses invités est bien agréable. Les grands dîners officiels ou visites d'État sont rares. Quant aux sorties et dîners en ville, ils n'existent pour ainsi dire pas, puisque personne, hormis le Crif et une ou deux autres organisations représentatives, n'invite le président de la République. C'est le quotidien du pouvoir et ses responsabilités qui, en eux-mêmes, sont pesants.

J'avais installé mon bureau, au rez-de-chaussée de l'aile Est, dans le charmant salon ouvrant sur le petit jardin à la française enclavé entre les corps de bâtiment de la partie privée. Mon bureau jouxtait une bibliothèque arrondie, souvent prise en photo, où je recevais mes visiteurs, tenais mes réunions et parfois organisais un repas. Je passais mes journées dans ces deux pièces. Mon bureau était rempli de dossiers. Et de courriers.

Je recevais en effet quotidiennement un nombre impressionnant de lettres. Il s'agissait de demandes d'intervention sur les sujets les plus divers, obtention d'une place de crèche ou d'un logement, demande d'aide pour une maison de la culture, subvention pour engager des travaux de restauration dans un musée… Nos concitoyens attendent de la Première dame qu'elle ait une fonction d'assistance et de recours. Et s'ils s'adressent à elle, c'est parce qu'ils la croient dotée de plus de pouvoir que le ministre directement concerné par leur problème. Je ressentais donc comme un devoir impérieux de répondre à chaque demande, la plupart du temps en indiquant vers quel service elle avait été orientée puisque je ne détenais par moi-même aucun pouvoir de décision. Dans certains cas, un coup de fil ou un courrier suffisait à résoudre le problème. Je ne m'en privais pas, heureuse de pouvoir apporter à quelqu'un l'aide qu'il attendait de moi.

Tout cela demandait un énorme travail. J'avais pour m'assister un cabinet qui suivait toutes les affaires et répondait à chaque correspondant. Il fallait vérifier les demandes et étudier leur bien-fondé afin de ne pas encombrer les administrations de requêtes inutiles ou impossibles à satisfaire. Un homme remarquable, le sous-préfet Serge Jacob, qui occupait la fonction de chef de cabinet, m'éclairait et opérait les recherches nécessaires. Une autre personne avait en charge les affaires internationales, car les demandes pouvaient nous parvenir du monde entier : pour apporter une aide à des Français de tel endroit, pour secourir des femmes en détresse en Guyane… Mon assistante Vanessa, qui m'avait suivie depuis le ministère de l'Intérieur et resta donc au total neuf ans à mes côtés, dirigeait un service de trois personnes. C'est ainsi que, tous les matins, je trouvais sur mon bureau un nombre impressionnant de parapheurs en attente de mon intervention.

J'ai apprécié ce moment de ma vie ; pouvoir aider les autres et faire bouger les choses fut toujours ma passion. J'ai ainsi découvert que, même non reconnue officiellement, la fonction de Première dame existe de manière bien réelle. Soudain, les diverses actions que j'avais pu mener, en particulier au ministère de l'Intérieur, prenaient une autre dimension. Mais je suis convaincue que c'est la femme qui fait la fonction, et non l'inverse. J'ignore comment ont agi les Premières dames qui m'ont précédée, mais j'imagine que l'histoire de la Cinquième République compte certaines épouses présidentielles fort actives alors que d'autres furent un peu moins présentes. C'est la personnalité de chacune qui permet de répondre à des demandes, car rien de tout cela n'est écrit dans une quelconque définition de poste. À voir la quantité de demandes reçues, je suppose que mes interlocuteurs ont rapidement compris l'attention que je leur portais ; durant ces quelques mois, les lettres n'ont cessé d'affluer en nombre de plus en plus grand.

Dans cette fonction de Première dame, impossible de ne pas rendre hommage à ce qu'accomplit une femme que j'admire, Michelle Obama. Refusant de se perdre dans des actions futiles, elle ne prend la parole que pour les sujets importants. Elle a participé à tous les meetings de campagne de son mari, prononcé des discours forts et pris position sur des sujets de société cruciaux comme l'élargissement de la couverture maladie ou le sort des vétérans. J'estime qu'elle a toujours eu un comportement parfait au côté de son mari, le soutenant de toutes ses forces tout en conservant sa personnalité. Son action sur les problèmes de santé, en particulier l'obésité, est reconnue par tous comme pertinente et efficace. Elle est une *First Lady* parfaite, discrète, humaine, et à mes yeux incarne la fonction avec efficacité et élégance, tout comme la nouvelle Première dame chinoise qui jouera certainement un rôle dans l'histoire de son pays.

L'exemple de Michelle Obama est d'autant plus intéressant qu'elle est la seule Première dame qui, sans bénéficier d'un statut officiel, occupe une fonction aux contours définis. Elle dispose d'un cabinet et d'un budget, ce qui lui permet d'agir et de servir son pays à l'intérieur d'un cadre officiel. Sa marge de manœuvre s'en trouve donc considérablement élargie, ce qui permet à l'opinion publique et aux médias de juger son action dans la clarté. Ailleurs, le statut d'épouse de chef de l'État, parce qu'il est nettement plus flou, limite toute action d'importance et autorise bien des critiques. Les citoyens attendent d'une Première dame un certain nombre d'interventions, mais si elle y consacre trop de temps et d'énergie, certains n'hésiteront pas à le lui reprocher ! Un statut permettrait de clarifier la situation, et tout le monde y gagnerait. Je me rappelle avoir accompagné des bénévoles de la Croix-Rouge lors d'une de leurs tournées nocturnes à travers Paris. La misère que j'ai alors rencontrée, à chaque coin de rue ou presque, m'a fait énormément de peine. Mais comment agir ? Si j'avais eu un pouvoir officiel, j'aurais pu seconder ces bénévoles par des actions durables : ouverture de centres d'accueil, fourniture de vêtements, mise en place d'une assistance médicale... Mais au-delà de ma bonne volonté de citoyenne, je ne disposais ni des moyens nécessaires pour intervenir, ni même du droit de le faire.

*

Tous les matins j'arrivais à l'Élysée avec ma propre voiture. J'entrais par la grille de l'avenue Marigny et gagnais le côté du palais où se trouvent les appartements privés. C'est un bâtiment magnifique, le plus majestueux dont s'honore à juste droit notre République. Malheureusement, comme tant d'autres bâtiments publics, les travaux de restauration apparaissaient à l'époque importants. La pierre de façade était attaquée, les installations électriques vieillies, la peinture défraîchie. Les entreprendre m'aurait valu une pluie de critiques. Une partie de ces travaux furent menés après mon départ. Je m'en félicite.

Ce qui me surprit le plus lorsque je fis la visite des lieux, ce fut la découverte de certaines pièces des appartements privés. Ceux-ci sont, à l'Élysée, au nombre de deux. Le grand appartement de fonction de l'aile Est, où logent traditionnellement les présidents, offrait quelques pièces au parti pris décoratif pour le moins étrange. Dans l'une, dont je ne me souviens plus s'il s'agissait du salon ou de la chambre de Danielle Mitterrand, de grands panneaux dissimulant boiseries et cheminée arboraient des anges noirs peints par Gérard Garouste. L'effet était saisissant et terrible ; impensable de dormir ou de vivre au sein d'une telle atmosphère. Dans un autre salon, remontant lui aussi à l'ère Mitterrand, des tubulures noires couraient le long des murs. Une autre pièce était occupée en son centre par une sorte de salle de bains ronde qui tournait sur un axe…

Pour que nous puissions nous installer dans un tel endroit, les travaux auraient été pharaoniques. Remettre les lieux en leur état du XVIIIe siècle, avec boiseries, cheminées, parquet et plafond, aurait pris des mois. Nous avons donc décidé de vivre dans l'autre appartement privé, dit appartement du roi de Rome. Il est situé dans la partie centrale du palais, au second étage, au-dessus du bureau présidentiel.

Ses trois pièces avaient été entièrement refaites par Bernadette Chirac. C'est un endroit retiré et merveilleux, discret jusqu'à l'intime, et d'où l'on a une vue plongeante sur la cour du palais et ses jardins.

*

J'ai également vécu dans deux autres résidences présidentielles tout aussi agréables que l'appartement du roi de Rome. La première, dissimulée dans un coin du parc de Versailles, s'appelle le pavillon de La Lanterne. Le lieu est bien plus plaisant que la résidence traditionnelle de la présidence, le château de Rambouillet, immense, malcommode, glacial à tout point de vue. Mais un président a besoin d'une retraite à l'écart de la foule pour se ressourcer et recevoir ses conseillers et ministres en toute discrétion. Nous allions donc à La Lanterne pendant les week-ends, et parfois pendant la semaine, pour que Nicolas puisse y travailler dans le calme.

L'endroit est ravissant. C'est une sorte de maison de poupée comme le XVIIIe siècle a su en construire, un très petit Trianon puisqu'il ne comprend que quelques pièces, un salon, une salle à manger, deux ou trois chambres. Certains anciens Premiers ministres, car le lieu fut longtemps rattaché à Matignon, y ont laissé leur marque. Laurent Fabius y fit construire une piscine, et Michel Rocard un court de tennis. Il m'arrivait de songer qu'encore plus loin de nous, André Malraux, alors ministre du général de Gaulle, aimait à s'y rendre, le Premier ministre Georges Pompidou lui ayant offert la jouissance de La Lanterne. Un minuscule jardin entoure le pavillon, ainsi qu'un petit verger dans lequel, parfois, nous apercevions un lapin gambader.

Nicolas se ressourçait là-bas. Il pratiquait le jogging ou le vélo dans ce coin reculé du parc et pouvait travailler à son aise, loin du tourbillon parisien. Il oubliait là, non pas la charge du pouvoir, laquelle ne s'allège jamais, mais la pression des événements. La Lanterne lui permettait de prendre une distance avec les mille complexités qui assaillent la fonction présidentielle et de se consacrer à un travail de réflexion difficile à mener à l'Élysée.

J'ai aussi beaucoup apprécié Brégançon, ce fort dressé de façon noble et altière au-dessus de la Méditerranée. Certaines épouses de présidents l'avaient vu comme une forteresse, presque une prison ; pas moi. Les lieux étaient si imposants, la vue si magnifique, que séjourner à Brégançon constituait un privilège. Nicolas y a souvent reçu ses homologues. Tous ont été impressionnés par la grandeur du site et l'originalité de cette bâtisse vieille de quatre siècles. C'est que la République ne prend pas de vacances. Il lui faut disposer, même durant l'été, d'un lieu où les réunions peuvent se tenir et les visiteurs être reçus. Outre qu'il était un endroit admirable, Brégançon présentait ces précieux avantages.

Ce qui est vrai pour les ministres de la République l'est encore plus pour son président ; la lourdeur de la fonction impose que le quotidien se fasse léger. C'est pourquoi la République, comme partout dans le monde, met à sa disposition des lieux où se reposer, se ressourcer et réfléchir au calme. Il ne faut pas déstabiliser un homme d'État en laissant lui parvenir trop de choses qui polluent son temps, son jugement, son action. Quant à moi, je me plaisais dans des lieux à l'écart de l'agitation de la vie élyséenne. Car la vie de Première dame peut parfois prendre un tour imprévu, comme l'épisode libyen devait bientôt m'en apporter la preuve.

14.

Les infirmières bulgares et le médecin palestinien

Depuis des années la communauté internationale tentait d'apporter une solution au douloureux problème des prisonniers de Kadhafi ; en vain. Il faut dire que le colonel et son entourage avaient tellement compliqué cette affaire que nul ne voyait comment en sortir.

Cela faisait neuf ans que cinq infirmières bulgares et un médecin palestinien se trouvaient derrière les barreaux. Jugés une première fois coupables, puis condamnés en 2004 à la peine capitale, ils attendaient depuis lors leur exécution. Toutes les actions entreprises n'avaient eu comme effet que d'adoucir les conditions de leur détention. Il ne s'agissait pas là de résultats négligeables, mais sur le fond rien ne changeait. Régulièrement, le pouvoir libyen annonçait la prochaine exécution de ceux qu'il considérait comme d'odieux criminels, et chacun savait que des négociations souterraines tentaient alors de répondre aux exigences toujours plus insensées d'un homme qui ne reculait devant aucun chantage.

*

L'origine de l'affaire demeure à ce jour encore très mystérieuse. Les médecins de l'hôpital de Benghazi avaient découvert avec horreur, en 1999, que quatre cent trente-huit nouveau-nés avaient été infectés par le virus du sida. Cinquante-six devaient rapidement en mourir, les autres restant gravement malades. Comment s'était produit ce désastre ? Nul ne le savait. La seule certitude était que tous les enfants âgés de moins de six mois qui rentraient dans cet hôpital pour y subir une prise de sang, une radio pulmonaire ou être soignés pour une infection, tous se retrouvaient gravement malades. Les faits étaient indéniables. Restait à les expliquer.

C'est alors que l'idéologie entra en action. Les autorités libyennes conclurent très vite que les enfants avaient été infectés soit par le Mossad, soit par la CIA, afin d'affoler les populations et de fragiliser le régime. Comme le proclama alors Kadhafi, avec le sens de la mise en scène qu'il savait déployer : « On a voulu tuer nos bébés. » Et tel fut, durant des années, le discours officiel de Tripoli. Des infirmières bulgares et un médecin palestinien qui travaillaient alors à l'hôpital s'étaient retrouvés en contact avec les enfants ; le régime vit aussitôt en eux les agents de cette horrible tragédie. Ils furent arrêtés, jugés et condamnés.

Il est évident qu'un tel scénario ne tenait pas debout. Quel pays aurait pris la décision d'infecter des centaines d'enfants innocents ? Quel service secret aurait pu fomenter un complot aussi ignoble ? Plusieurs hypothèses furent donc examinées par des instances internationales. Celle d'une contamination due à un accident interne à l'hôpital ne donna rien. Elle se heurtait d'ailleurs à un obstacle : une telle contamination n'aurait pas pris pour seules victimes des nouveau-nés mais infecté d'autres patients ou des soignants. Or nulle autre personne n'avait contracté le sida. En outre, malgré les rapports des experts concluant à un manque d'asepsie au sein de l'hôpital, il est difficile de concevoir qu'un enfant puisse attraper le sida en passant une radio pulmonaire.

Encore aujourd'hui, le fond de l'histoire demeure donc fort trouble. Les autorités libyennes ont-elles délibérément exagéré quelques faits isolés ? Les enfants ont-ils été infectés par un autre moyen ? L'affaire a-t-elle été fabriquée de toutes pièces pour faire pression sur l'opinion mondiale ? Kadhafi a montré, en d'autres occasions, qu'il ne reculait devant rien pour se poser en victime des Occidentaux. On se perd donc en conjectures sur l'origine du fléau qui frappa ces innocents. Et sans doute ne saura-t-on jamais ce qui s'est réellement passé à l'hôpital de Benghazi en ces tragiques journées de 1999.

Quant à moi, j'ai l'intime conviction que toute l'affaire a été montée par un des multiples services secrets libyens, que la décision soit venue de Kadhafi lui-même ou d'un membre de son entourage. Car le régime de Tripoli se trouvait depuis des années déchiré entre plusieurs successeurs potentiels qui se livraient une guerre farouche et n'auraient sans doute reculé devant aucun moyen pour se faire valoir aux yeux du colonel.

*

Un matin de juillet 2007, je croisai dans un couloir Claude Guéant, qui occupait alors la fonction de secrétaire général de l'Élysée. Claude et moi nous connaissions depuis l'époque de Beauvau, où il occupait le poste de directeur de cabinet de Nicolas. Nous nous étions toujours appréciés, moi aimant le côté discret et efficace du haut fonctionnaire qu'il était alors, lui saluant mes actions en faveur des victimes ou face à une situation difficile. Il m'annonça qu'il s'apprêtait à partir le lendemain matin pour négocier avec Kadhafi la vie des infirmières bulgares et du médecin palestinien. Nous discutâmes quelques instants de cette situation dramatique. Elle préoccupait si vivement mon ex-mari qu'il avait pris l'engagement, durant la campagne électorale, de se saisir de l'affaire dans les plus brefs délais ; et c'est ce qu'il était en train de faire.

Je rejoignis en hâte mon bureau pour chercher le maximum de renseignements sur cette affaire dont je ne connaissais que les grandes lignes. Entre autres informations, j'appris que, d'un point de vue idéologique, à Benghazi, où les événements s'étaient déroulés, les islamistes étaient en position largement dominante, et la haine portée à l'Occident au maximum.

Quelques minutes plus tard, je poussai la porte du bureau de Nicolas. À peine avais-je commencé à prendre la parole qu'il m'interrompit. Il avait déjà songé à ce que j'allais lui proposer. L'avion décollerait le lendemain matin à six heures, et si je pensais pouvoir contribuer à débloquer la situation, je pouvais me joindre à Claude Guéant. Ainsi, nos deux intentions s'étaient croisées au même moment ; je venais proposer à mon ex-mari une initiative qui lui avait déjà traversé l'esprit.

*

Le lendemain 12 juillet, nous sommes donc partis à cinq : Claude Guéant, Boris Boillon, arabisant, conseiller diplomatique à l'Élysée, les deux officiers de sécurité, et moi-même. Au cours du vol, Claude adressa un message à Kadhafi pour l'avertir de notre prochaine arrivée et de mon désir de le rencontrer. Nous ne reçûmes aucune réponse, ce qui ne nous étonna guère. Le personnage mettait un point d'honneur à faire attendre les gens qu'il devait voir pendant des heures, parfois des jours, sans les informer de ses intentions à leur égard ; une manière de prouver qu'en parfait autocrate il contrôlait tout et décidait selon son bon vouloir.

Nous arrivâmes à l'aéroport de Tripoli à une heure encore matinale. Une escorte nous attendait, qui nous mena dans une maison d'hôtes du centre-ville où, comme je l'avais pressenti, on nous demanda de patienter. La comédie dura environ quatre heures. Pendant ce temps, j'imaginais combien Kadhafi devait jubiler de faire ainsi attendre l'épouse du président de la République française et son représentant personnel. À un moment donné, n'en pouvant plus, j'ai exposé l'alternative à un des hommes qui se trouvait là, et dont j'ignorais la fonction, garde du corps, conseiller, ministre : soit le colonel Kadhafi nous recevait immédiatement, soit nous repartions, avec toutes les conséquences diplomatiques qu'un tel départ risquait d'entraîner. Je sentis un réel embarras. Au bout de quelques instants et, je suppose, quelques coups de téléphone, les gardes nous firent remonter dans les voitures pour nous diriger vers la tente du colonel qui, comme par hasard, était maintenant disposé à nous recevoir.

*

J'eus l'impression de pénétrer dans un décor de cinéma. La tente, très vaste, était dressée auprès du palais présidentiel, ou plutôt de ce qu'il en restait après le bombardement américain survenu en 1986. On apercevait l'arrière d'un missile fiché dans un mur en ruines, resté là comme une preuve de la barbarie occidentale. Lors de l'attaque, la plus jeune fille adoptive du colonel avait trouvé la mort, ce qui avait dû encore ajouter au souci de théâtralisation.

Nous nous trouvâmes bientôt en présence de Kadhafi, au côté de qui se tenait un interprète. Étonnamment, le dispositif de sécurité me sembla assez léger, nullement caricatural comme j'aurais pu m'y attendre. En revanche, l'image que je me faisais du colonel se révéla conforme à la réalité. Le visage bouffi, les traits déformés et la tête couverte d'implants en tous sens, il s'exprimait avec lenteur. Il me vint à l'esprit que des substances chimiques, antidépresseurs, drogues ou somnifères, devaient être à l'origine d'un tel état cotonneux. L'impression générale qui émanait du personnage était monstrueuse.

Nous nous assîmes. Claude Guéant s'exprima d'abord, dans le plus pur style diplomatique. Notre interlocuteur resta de marbre. Je pris ensuite la parole et m'adressai à Kadhafi en français, attendant pour passer d'une phrase à l'autre que le traducteur ait fait son travail. Cela, visiblement, agaça le colonel, qui me demanda tout de go :

— *Do you speak english ?*

— *Yes.*

— *Ok, we will have a talk together.*

Il avait à peine achevé cette phrase qu'il fit signe à tout le monde de sortir. Au moment où il se levait, je saisis un coup d'œil furtif de Claude. Je crus y lire : « Surtout, faites attention. »

*

Kadhafi et moi sommes maintenant face à face, seuls sous cette tente, les gardes ayant reculé à quelques mètres et ne pouvant nous entendre. Je sens mon interlocuteur curieux de ce que cette femme, en face de lui, va bien pouvoir lui dire. Mais avant cela, il lui faut expliquer son point de vue. Aussi me lance-t-il, de sa voix molle :

— Je sais pas pourquoi, mais je veux parler avec vous. Je vais vous expliquer comment les choses se sont passées.

Il raconte les faits de façon précise et assez laborieuse, nie les travaux des commissions, incendie les Occidentaux, présente les fautes et les responsabilités des Américains et des Israéliens comme des évidences. Ma patience commence à s'émousser sérieusement. Je prends à mon tour la parole, en anglais, puisqu'il me l'a demandé.

— Ce que je suis venue vous dire est simple. Vous pâtissez d'une image négative aux yeux de l'opinion mondiale qui considère votre régime comme non démocratique. Mais votre règne ne sera pas éternel. Le moment est venu pour vous de racheter votre image en envoyant un message fort, et qui sera aux yeux de tous la preuve que la Libye s'ouvre au monde. Vous en avez aujourd'hui la possibilité en libérant ces infirmières et ce médecin. Et pour saluer ce geste, mon pays est disposé à achever les travaux de l'hôpital de Benghazi.

Cherchant un argument qui puisse faire réagir mon interlocuteur, j'avise soudain que, sur le revers de sa djellaba, il arbore une carte de l'Afrique. Je la lui montre du doigt.

— Vous voulez être le portail de l'Afrique. Mais pour cela vous devez donner l'exemple d'une démocratie. Or si vous n'envoyez pas un message de paix aujourd'hui, demain sera peut-être trop tard.

Pourtant, rien ne semble pouvoir le convaincre. Je tente alors une sortie.

— Tout cela ne nous mène à rien. Je veux aller voir les infirmières et les enfants afin de vérifier qu'ils vont bien avant de reprendre cette discussion avec vous.

Je le sens sidéré par mes propos, prêt à lâcher prise. À l'évidence, il n'a pas l'habitude qu'on lui parle avec une telle franchise.

— Peu de personnes sont allées à Benghazi voir les enfants et les familles en neuf ans…

Je sens que j'ai joué la bonne carte. Ce qu'il faut désormais, c'est convaincre ceux de Benghazi, irréductibles parmi les irréductibles. J'enfonce le clou.

— Si vous n'êtes pas d'accord avec ce que je vous propose, je reprends mon avion et je m'en vais.

Nouvelle manifestation de colère, nouvelles paroles incompréhensibles. Enfin il appelle des gens et leur passe des ordres. D'un signe il me dit de sortir. Bref moment d'hésitation ; et si le pire m'attendait ? Mais je n'en laisse rien paraître, me lève, salue Kadhafi d'une rapide inclinaison de tête et sort. Mon premier face-à-face avec le leader libyen est terminé. Il aura duré près d'une heure de monologues interminables.

*

Je quitte la tente, informe brièvement Claude de la situation, et nous montons dans les 4 × 4 qui nous ont amenés ici tout à l'heure. Direction, la prison ; trajet rapide. Là-bas, il m'apparaît clairement que des ordres ont été passés et qu'on nous attend. On me conduit à un parloir où se tiennent les infirmières, dans une aile rajoutée au rez-de-chaussée et où, à la suite des interventions internationales, elles sont détenues à l'écart des autres prisonnières. Le médecin palestinien ne se trouve pas avec elles.

Dans l'instant j'éprouve un choc violent devant ces femmes dont je ne pourrai jamais oublier les visages. L'une d'entre elles a tenté de se suicider. Une autre, rongée par un cancer, semble proche de la fin. Une troisième a de longs cheveux blancs et des cernes impressionnants sous les yeux. Leur regard est vide et leur peau diaphane. J'ai l'impression que mon regard les traverse. La tragédie humaine a figé ces femmes et leur entourage. J'apprends que le mari de l'une d'entre elles a tout abandonné et, depuis des années, vit dans l'attente des événements à l'ambassade de Bulgarie.

L'une de ces femmes, la seule qui parle anglais, m'explique que toutes les interventions internationales, celles de l'Europe comme d'autres pays, dont le Japon, ont amélioré leur sort de façon sensible. Elles disposent désormais de petites chambres avec télé, ce qui explique qu'elles connaissaient déjà notre démarche et espéraient ma venue. Depuis plusieurs heures elles ont senti que quelque chose se passait sans oser y croire. Au bout d'un moment, consciente de la gravité de mes paroles, je leur fais cette courte déclaration :

— Je suis venue pour vous sortir d'ici, je vous en donne ma parole. Lorsque je reviendrai, ce sera pour vous emmener avec moi.

Un long silence chargé d'émotion s'installe alors. Puis l'une des infirmières me dit :

— Je ne sais pas pourquoi, mais dans votre regard je sens que c'est vrai.

Je reste avec elles encore plusieurs minutes, à parler, à essayer par tous les moyens de les rassurer et à leur montrer qu'une femme a désormais pris leur destin en main et ne les abandonnera pas. Je pars en espérant leur avoir apporté, outre l'espoir, une certaine paix.

*

Alors que je sors de la prison, une évidence s'impose à moi avec force : je dois aller à l'hôpital de Benghazi voir les enfants, et si possible rencontrer leurs familles ; ce qui signifie reprendre l'avion. Claude Guéant, pris de court par ma décision, m'informe qu'il nous faut obtenir des autorités libyennes une autorisation de décollage. Je ne me démonte pas.

— On passe outre, Claude. On file à l'aéroport et on décolle.

— Mais vous voulez faire quoi à Benghazi, Cécilia ? me demande Guéant, plus inquiet que jamais.

— Voir les enfants.

Je sens la panique gagner autour de moi. Après Guéant, c'est au tour du commandant de bord et des hôtesses de blêmir. J'informe Nicolas de la situation grâce au téléphone de bord. Lui-même, de Paris, suit les événements minute par minute. Il donne son accord à notre départ pour Benghazi. Il n'y a guère que les deux officiers de sécurité qui semblent satisfaits de ce qui se passe, car par nature ils aiment que les choses bougent et qu'en situation de crise les procédures diplomatiques s'effacent devant l'action.

Prévenu de ma décision, le ministre de la Santé libyen est également du voyage. L'homme est bavard. Pendant le vol, il s'emploie à vanter les mérites, le courage et la grandeur de Kadhafi. La preuve : il y a quelque temps, celui-ci a subi une blessure occasionnée par une barre de fer qui lui a traversé la cuisse. Il s'est alors fait opérer sans anesthésie, tout en lisant un livre… Ce qui suffit à prouver, aux yeux du ministre, combien le colonel est courageux jusqu'à l'héroïsme. Puis il enchaîne en faisant l'apologie du régime, tellement merveilleux que le monde entier l'envie, d'où l'ostracisme dont souffre la Libye ! De temps à autre, tandis que cet homme déroule son discours, le regard de Claude croise le mien. J'y lis alors la même stupeur et la même frayeur qu'il doit découvrir dans mes yeux. Et tandis que le ministre poursuit ses propos délirants, je me dis que nous ne sommes sans doute pas au bout de nos peines.

*

Nous nous posons à Benghazi au bout d'une heure de vol. Et le ballet des voitures officielles reprend. Nous parvenons en un temps record à l'hôpital, où je découvre deux bâtiments l'un à côté de l'autre. Le premier, flambant neuf, tout en marbre, magnifique, est inachevé et vide, tandis que l'autre, vétuste, héberge les malades. J'y pénètre. On me conduit auprès d'enfants d'environ dix ans tout en m'expliquant que beaucoup sont morts, que d'autres vivent chez eux et font des séjours fréquents à l'hôpital. Ceux que je m'apprête à rencontrer sont au nombre d'une centaine et en soins depuis des années. La plupart sont dans un sale état. C'est une épreuve effroyable que de découvrir ces pauvres enfants promis à une mort certaine.

Le ministre de la Santé me suggère alors de rencontrer les parents pour leur parler. Guéant me met en garde ; il redoute la façon dont, Occidentale, je risque d'être prise à partie, insultée, peut-être maltraitée par eux. Je l'arrête : nous sommes venus pour sauver les infirmières et ramener à la raison les familles, oui ou non ? J'accepte donc de rencontrer celles que les autorités ont fait venir en hâte à l'hôpital. Leur objectif est limpide : me faire prendre la mesure de la douleur des parents, et pas seulement de celle des infirmières. Car la communication libyenne n'a jamais brillé par son sens de la nuance : elle s'est toujours contentée de répondre à la souffrance qu'elle causait à d'autres par celle qu'elle subissait elle-même.

Je suis alors conduite dans une salle où m'attendent quelque soixante-dix personnes. Toutes poussent des hurlements et m'insultent, m'expliquant que, dans le Coran, le sang se paie par le sang, et qu'en conséquence il faut tuer les responsables de la mort de leurs enfants. J'arrive à suivre ce que ces gens déchaînés me crient car Boris Boillon m'envoie discrètement sur mon BlackBerry les traductions de ce qu'il capte au milieu des cris. Grâce à lui je parviens donc à établir un embryon de dialogue ; mais sans résultat. Autour de moi, insultes et menaces continuent à fuser.

— Dans un verset du Coran, il est question du pardon, me souffle Boris à l'oreille. Parlez-leur du pardon.

Je respire à fond et me lance.

— Je ne suis pas là pour payer le prix du sang, mais pour sauver des femmes et un médecin, et obtenir le pardon qu'exige le Prophète. D'ailleurs vous n'avez aucune preuve pour accabler ces femmes et cet homme. Mais je veux aussi vous dire ceci : je m'engage à vous aider pour vos enfants. La France achèvera l'équipement de votre hôpital, et si cela est nécessaire formera des médecins libyens et fournira des médicaments.

Peu à peu, tandis que je développe mes arguments, je sens que les esprits commencent à se calmer.

— C'est la première fois qu'on nous parle comme ça, disent certains aux autres ; écoutez-la !

Combien de temps dure cette discussion ? Je suis incapable de le dire. Une ou deux heures, peut-être. Mais dans de tels moments le temps n'existe plus. Une sensation étrange me gagne ; je n'ai pas dormi depuis la veille, rien avalé, et cependant je n'éprouve aucune fatigue. Au contraire : une poussée d'adrénaline me porte, me dynamise, me pousse à avancer.

*

Nous reprenons l'avion pour Tripoli où, aussitôt arrivée, j'apprends que Kadhafi ne me recevra pas une deuxième fois. J'explique alors aux autorités que je n'ai pas de temps à perdre, et que si leur chef ne veut pas me voir, je n'ai plus qu'à rentrer en France. La nuit commence à tomber sur l'aéroport tandis que nous nous dirigeons vers notre avion. À ce moment j'aperçois une femme qui accourt vers nous, et que je reconnais. C'est elle qui, dans un coin de la tente, loin de nous, a assisté discrètement à mon entretien avec Kadhafi. Elle pousse des cris dans ma direction, parmi lesquels je distingue les mots « stop ! stop ! », suivis d'une formule qu'elle répète à plusieurs reprises mais que je ne comprends pas, à cause de son mauvais accent, de son débit accéléré, et sans doute de ma fatigue. Je ne tiens donc pas compte de ces « stop ! » qu'elle s'acharne pourtant à me lancer, et monte dans l'avion.

Nous décollons. Soudain, l'illumination. Je comprends, mais trop tard, la phrase que hurlait la femme en noir : *« He is giving you the nurses ! »* Kadhafi avait décidé de me remettre les infirmières, et voilà que je n'ai pas saisi le message ! Je m'en veux affreusement d'avoir laissé fuir une telle occasion. D'autant plus que, dès qu'il en sera informé, Kadhafi ne manquera pas d'interpréter mon départ comme une attitude de mépris. Le retour à Paris s'effectue dans une ambiance morose. La fatigue venant s'ajouter au découragement, je fais un bien mauvais voyage.

*

Une fois à l'Élysée, j'informe Nicolas de ma décision de repartir dès que possible ; demain matin, s'il le faut. Il tempère ma résolution, et m'annonce qu'il faut d'abord examiner le problème avec ses proches collaborateurs. À cet effet, une réunion va se tenir cette nuit même à La Lanterne.

S'y retrouve la garde rapprochée qui suit les affaires libyennes : Jean-David Lévitte, le conseiller diplomatique de Nicolas, Claude Guéant, Boris Boillon, le ministre des Affaires étrangères, Bernard Kouchner, quelques autres personnes et moi. Tout le monde expose son point de vue, et j'ai très vite le sentiment que ces échanges n'aboutiront à rien. La question centrale porte sur la participation de l'Union européenne à l'opération de sauvetage. La fatigue, et aussi un certain découragement, s'abattent sur moi.

Je sors de la réunion en répétant à Nicolas ma résolution de repartir le plus vite possible pour Tripoli, avec l'accord de son équipe ou sans. Ce que je lui dis ne paraît pas le surprendre. Il me précise cependant que je dois me faire accompagner de la commissaire européenne chargée des Affaires extérieures, Benita Ferrero-Waldner. Dès qu'elle aura donné son accord, c'est entendu, Claude Guéant, Boris

Boillon et moi repartirons pour la Libye. Dans l'immédiat, je rentre à Paris, me prends une longue douche et sombre aussitôt dans le sommeil.

*

Une semaine plus tard, nous volons vers Tripoli, comme prévu, mais à six désormais puisque la commissaire européenne nous a rejoints à Paris. Mon premier voyage avait duré une vingtaine d'heures. Celui-là s'étalera sur quarante-cinq et me fera passer par toute la gamme des émotions humaines : l'espoir, le découragement, la lassitude, la crainte, et finalement la joie. Mais tandis que nous nous acheminons vers la terre libyenne, je suis loin d'imaginer que je m'apprête à connaître, pendant ces deux jours, les moments les plus intenses de ma vie.

Dès notre arrivée, les autorités nous conduisent à Leptis Magna, distant d'une demi-heure de Tripoli, pour visiter longuement un des plus beaux sites archéologiques du monde. Tout cela serait parfait si j'étais venue en Libye pour faire du tourisme, mais ce n'est pas le cas. Ma colère commence d'autant plus à monter qu'à chaque fois que nous nous enquérons auprès d'un membre de notre comité d'accueil de l'heure à laquelle Kadhafi compte nous recevoir, nous ne recueillons aucune réponse précise ; seulement une formule vague qui se veut rassurante : « Oui, le colonel va vous recevoir, d'ailleurs il s'y est engagé personnellement. » Je n'apprécie donc guère l'épisode archéologique. Tandis que, sous un soleil de plomb, un guide s'applique à nous expliquer les temples, les mosaïques, les ruines, je me répète : « Mais qu'est-ce que je fais là ? »

On nous conduit ensuite dans un bel hôtel international, le seul de Tripoli. Les scènes qui s'y succèdent durant plusieurs heures prennent un caractère surréaliste. Me voici, passant du hall à un salon adjacent, en train de discuter avec des conseillers du colonel, des proches de divers ministres, et surtout l'envoyé de Saïf al-Islam, l'un des fils de Kadhafi, l'interlocuteur le plus dur de tous. Se déroulent alors d'interminables pourparlers durant lesquels je ne parviens à aucun résultat. Mes interlocuteurs reviennent sur ce qui paraissait acquis lors du premier voyage et refusent en bloc toute solution. La parole de Kadhafi ? Le message qu'il m'a transmis au moment de mon départ ? Personne ne semble comprendre de quoi je parle. En outre, on m'annonce qu'il m'est impossible de le voir, et ce pour les motifs les plus divers ; parce que le colonel est parti dans le désert, ou qu'il dort, ou encore pour une autre raison… Au fil des conversations, je comprends à quel point la branche de l'islam à laquelle appartient le fils Saïf s'oppose à toute solution négociée avec les Occidentaux. C'est alors qu'un petit bonhomme bien enveloppé s'approche et m'annonce : « Le colonel Kadhafi veut vous voir. Tout de suite. »

Maintenant la nuit tombe sur Tripoli. Les heures que j'ai vécues depuis mon arrivée ont paru ne jamais devoir finir, et cependant une journée entière s'est écoulée. Depuis mon arrivée j'ai l'impression de participer à une mauvaise pièce de théâtre ponctuée de palabres sans fin et de sautes d'humeur aussi spectaculaires qu'inutiles. Mais je n'ai encore rien vu. Car ce que je vais vivre pendant la nuit qui vient est proprement hallucinant.

*

Me voilà donc partie, seule, sans garde du corps, sans Claude Guéant, dans une voiture dont le chauffeur me conduit vers une destination inconnue. Étrangement, je n'ai pas peur. C'est Claude Guéant qui semble ne plus vivre. Je le revois au moment où la voiture démarre, pâle comme un mort sur le bord du trottoir, épuisé, une mèche dressée toute droite sur la tête, ce qui, dans cette ambiance pour le moins sinistre, donne à ce si sérieux personnage une touche comique. Durant ces heures de conversation stérile il m'a laissée faire, me faisant parfois passer des mots où il a rédigé de brefs argumentaires pour nourrir la discussion.

Le véhicule est manifestement équipé de brouilleurs de portable, car mes tentatives pour communiquer avec Nicolas demeurent vaines. Et comme par ailleurs le chauffeur ne parle pas un mot d'anglais, je suis vouée au silence et à l'attente. Les ténèbres enveloppent complètement la ville lorsque enfin nous arrivons devant le fameux fort où réside Kadhafi. Je descends de voiture. Un serviteur m'ouvre une porte, et je pénètre dans le bunker installé sous le palais, à côté de la tente où j'ai été reçue lors de mon premier voyage. C'est dans ce lieu souterrain, qu'on dit vaste d'un millier de mètres carrés, que le dictateur vit entouré de ses fameuses amazones. Le plus étrange est que, dopée par l'action entreprise, je n'éprouve aucune peur en pénétrant dans cet endroit.

*

Je suis maintenant parvenue en bas des marches. Derrière l'homme qui me conduit, je traverse une salle de sport, puis une bibliothèque suivie d'une cuisine où des gens traînent leur désœuvrement. J'arrive enfin dans une pièce dont les murs sont couverts de livres. L'endroit est totalement incroyable. De fausses fenêtres diffusent une lumière blanche venue de derrière des rideaux, comme s'il s'agissait de la lumière du jour, tandis que des ventilateurs font bouger ces mêmes rideaux pour créer l'illusion du vent. Je comprends que je me trouve dans le bureau de Kadhafi. Derrière moi, on referme la porte à clé.

Je n'ai pas le temps de réaliser ce qui se passe. Une autre porte s'ouvre, et Kadhafi entre. C'est le même vieil athlète décrépit, au visage soufflé, aux traits las, un acteur tout aussi mauvais que le décor où il s'avance. Mais je ne lui laisse pas le temps de prendre la parole, et commence par l'agonir de reproches.

— Est-ce que vous avez conscience de la manière dont vous vous permettez de me traiter ? Et je vous prie de ne pas vous approcher de moi ! S'il devait m'arriver quoi que ce soit, sachez que vous auriez aussitôt à en répondre face à la communauté internationale. Mais je ne peux pas croire que ce soit ce que vous voulez.

Créer un rapport de force, le surprendre, mener le jeu, c'est la seule manière de venir à bout de cet homme. Je pousse mon avantage.

— Vous savez que vous n'êtes pas commode, me lance-t-il.

Puis, dans un anglais où passent quelques mots de français, il se lance dans une longue critique de mes échanges avec ses ministres. Sa conclusion ne me surprend pas.

— Si je les écoute je ne peux pas laisser partir les infirmières. C'est impossible.

— Mais vous êtes parjure ! Vous m'avez envoyé cette femme pour me dire, à l'aéroport, que vous vouliez bien me confier les six personnes. Et ne pas tenir sa parole, le Coran le dit bien, c'est se montrer coupable d'une faute très grave.

— Il fallait que je vous explique des choses. Mais j'ai essayé de vous joindre dans l'après-midi, et on m'a dit que vous dormiez.

— Moi ? Je n'ai pas fermé l'œil depuis hier. Et le plus étrange est qu'on m'a dit la même chose à votre propos : vous vous reposiez. Ou bien vous étiez parti dans le désert. Que sais-je encore…

Je perçois une gêne qui ne lui ressemble pas. Et je saisis alors ce qui est probablement en train de se passer : la décision n'est pas bloquée par Kadhafi lui-même mais par son gouvernement et son fils Saïf. D'où ses atermoiements ; il recherche une issue honorable où il ne perdra pas la face. J'en suis là de mes pensées lorsqu'il me lance cette phrase surprenante :

— Je veux inviter votre mari à Tripoli.

— Vous savez parfaitement qu'il ne viendra que si vous libérez les infirmières et le médecin !

J'entrevois une lueur. Le seul argument susceptible de peser sur cet homme, c'est celui de son image internationale. Que ses décisions influent positivement ou négativement sur son image et celle de son régime est l'unique chose qui compte à ses yeux. Je m'engouffre dans la brèche en lui répétant combien, dans cette affaire, son régime peut sortir par le haut face à l'opinion mondiale. Je le sens intéressé, parfois interloqué par mon aplomb, car je ne cesse de souffler le chaud et le froid. Brusquement il s'énerve, et comme s'il voulait à tout prix en finir, me jette plus qu'il ne me dit :

— Mais je veux bien vous les donner, les infirmières ! Voilà, je vous les donne ! Vous êtes contente ?

Puis, avec la même brusquerie, comme s'il s'était exonéré du problème, il me lance une invitation imprévue : je dois aller rendre visite à sa fille, celle qu'il nomme « docteur Aïcha ».

— Je veux qu'elle prenne des leçons de vous car vous êtes une femme d'une énergie extraordinaire. C'est ma fille Aïcha qui prendra ma succession, pas mes fils, et c'est bien que vous la rencontriez. D'ailleurs elle vous attend.

— Parfait. Reposez-vous, je vais voir votre fille.

Kadhafi se lève alors, me salue rapidement et quitte la pièce.

*

Et ainsi le rêve aux allures irréelles se poursuit. Va-t-il tourner au cauchemar ? Je ne me pose pas la question, car désormais j'évolue dans une quatrième dimension d'où toute logique et tout sens du futur ont disparu. Aujourd'hui, avec le recul, je me rends compte que j'ai joué avec le feu et pris des risques inconsidérés. Mais je ne pouvais agir autrement. C'était cela, ou ne rien obtenir de cet homme.

Je ne sais pas comment j'arrive à sortir de l'antre du Minotaure, car je suis seule. Puis je prends place dans la voiture qui m'a conduite ici et file désormais à grande vitesse à travers les faubourgs de Tripoli tandis que, sans plus de succès que tout à l'heure, je tente d'utiliser mon téléphone portable pour joindre Nicolas.

Les scènes qui paraissent échappées d'un film de James Bond se succèdent les unes aux autres. Voici que la voiture se range devant une sorte de propriété hollywoodienne. Sur le perron m'attend Aïcha, superbe blonde qui tient un bébé de six mois dans ses bras. Je tente de chercher dans ma mémoire ce que l'on m'a dit sur cette fille, brillante, docteur en je ne sais quoi de je ne sais quelle université. Pour l'heure, c'est une femme qui accueille son invitée comme si nous nous retrouvions à une soirée mondaine sur les hauteurs de Los Angeles. Mais nous sommes à Tripoli, il doit être une ou deux heures du matin, et je tente de sauver six innocents condamnés à mort par un vieux dictateur bouffi.

La femme s'adresse à moi avec une parfaite urbanité :

— Mon père me parle beaucoup de vous. Il affirme que vous montrez un grand courage, et comme je suis appelée à lui succéder, je voudrais mieux vous connaître.

Que répondre à ce genre de déclaration ? Rien. J'adresse à cette femme un sourire, et nous nous installons à une table ronde pour dîner, toutes deux seules au milieu de la nuit, tandis qu'une armée de serviteurs s'affaire autour de nous. Il suffit de quelques minutes pour que l'aimable femme se transforme en personnage arrogant qui meuble le silence en me débitant des banalités auxquelles je n'ai rien à répondre. Pour compléter le tableau, je suis incapable d'avaler quoi que ce soit. Il est clair que, si je me demande ce que je fais là, cette femme se pose exactement la même question.

La séquence nocturne s'éternise pendant peut-être deux heures. Aïcha continue à meubler la conversation, les domestiques à s'affairer, moi à agrémenter mes silences de vagues sourires. Enfin je repars, vivement remerciée par mon hôte que ma visite semble avoir éclairée sur son futur gouvernement. Nous nous saluons comme de vieilles connaissances, mais dans nos congratulations mutuelles, c'est moins la joie de la rencontre que le soulagement de la séparation qui, de part et d'autre, l'emporte.

*

Il est alors aux environs de quatre heures du matin lorsque je rejoins la voiture qui m'attend devant la villa. Je demande au chauffeur de me reconduire à l'hôtel, où Claude Guéant m'informe que je dois rencontrer plus tard une personnalité d'importance dans le restaurant marocain situé sur le toit de l'hôtel. Nous y montons. En début de matinée, toujours sans avoir dormi, je vois arriver le Premier ministre en personne, accompagné d'autres ministres. L'ensemble forme un groupe de gens qui crient plus qu'ils ne parlent, et à nouveau, je désespère que ces échanges puissent aboutir à quelque chose. Je ne me trompe pas. Les discussions infructueuses s'éternisent, et je redouble d'efforts pour répéter qu'en échange de cette libération nous aiderons à terminer l'hôpital qui constituera bientôt un exemple pour l'Afrique entière. Mais j'éprouve un terrible sentiment d'impuissance, que n'atténue pas le petit mot d'encouragement que me fait passer la veuve d'Arafat dont le hasard veut qu'elle dîne près de la pièce où la discussion bat son plein : « Je n'ai jamais vu quelqu'un se bagarrer comme vous, félicitations », m'écrit-elle.

Et puis, peu à peu, d'abord de manière à peine perceptible, ensuite de façon plus nette, je perçois que l'usure commence à gagner mes interlocuteurs. Discrètement, Boris Boillon fait le geste par lequel on ficelle un paquet. Et c'est le cas ; nous sommes bel et bien en train « d'empaqueter » ministres et conseillers ! Leurs arguments se font moins assurés, ils m'écoutent plus attentivement ; leur détermination s'effrite. Lorsque je leur répète que le colonel m'a promis de libérer les prisonniers, ils ne protestent plus. J'ai fini par remporter la victoire, comme me le confirme un des hommes présents ; les six prisonniers vont être libérés.

*

Nous filons à l'aéroport, où je parviens enfin à joindre Nicolas grâce au téléphone satellitaire de l'avion, le seul qui ne puisse être brouillé. Je l'informe que l'issue est proche. Trois ambassadeurs se sont d'ailleurs joints à notre petit groupe : celui de la Bulgarie, celui de la Communauté européenne, et le nôtre. D'ailleurs on me remet un message du Premier ministre libyen m'annonçant la libération imminente des infirmières. Aussitôt Claude Guéant et Benita Ferrero-Waldner commencent les formalités pour les faire sortir du territoire et l'ambassadeur bulgare apporte des passeports.

Mais que veut dire, en langage diplomatico-libyen, l'adjectif imminent ? Nous n'allons pas tarder à le découvrir. Car débute alors une longue attente, moi assise sur les marches de l'escalier de l'avion, ne quittant pas des yeux le bâtiment comme si devait en surgir d'un instant à l'autre le groupe des prisonniers. Je serre les passeports dans ma main, comme autant de symboles d'une victoire certaine. Mais rien ne se produit, bien que la prison ne se trouve qu'à une demi-heure de voiture de l'aéroport. Quatre, puis cinq heures s'écoulent. Toujours rien. Nicolas et moi ne cessons de nous appeler pour échanger le peu d'informations dont nous disposons. Que se passe-t-il ? Kadhafi nous rejoue-t-il le numéro de l'attente pour user nos nerfs et reprendre l'initiative ?

N'en pouvant plus de cette situation qui ne me dit rien qui vaille, je prends une grave décision : je demande à mes deux officiers de sécurité d'aller chercher les infirmières et le médecin à la prison. Leur fierté est immédiatement palpable, car ils vont vivre un moment exceptionnel et se retrouver face à leur heure de gloire. Leur dévouement, capable de défier tous les périls, va pouvoir passer en actes. J'aimerais me joindre à eux, mais en suis dissuadée par Claude Guéant.

— Cécilia, vous n'y pensez pas ! Songez aux risques encourus !

Je me garde bien de lui répondre que, loin de me retenir, ce sont les enjeux et ces risques qui me pousseraient à partir, mais j'écoute la voix de la raison et m'abstiens. Les deux officiers de sécurité prennent alors les commandes de deux 4 x 4 et quittent le tarmac. La suite n'est donc connue que grâce à leur récit.

Ils arrivent à la prison, cognent à la porte, la forcent, réveillent le directeur et les gardiens, déclenchent un début de panique derrière les murs, preuve que rien ne se passait, et surtout pas le départ imminent de prisonniers libérés. Mais paradoxalement les choses se mettent à bouger. Grâce au téléphone de l'avion, toujours lui, j'explique la situation au directeur, lui communique l'ordre de Kadhafi. Car là encore, les ordres n'ont pas été exécutés ; le gouvernement a filtré les consignes pour interdire leur mise en œuvre. Pour des raisons de politique interne, dans lesquelles il ne fait aucun doute que les luttes religieuses occupent une large part, les engagements du colonel ne sont donc pas suivis par les autres.

Branle-bas de combat. Le directeur s'agite, les gardiens réveillent les femmes, lesquelles sortent de leurs cellules à la va-vite, sans avoir le temps de prendre leurs affaires. Le médecin palestinien, qui a récemment été transféré dans la même prison, est lui aussi amené. Soudain nos deux officiers de sécurité voient plusieurs 4 x 4 arriver devant la prison. Le directeur, que cette arrivée précipite dans un nouvel affolement, donne l'ordre de libérer les prisonniers, qui montent dans les 4 x 4. Tout le monde repart en trombe.

*

Je suis toujours assise sur ma passerelle en attendant la suite des événements. Soudain, alors que le jour se lève, vers six heures, les 4 x 4 conduits par les officiers de sécurité pénètrent sur le tarmac. Je me précipite vers eux.

— Où sont les infirmières et le médecin ?

— Dans des 4 x 4 libyens. Ils ne devraient pas tarder.

Mais toujours pas de 4 x 4 à l'horizon. Pendant ce temps, les autorités déroulent un tapis rouge entre un petit bureau du rez-de-chaussée de l'aéroport et l'avion. Enfin arrivent les véhicules avec les six personnes libérées, plus une quarantaine de militaires de la garde personnelle de Kadhafi, en tenue de camouflage bleue, kalachnikov à la main. Claude Guéant trouve ces mots, murmurés plus que dits, à mon intention :

— C'est drôle, je ne les sens pas bien, moi, tous ces messieurs avec des kalachnikovs.

Il n'a sans doute pas tort. Car les gardes prennent position sur le tarmac et bloquent l'ensemble de l'aéroport, empêchant ainsi le départ de notre avion. C'est à ce moment que se produit un de ces accrochages qui peuvent faire basculer dans le drame une situation déjà tendue. Alors que l'un des responsables de la sécurité prend un cliché de la scène avec son portable, un garde se jette sur lui pour l'en empêcher. C'est compter sans ma réaction. À mon tour je me jette sur le garde pour le retenir tandis que l'un des deux officiers de sécurité me lance :

— Madame, sauf votre respect, ce n'est pas à vous de vous battre !

Par chance, comprenant qu'il ne pourra pas prendre l'ascendant sur nous, le garde recule.

La situation se détend. J'aperçois avec soulagement les infirmières et le médecin qui rentrent signer des papiers dans le bureau. Ils nous rejoignent ensuite au pied de la passerelle sans que les gardes fassent un geste pour les retenir ; au contraire, ils s'écartent de l'avion. Nous vivons alors un moment d'intense émotion. Tout le monde fond en larmes, les infirmières, le médecin, le commandant de bord, les hôtesses, moi et mes compagnons d'aventure… Ces brèves embrassades finies, nous montons dans l'avion pour décoller au plus vite. Jusqu'à ce que nous soyons sortis de l'espace aérien libyen, nous retenons nos gestes, nos paroles, presque nos souffles.

Et soudain, c'est l'explosion de joie ; le commandant nous informe que nous pénétrons dans l'espace aérien international. Des bouteilles de champagne font leur apparition. Elles sont promptement débouchées et la joie nous submerge tous. J'ai réussi ce que, au plus profond de moi, je m'étais promis de mener à son terme : arracher six vies innocentes à l'un des plus terribles dictateurs de notre époque. De bout en bout, mon action ne fut qu'humanitaire, et seulement humanitaire, sans interférence avec des données politiques. Ceux qui, par la suite, ont voulu tirer cette intervention vers l'ingérence afin de mieux la critiquer ont donc fait fausse route.

*

Après deux ou trois heures de vol l'avion atterrit à Sofia où nous attend un comité d'accueil prestigieux, président de la République en tête. Benita et moi sortons toutes les deux de l'avion en nous tenant par la main sous les applaudissements des personnes présentes. Mais tandis que je m'entretiens avec le président bulgare, je n'arrive plus à contenir l'émotion qui me submerge ; mes nerfs lâchent et je fonds en larmes. La nuée de journalistes, le gouvernement, je ne me sens plus la force de rester là, face à eux. Je titube d'épuisement et manque de me trouver mal. C'est comme si toutes ces heures de tension, sans avaler quoi que ce soit ni avoir pu prendre de repos, me tombaient dessus d'un coup.

L'un des officiers de sécurité vient à mon aide. Il me soutient jusqu'en haut de la passerelle et m'installe dans la chambre de l'avion. Là je pleure pendant de longues minutes, de fatigue, d'émotion, de relâchement général. Claude Guéant, qui me cherche partout, ouvre la porte, m'aperçoit, me lance un bref « pardon » et referme la porte. Je suis incapable de lui répondre tellement je pleure. Mes filles m'appellent pour me dire leur fierté et leur amour, mais je continue à pleurer. Car je réalise que je viens de vivre l'événement le plus fort de ma vie, et j'en suis bouleversée. Mon portable sonne. Richard, dont je n'avais pas de nouvelles, me dit : « Ce que tu viens de faire est formidable. Ta place est définitivement là où tu es. » J'en reste sans voix.

*

Plusieurs heures s'écoulent. L'avion atterrit à l'aéroport de Villacoublay, fermé aux journalistes, où Nicolas m'attend.

Nous partons pour La Lanterne. Mais malgré la fatigue qui me submerge je ne parviens pas à trouver le sommeil. Mon cerveau passe et repasse en boucle la moindre scène de ces quarante-huit heures : Kadhafi, le bunker, les conversations sans fin, la rencontre avec les infirmières à la prison, le dîner avec Aïcha, l'interminable attente à l'aéroport…

Comment peut-on vivre de tels moments ? Comment le corps parvient-il à tenir, porté par le seul espoir et nourri par l'unique volonté ? Mystère de l'humain. Je me répète que j'ai arraché des innocents à la mort, et en éprouve une joie profonde. Cependant quelque chose en moi, comme une réserve, m'empêche de totalement croire à la réalité de ces deux jours. Je suis au centre des scènes que je ne cesse de me repasser avec l'impression qu'il s'agit d'une autre personne.

*

L'opinion française a compris et salué mon action ; du moins n'ai-je pas essuyé les habituelles critiques des médias. Toutes les personnes que j'ai alors croisées m'exprimèrent des paroles qui m'allaient droit au cœur. Je n'ai pas voulu faire de déclaration officielle, car ce n'était ni mon rôle ni mon désir. Cependant je ne parvenais pas à me détacher de l'épreuve vécue. De manière étrange, elle me semblait presque plus difficile à revivre par la mémoire qu'elle ne l'avait été dans la réalité. Les images se succédaient, incontrôlables, et la tension nerveuse ne retombait pas. Je ne pensais qu'à ces heures dramatiques, me les repassais en boucle sans parvenir à trouver le sommeil. Quand enfin celui-ci m'envahissait, des rêves confus surgissaient. J'étais plus qu'habitée par ce que je venais de vivre ; j'étais hantée. J'avais côtoyé des réalités terrifiantes et négocié avec un grand malade. Et rien de tout cela n'arrivait à sortir de moi et à me laisser en paix.

*

Ensuite j'ai repris ma vie à l'Élysée, mais de façon légèrement différente. Cet événement, le plus fort de mon existence, avait modifié ma vision des choses. Il m'avait fallu aller au bout de moi-même pour découvrir ce que j'avais toujours voulu mettre en œuvre dans ma vie : la force de la volonté.

Si je ne me suis pas rendue à Sofia lors du voyage officiel, ce n'est pas par rapport à l'action que j'avais menée à Tripoli mais pour des raisons personnelles. Tout était devenu trop lourd pour moi, les fonctions officielles trop difficiles, et le temps était venu de tourner la page. Je sais que l'opinion n'a pas compris mon absence et que certains Français m'en ont voulu. Le principal, c'était d'avoir sauvé ces femmes et cet homme ; non d'en recevoir les honneurs.

Si j'étais parvenue à un résultat que les autres n'avaient pas réussi à obtenir, c'est que je possédais un vrai pouvoir de conviction et pouvais faire bouger les lignes, ce que ma place me permettait. J'avais eu écho de projets sur la scène internationale où, à la suite de l'épisode libyen, certains sollicitaient mon intervention. J'ai alors vécu un vrai cas de conscience. Où était ma route ? J'hésitais. Au dilemme personnel venait désormais s'ajouter une perspective qui dépassait mes choix sentimentaux et la stabilité de ma famille. Je n'étais plus à ma place dans cette vie, néanmoins je savais que je pouvais réaliser beaucoup pour les autres.

Un tel dilemme m'a torturée jusqu'à mon départ. Mais on ne refuse pas ce que le destin vous dicte. C'était fini, ma vie devait changer. Et elle a en effet changé.

15.

Partir

Aujourd'hui, on zappe sa vie à la manière d'un programme télé. La vie que vous menez ne vous plaît plus ? On se quitte. Par rapport aux époques précédentes, le bouleversement est total et peut choquer certains. Longtemps il a fallu maintenir le couple à tout prix, même si les conjoints ne s'entendaient plus. Ce n'est plus le cas de nos jours, où il aura suffi d'à peine une génération pour voir voler en éclats une des institutions qui semblaient les plus solides. Notre société compte désormais plus de personnes divorcées que mariées.

Nous pouvons nous en offusquer en nous drapant dans le respect des traditions et des valeurs établies. Mais là comme sur d'autres points qui tiennent aux mœurs, n'est-ce pas notre époque qui montre plus d'honnêteté ? Une séparation qui s'effectue dans la clarté possède le mérite de la franchise pour tout le monde. Car une ambiance tendue, dans un couple comme au sein d'une famille, devient vite irrespirable. Ce qu'il faut, c'est se battre pour que la famille demeure et marche. Mais si nos efforts se révèlent vains, ne pas en tirer les conséquences aboutit à accepter autant son malheur que celui de ses proches. Et se résoudre au malheur n'a jamais constitué un idéal.

Qu'aucune vie ne soit simple, c'est une évidence. Chacune se construit, pas à pas, à travers joies et douleurs, obstacles et moments plus faciles ; ce qui n'est pas une tâche aisée. La vie à deux, quant à elle, relève d'une alchimie d'autant plus mystérieuse qu'elle est soumise à la toute-puissance d'un tiers : le temps. Or celui-ci ne joue pas toujours en faveur de la pérennité. Les êtres évoluent de façon différente selon leur nature, leur âge, leur carrière professionnelle ; et bien rares sont ceux qui restent identiques à eux-mêmes au bout d'une ou deux décennies. La fidélité de jadis constituait la valeur stable d'un monde stable ; le nôtre est gouverné par un changement à rythme soutenu. Comment imaginer que le couple puisse échapper à une accélération générale devenue loi commune ?

Au demeurant, les termes de la fidélité avaient peu à voir avec ceux d'aujourd'hui. Les partenaires se mariant plus tard et mourant plus tôt, celle-ci se réduisait souvent à une quinzaine ou une vingtaine d'années, période au bout de laquelle on constate d'ailleurs que nombre de couples actuels se séparent. C'est pourquoi, à notre époque, se jurer fidélité pour plus d'un demi-siècle échappe largement au raisonnable. Le contrat paraît démesuré par rapport aux contractants eux-mêmes.

Et puis ne nous dissimulons pas une évidence ; cette vertu tant vantée n'avait souvent de fidélité que le nom. La concernant, il vaudrait mieux parler d'une ombre, sinon d'un faux-semblant. Car la respectait-on autant qu'on se le promettait, cette sacro-sainte fidélité ? Seuls les naïfs le croiront. Il faudrait d'ailleurs n'avoir jamais regardé vivre les couples autour de soi ni lu le moindre roman pour soutenir pareille fable. On objectera que de nombreux mariages, arrangés par les familles, n'étaient qu'assez peu concernés par un véritable sentiment amoureux. Mais un tel argument ne fait qu'apporter de l'eau au moulin de l'hypocrisie. Tout se conjuguait pour faire des promesses de fidélité le paravent commode de mœurs plutôt libres. La situation d'aujourd'hui possède au moins le mérite de la franchise : aucun mariage n'est forcé, et s'il n'y a plus d'amour, le pacte perd son sens. C'est pourquoi il me semble que la vérité possède une valeur morale plus forte que le mensonge, surtout si ce dernier se dissimule derrière la vertu des serments.

*

À un moment donné de ma vie, j'ai rencontré en Richard un homme pour qui j'étais une femme. Au fil des années, parce que j'étais toujours là, Nicolas m'avait en quelque sorte oubliée. C'était cela qui était devenu si difficile : vivre sous le statut d'une personne acquise à tout jamais. En quelque sorte, il me voulait à ses côtés alors que, d'une certaine manière, lui n'était plus aux miens. Nicolas est un personnage d'envergure pour lequel j'éprouverai toujours du respect. Celui-ci n'a d'ailleurs jamais été écorné ; mais arrive un moment dans l'existence où l'on comprend que le respect ne saurait suffire à un amour.

Richard possède un raffinement intellectuel fascinant, une force de vie, des sentiments généreux, un stock inépuisable de bienveillance et de sagesse. Sa nature est ainsi, solaire et riche. Je lui ai fait subir à plusieurs reprises une situation très compliquée. Dans un premier temps j'ai tout quitté pour lui, ce qu'il ne m'a jamais demandé, au point de se soustraire entièrement de ma vie lorsqu'il a senti mon mal-être. Sa vision des choses reflétait de manière parfaite sa personne ; si je partais, c'est parce que j'en avais envie, mais pas pour lui. Par la suite, la vie a distribué les cartes autrement parce que je me suis retrouvée face à des choix personnels difficiles, mais lui n'a jamais varié.

Et puis un autre élément est entré en ligne de compte. Les difficultés du début de ma vie de couple avec Nicolas avaient abîmé une partie de moi-même. Je n'avais pas été suffisamment protégée face aux attaques dont j'étais l'objet. À entendre mon ex-mari, il suffisait de ne pas s'occuper des coups portés pour ne pas les sentir. C'était plus facile à dire qu'à faire. Lui-même, bien des années plus tard, et malgré sa capacité à la résistance, a dû sentir combien certaines attaques peuvent être douloureuses. Ce mal vécu accumulé au fil du temps est ressorti quand les choses sont redevenues plus dures. Il fallait partir loin de tout ça. Richard est un vrai père, un vrai mari. J'ai trouvé auprès de lui une qualité de sentiments exceptionnelle, et quoi de plus beau à vivre que cette pureté qui a un goût de perfection ?

*

Tout de suite après notre mariage, Richard a dû faire face à des difficultés en France. Il se trouvait alors à la tête d'un groupe qu'il avait créé en 1990, devenu ensuite filiale de Publicis, et qui avait en charge de créer et d'organiser de grands événements internationaux. Richard avait déployé tout son talent dans cette activité où son excellence était mondialement reconnue. Ainsi, il produisait le forum de Davos depuis plus de quinze ans ; or il s'en est vu brutalement écarté, son ex-associé lui ayant fait savoir qu'il ne pouvait « faire prendre un risque institutionnel à sa fondation vis-à-vis du président français » !

Ce n'était que le début. Dans les semaines qui suivirent, plusieurs portes parisiennes se fermèrent devant lui. Il en éprouva un écœurement dont peu de personnes furent témoins car il n'aime rien moins que s'apitoyer sur son sort. Il se retrouva alors face à un choix terrible : il devait partir, et donc se sacrifier pour sauver son entreprise et ses collaborateurs. Tout ce qu'il avait su patiemment développer pendant vingt ans s'effondra ainsi sous ses yeux.

Nous vivions alors entre Paris et New York, où se trouvaient les bureaux du siège social de Richard. Et c'est alors que des chefs d'État, reconnaissants de sa loyauté à leur égard et de son professionnalisme, l'ont sollicité. Il organisa la célébration des dix années de règne du roi de Jordanie, ce pays où nous nous étions retrouvés en 2005 et où tout avait commencé. Puis l'émirat de Dubaï lui proposa notamment de prendre en charge le développement de l'image du pays et de créer une structure à cet effet. Il saisit cette opportunité. Nous avons donc décidé de partir nous installer dans le Golfe au même moment où, par un singulier hasard, ma fille Jeanne-Marie y emménageait elle aussi, car son mari y partait travailler pour McKinsey. Nous nous retrouvâmes donc toutes deux là-bas, elle sur le point d'accoucher, moi avec mon fils Louis. Nos changements de vie étaient énormes, du moins la famille était-elle en partie réunie. Seule ma fille Judith, qui me manquait terriblement, n'était pas avec nous.

D'emblée ma fille fut très heureuse à Dubaï. Elle y vit toujours, puisque après la longue parenthèse de ses études américaines elle y est retournée. Mon expérience personnelle fut plus brutale. Pour une femme de cinquante ans, tourner une si grande page ne saurait être facile. Passer en quelques mois de Paris à New York puis à Dubaï, c'est subir une formidable amplitude thermique, au propre comme au figuré. Et puis j'ai découvert à Dubaï un univers dont j'ignorais tout, avec des coutumes très spécifiques. Je croyais pouvoir trouver ma place au sein de la communauté française ; celle-ci se montra curieuse à mon égard. Je ne m'y suis donc pas fait d'amis, et si certains de mes proches n'avaient accompli le voyage pour me voir, je me serais sentie terriblement seule. Quant à Louis, il a vécu là-bas une période difficile. Durant sa scolarisation au lycée français, certains camarades se montrèrent durs et injustes envers lui.

D'une vie réglée, organisée, prévue, lui et moi avons été brutalement contraints à tout découvrir et à tout inventer.

La première surprise, ce fut le voile. Même si la population de Dubaï est constituée pour les trois quarts d'expatriés, j'ai ressenti un choc en découvrant, dès l'aéroport, les Émiratis fidèles à leurs traditions : les hommes en blanc, les femmes en noir et voilées. Bien sûr je m'attendais à découvrir cette réalité ; mais entre savoir une chose et la vivre, le pas est grand. J'eus l'impression d'entrer dans un monde bipolaire, excessif, figé. Il allait me falloir du temps pour saisir les nuances des traditions, et comprendre, au-delà de tout ce qui pouvait me heurter, la raison de telles coutumes.

La plupart des expatriés vivaient dans des maisons installées à la périphérie de Dubaï, avec jardin et piscine. C'est là que ma fille et son mari emménagèrent et menèrent une vie qu'ils n'auraient jamais pu s'offrir ailleurs dans le monde. Richard et moi avions tenu à nous installer dans le cœur de Dubaï, là où vivent la plupart des Émiratis et où se concentrent administrations et ministères. Quelle ne fut pas notre surprise, au fil de nos visites, de découvrir que toutes les maisons offraient le coin des hommes et le coin des femmes ! Dans celui-ci, les fenêtres ouvrant vers l'extérieur étaient occultées. En outre, l'absence de jardin donnait aux habitations un caractère étouffant. Nous commencions à baisser les bras lorsque nous tombâmes sur une maison qui nous convenait. Bien que située en plein centre, elle avait jadis été construite et habitée par des Anglais d'origine iranienne. L'endroit était agréable et raffiné. Nous nous y plûmes aussitôt.

Je découvris alors la vie des expatriés. Elle varia du tout au tout selon les membres de la famille. Richard, suroccupé, n'avait pas une minute à lui alors que je disposais d'un temps libre dont je ne savais quoi faire. Le résultat est que très vite je m'ennuyai et me trouvai inutile. Louis souffrait au lycée. Seuls ma fille et son mari menaient une vie agréable.

Le quotidien avait tout pour surprendre. C'est ainsi que je fis connaissance avec les fameux *malls* qui sont la fierté de Dubaï. La première fois que ma fille et moi y mîmes les pieds, nous ressentîmes un véritable choc. Les *malls* constituent d'immenses centres commerciaux comme on n'en trouve nulle part ailleurs dans le monde. Ainsi le Dubaï Mall, ouvert pendant notre séjour, offre une surface commerciale de près d'un million de mètres carrés et renferme, outre ses mille deux cents magasins, des piscines, des centres sportifs, un gigantesque aquarium, une patinoire olympique… Véritable ville dans la ville, il constitue avec ses frères plus petits le seul lieu de vie sociale, l'unique possibilité de sortir de chez soi, car le climat empêche toute vie à l'extérieur. Les habitants de Dubaï s'y promènent et se rencontrent, font leurs achats, se distraient et pratiquent leurs sports favoris. Lieu fascinant, complètement artificiel et climatisé, il donne la mesure de la puissance d'un émirat comme Dubaï. Toutes les grandes marques françaises et occidentales y sont représentées. Chaque visiteur s'y trouve à la fois dépaysé et chez soi, comme dans l'immense galerie marchande d'un aéroport, le luxe en plus. Mais la réalité locale vous rattrape vite.

Cette affaire du voile est très complexe. À Dubaï, je me suis toujours efforcée d'être une spectatrice qui s'interdisait de juger, malgré le sentiment de révolte qui, les premiers temps, m'avait envahie. De quel droit gomme-t-on ainsi ces femmes, pensais-je alors ? Je ne comprenais pas au nom de quel principe, fût-il religieux, on leur interdisait d'être elles-mêmes. Et puis j'ai commencé à parler avec certaines de celles qui marchaient à trois pas derrière des hommes bardés de téléphones portables. Elles m'ont fait découvrir plusieurs aspects du problème qui m'avaient d'abord échappé. Très vite, un point me frappa : la plupart d'entre elles revendiquaient un statut que je jugeais abaissant. Telles étaient leurs traditions ; tel était surtout leur choix afin de conserver une identité qu'elles entendaient voir respecter. Refusant d'être ingérées dans la culture occidentale, elles assumaient pleinement leur culture, leur mode de vie, leur religion. En somme, là où, dans un premier temps, j'avais vu une humiliation, c'était la fierté d'être soi-même qui dominait.

D'autant plus que la ruse qu'elles déployaient pour rester elles-mêmes et s'accommoder ainsi des coutumes ne tarda pas à me faire sourire. Dans les toilettes, j'en ai aperçu plusieurs qui, dépouillées de leur large *abaya*, redevenaient des femmes maquillées avec bijoux et chaussures de marque. Une telle dualité m'a rassurée. Ces femmes ne paraissaient pas victimes de leur culture. Si leur apparence demeurait celle qu'on attendait, elles savaient évoluer et s'affirmer. À partir du moment où une coutume se réduit à un code, son pouvoir de nuisance devient bien faible. Ce qui, en revanche, m'a toujours révoltée, c'est la contrainte qu'exercent certains hommes sur les femmes musulmanes, où que ce soit dans le monde. Celle-ci ne se limite d'ailleurs en général pas aux simples coutumes vestimentaires. J'ai vu, à Marseille, des jeunes femmes contraintes de porter le voile ; mais on les avait aussi forcées à se marier à douze ou treize ans avec un garçon choisi par la famille.

J'ai retenu de ce long séjour une leçon essentielle : il faut se garder de juger avec trop de hâte les coutumes et règlements d'autrui. Ainsi, sur mon visa pour Dubaï, était mentionnée cette réserve : « Épouse sans autorisation de travailler. » Là encore, mon premier mouvement fut de surprise. Une femme n'avait donc pas le droit d'exercer une activité économique à Dubaï ? Je m'en ouvris à Richard, qui sourit. Il aurait suffi que je demande un visa de travail indépendant de mon mari pour qu'on me l'accorde. Il ne s'agissait donc nullement d'une interdiction, mais d'une modalité administrative différente des nôtres.

Il me semble qu'en matière de coutumes, les deux mots clés sont : tolérance et choix. Je conçois que des femmes, tout autant que des hommes, tiennent au maintien de leurs traditions et modes de vie. Mais la possibilité de choix demeure une condition incontournable. Tout est acceptable, à condition que les individus exercent une démarche personnelle libre. J'y ajoute l'impérieuse nécessité de se plier aux us et coutumes du pays qui vous accueille, ce qui, en France, n'est pas toujours accepté par certains. Notre république a mis en avant les valeurs de la laïcité, et ceux qui y vivent doivent s'y conformer. À l'inverse, lorsque des Occidentaux s'installent à Dubaï, ce sont eux les exilés ! Si nous voulons que les autres s'adaptent chez nous, le minimum est que nous ne rechignions pas à nous adapter chez eux.

En tant que femme occidentale, je ne me voile pas car je ne suis pas musulmane. Mais si cela relevait de la nécessité pour vivre à Dubaï, soit j'accepterais de voir des femmes porter l'*abaya*, soit je n'irais pas m'y installer. Lorsque je me rends en Arabie Saoudite, où la loi interdit aux femmes de conduire une voiture, je ne me le permets pas. Mais tout en me conformant à la loi et aux usages, je demande la réciprocité. Ainsi je suis profondément choquée, lorsque je vais à Londres, de voir dans les rues tant de femmes voilées de noir et dont on n'aperçoit qu'à peine le regard. Je juge une telle conduite inadmissible. Braver les lois et règles d'un pays ne constitue en rien un exploit, mais une sorte de rébellion à la fois gratuite et dangereuse pour l'unité d'un peuple. Nous devons apprendre les uns et les autres à nous adapter aux règles du lieu où nous vivons. La tolérance est à ce prix.

*

Puis la crise économique a déferlé sur les Émirats comme ailleurs, mais sans doute plus brutalement dans ces pays du

Golfe gonflés à la croissance financière. Nous sommes alors partis. De toute façon, l'heure serait tôt ou tard venue d'envisager un changement. Je n'en pouvais plus de tourner en rond dans un îlot où mon fils était malheureux et où j'avais le sentiment de ne rien construire. Je me sentais isolée, et plus rien ne me sollicitait ni ne m'intéressait. Ma fondation avait déjà vu le jour, mais il était quasiment impossible de pénétrer dans la vie des Émiratis, pour lesquels tout semblait aller pour le mieux dans le meilleur des mondes possible. Il ne me restait qu'à observer passivement des vies qui, à tout point de vue, m'étaient étrangères ; et la passivité n'a jamais été mon fort. La crise n'a donc fait que précipiter les choses.

Richard a monté une nouvelle société depuis les États-Unis pour repartir à zéro une nouvelle fois ; ce qui fut dur pour lui, d'autant plus qu'il n'a pas la nationalité américaine, même s'il est un citoyen du monde. Pendant deux ou trois ans, il a fallu tout réinventer, rebâtir, constituer de nouveaux réseaux. Mais outre une capacité de travail étonnante, Richard possède de l'énergie et de la créativité à revendre. Il sait être chaleureux avec les gens, comprendre leurs problèmes et répondre à leurs attentes. Dans la création d'événements de portée mondiale où il rassemble des personnalités venues d'horizons différents, hommes d'État, intellectuels, prix Nobel, chefs d'entreprise, il est désormais devenu incontournable. D'ailleurs beaucoup de ceux avec qui il travaillait l'ont suivi après son départ de Publicis. C'est pourquoi j'éprouve face à sa réussite une admiration et une fierté immenses.

Aujourd'hui, son activité professionnelle se déploie selon deux axes. D'une part, le conseil en stratégie pour des chefs d'État et de gouvernement. D'autre part, la création d'événements internationaux. C'est ainsi que le New York Forum réunit chaque année décideurs économiques et politiques.

Sa fibre africaine nous amène souvent sur ce merveilleux continent à l'occasion du New York Forum Africa, qui est devenu un rendez-vous incontournable à Libreville, au Gabon. Toutes ces rencontres se fixent comme objectif de faire avancer des problématiques diverses, économiques, sociales, éducatives et même sportives. Ainsi, en décembre 2012, il a créé le Doha Goals suite à une discussion avec l'émir du Qatar. Ce premier rassemblement mondial démontre que le sport est un merveilleux outil de développement social et économique.

Richard n'entreprend jamais sans passion, et c'est un des traits de sa personnalité qui me plaît. Il est en permanence dans l'action. Je travaille à ses côtés, avec des équipes exceptionnelles et d'un total dévouement, sur la stratégie des différents projets et leur projection dans l'avenir. Depuis que je partage sa vie, j'ai découvert un autre monde que celui de la politique dans lequel j'ai longtemps baigné. En France, mon regard avait pris l'habitude d'embrasser tous les sujets, mais de manière hexagonale. Aujourd'hui, l'éventail est aussi vaste, mais son champ d'application est mondial. Nos deux fondations œuvrent de plus en plus à aider les jeunes et les femmes.

*

Notre retour aux États-Unis fut marqué par un épisode bien sympathique. Pour fêter ses onze ans, Richard et moi avions décidé de faire une surprise à Louis. Il le méritait bien, car depuis des années la vie n'était pas toujours facile pour ce petit garçon. Le 28 avril, nous allâmes donc passer un week-end à Washington, ville dont mon fils rêvait depuis toujours, tant il est passionné par l'histoire.

Sous une pluie battante, nous visitâmes donc les musées, la bibliothèque du Congrès, et arpentâmes la ville en tous sens. Louis était aux anges ; mais il ne se doutait pas de la dernière surprise qui l'attendait. Lors de notre arrivée, la veille, je m'étais informée auprès de la réception de l'hôtel des modalités de visite de la Maison-Blanche. Le directeur m'apprit qu'il fallait s'y prendre longtemps à l'avance. Cependant il ajouta, avec un sourire :

— Le hasard veut que j'aie un ami qui travaille là-bas. Si vous voulez, je l'appelle. Il pourra peut-être faire quelque chose pour vous.

Je remerciai vivement cet homme. Grâce à son intervention, nous pûmes ainsi convenir d'un rendez-vous afin de visiter la Maison-Blanche.

Le lendemain, nous nous retrouvons tous les quatre au rendez-vous fixé, une petite porte derrière le bâtiment ; tous les quatre, car l'officier de sécurité de Louis nous accompagne, ainsi que l'exige le règlement républicain. La visite se déroule de façon parfaite. Nous voyons tout, les différents salons, l'un décoré par Mme Kennedy, l'autre par Mme Eisenhower, les coulisses du bâtiment, et jusqu'à la salle de bowling installée au sous-sol. Louis est fou de bonheur. Puis nous remontons vers les cuisines, où le pâtissier nous offre des gâteaux. Et c'est alors que ce dernier a une idée qui, il le devine, ravira mon fils. « Si vous voulez bien m'attendre une minute… » nous dit-il avant de nous abandonner quelques instants. Peu après, il revient nous chercher. Nous suivons un couloir, arrivons dans un salon où il nous prie à nouveau de patienter. Un quart d'heure plus tard, un secrétaire se présente devant nous :

— Monsieur le Président vous attend.

Alors Louis explose de joie.

C'est un samedi. Le hasard a voulu que le Président travaille à la Maison-Blanche et ne soit pas parti pour sa résidence de campagne. Il nous reçoit, lui en jeans, nous dans nos vêtements mouillés de touristes.

— Mais quel plaisir de vous voir ! *Happy birthday,* Louis !

L'échange est chaleureux. Barack Obama propose qu'on prenne des photos. Nous posons à ses côtés, tout sourire. Le moment du départ arrive. Obama, toujours aussi souriant, dit à mon fils :

— Embrasse ton papa de ma part. Et il faut que tu reviennes jouer au billard avec mes filles et moi un jour !

Nous le quittons, ravis de cette rencontre impromptue. On se rappelle que j'avais eu le plaisir de faire la connaissance de Barack Obama, quelques années plus tôt, lors d'un voyage privé que nous avions fait avec Nicolas, alors que le futur président des États-Unis n'était que sénateur. Le revoir installé à la Maison-Blanche fut pour moi une joie doublée d'une vive émotion.

L'histoire a une suite. Certains journalistes ont cru bon de soutenir que je m'étais battue comme une diablesse pour obtenir cette rencontre ; d'ailleurs en pure perte, puisque le Président aurait refusé de nous voir… Lorsque, quelque temps plus tard, je fus informée d'un tel roman, je suis restée sans voix. Soutenir avec aplomb que ce qui a eu lieu ne s'est jamais produit relève d'une belle audace. Quant à Richard, à qui j'avais à plusieurs reprises expliqué combien l'attitude de certains journalistes pouvait être insupportable, il fut franchement choqué. Lorsque l'ouvrage dans lequel les faits étaient ainsi déformés parut, sa colère explosa et il tint publiquement à mettre les choses au point. Malheureusement, l'épisode de la Maison-Blanche ne constituait pas à mes yeux une grande nouveauté. Au moins, m'éloigner de Paris m'avait appris cela : le détachement.

Et puis, les combats que j'entendais désormais mener avaient une autre envergure.

16.

Pour les femmes

Il est des circonstances dans la vie qui nous conduisent à agir en faveur des autres. Je ne m'en targue pas, mais c'est un fait : en 2007, j'ai sauvé la vie de six personnes. J'avais déjà eu l'occasion d'apporter de l'aide à autrui, que ce soit au ministère de l'Intérieur ou à l'Élysée. Mais l'épisode libyen a ancré cette prise de conscience au plus profond de moi : ma vocation reposait dans le soutien aux femmes en difficulté et le sauvetage de vies menacées. Restituer une partie de ce que les hasards de l'existence m'avaient donné ; c'était ce à quoi, dorénavant, je me consacrerais. Ma décision était actée avant même mon départ de l'Élysée et mon divorce. Elle n'a jamais varié depuis. Elle s'est au contraire structurée et a pris une forme plus institutionnelle.

*

Un événement imprévu m'a fait saisir la nécessité de mettre en place une organisation juridique. Peu de temps après mon départ de France, alors que Richard et moi étions déjà mariés et vivions à New York, je reçus un coup de fil qui me demandait de rencontrer la ministre helvétique des Affaires étrangères, alors en déplacement aux États-Unis.

Intriguée, je priai aussitôt cette dame à dîner. Elle ne tarda pas à m'exposer ce qui l'amenait jusqu'à moi.

— Notre gouvernement ne sait plus quoi faire. Actuellement, la Libye retient en otages deux ressortissants suisses, un chef d'entreprise et son chauffeur. Évidemment les raisons de cette mesure sont totalement indues. Nous avons essayé de le faire valoir, mais toutes nos tentatives de négociation se sont heurtées à un mur. Rien ne bouge. Aussi avons-nous pensé que vous pourriez nous apporter votre aide. Accepteriez-vous cette mission ?

— Je ne suis pas spécialiste dans les affaires de libération d'otages, néanmoins je vous promets de réfléchir à ce que je peux faire.

J'en ai aussitôt parlé à Richard. Très prudent, celui-ci me rappela que, n'étant plus Première dame, mes chances de médiation semblaient faibles. Toutefois il comprenait ma volonté de venir en aide à des personnes retenues pour d'aussi mauvaises raisons que l'avaient été les soignants. Il proposa avec une grande générosité de m'accompagner en Libye.

Nous nous rendîmes donc à Tripoli tous les deux grâce à l'appareil que l'entreprise de la personne retenue en otage avait mis à notre disposition. À l'arrivée, je m'entretins brièvement avec Kadhafi par téléphone. Il séjournait alors dans le désert, avec tente et amazones, et me proposa de venir le rejoindre, ce que je refusai tout net. Je connaissais parfaitement l'air qu'il allait me chanter ; palabres inutiles, compliments fielleux, et peut-être, qui sait ? déjeuner avec sa fille bien-aimée, la blonde Aïcha ; très peu pour moi. Mais je sentis tout de suite la différence avec mon premier voyage : les choses bougeaient très vite, puisque Richard et moi fûmes reçus par le Premier ministre dès notre arrivée.

J'attaquai frontalement en faisant remarquer à cet homme que la prise d'otages semblait être devenue une manie libyenne, et que tout le bénéfice de la libération des soignants risquait d'être effacé par cette nouvelle affaire. L'explication qu'avança alors mon interlocuteur aurait pu porter à rire si elle n'avait été aussi lamentable. Le visa de séjour du chef d'entreprise ayant expiré, les autorités libyennes y avaient vu la preuve imparable que cet homme était un espion ! Nous nous mîmes à discuter. Parfois le ton du Premier ministre montait avant de redescendre et de se faire plaintif. Il demandait en arabe à Richard, parfaitement bilingue, de me faire revenir à la raison ; je ne pouvais une fois encore venir à Tripoli et en repartir quelques heures plus tard avec un prisonnier dans mon avion ! À un moment, il nous montra une caricature parue dans la presse locale qui le représentait sur le tarmac de l'aéroport, au moment où nous nous envolions avec les infirmières bulgares tandis que lui nous faisait un au revoir dépité de la main. Il est vrai que l'attaque était rude. Le dessin donnait à voir un personnage ridicule et impuissant qui levait les bras et les yeux au ciel comme s'il cherchait vainement à empêcher ce départ…

— Vous comprenez bien que je ne peux pas me ridiculiser une seconde fois en libérant les Suisses ! m'asséna-t-il d'une voix outrée, comme si le problème se réduisait à celui de son image face aux Libyens.

Je parvins toutefois à le convaincre grâce au même argument que celui utilisé la première fois : le jugement de l'opinion internationale. Car je savais qu'en sous-main, un accord financier avait été trouvé entre la Suisse et la Libye et que, désormais, la seule préoccupation du Premier ministre était de sortir par le haut du pétrin où son gouvernement s'était mis. Il finit donc par me donner son accord, mais sous une condition : que Richard et moi ne repartions pas avec les deux otages. Les choses se passèrent dès lors en deux temps. Nous nous envolâmes le jour même de Tripoli, et quelques jours après, les otages recouvrèrent la liberté.

Il reste que les dessous de cette affaire confinent au sordide. Quelque temps auparavant, Hannibal, l'un des fils de Kadhafi, impulsif et grossier, s'était fait arrêter ainsi que son épouse dans un palace suisse après avoir violemment pris à partie un membre du personnel. L'affaire avait causé un énorme scandale, en Suisse et partout dans le monde. La Libye avait alors entonné le chant habituel du complot occidental et réussi, au bout de quelques dizaines d'heures de garde à vue, à faire libérer les deux jeunes gens au prétexte qu'ils bénéficiaient du statut diplomatique. En s'en prenant à des citoyens suisses, les autorités libyennes n'avaient donc agi qu'en représailles contre le gouvernement helvétique tout en lui soutirant l'argent nécessaire pour se rembourser sur son dos des frais d'avocat.

*

Richard et moi étions parvenus à nos fins : obtenir la libération des ressortissants suisses. De nouvelles lettres affluèrent alors à mon domicile. Toutes demandaient de l'aide. Comment l'apporter ? À cette époque, projets et idées se mêlaient dans mon esprit. Je m'imaginais pouvoir agir de manière directe sur les événements, par ma seule énergie en quelque sorte. C'était un leurre. Richard m'en fit rapidement la démonstration.

— Tu ne peux pas partir aux quatre coins du monde, la fleur au fusil, pour aider la veuve et l'orphelin. Tu y perdras ton énergie pour un résultat très faible. Il te faut une structure qui soit ton socle juridique, par exemple une fondation qui servira de relais à d'autres. C'est à travers elle que tu pourras agir de manière efficace, et pas autrement.

Comme toujours il voyait juste. J'ai donc créé la Fondation Cécilia-Attias pour les femmes (en américain CAFW), dont l'objectif est d'améliorer concrètement les conditions de vie des femmes, en leur proposant des solutions financières, logistiques, médiatiques et stratégiques pour développer leurs projets. Elle fonctionne selon deux axes principaux. D'une part elle collecte des fonds qui permettent d'aider des ONG ou des associations. Ce financement émane de particuliers aussi bien que d'entreprises qui envoient leurs dons, souvent de manière anonyme, après lecture d'un article ; nous ne recevons aucun financement public. D'autre part elle apporte à ces mêmes associations une aide logistique sur le terrain, par exemple en leur envoyant des volontaires ou en sollicitant les médias pour faire connaître les causes qu'elles défendent.

En parallèle avec ces deux modes d'action, nous permettons à des décideurs de se rencontrer autour de grands projets. Ainsi nos Dialogue for Action, où les fondations sont réunies par thématique et échangent avec des responsables venus du monde politique ou économique. Nos effectifs sont à géométrie variable, selon les besoins d'interventions. Lorsque nous participons à plusieurs actions, ils peuvent monter à une centaine d'intervenants, pour la plupart bénévoles.

On pourra m'objecter que ces actions, pour généreuses qu'elles soient, ne représentent pas grand-chose face à la misère mondiale, et qu'on ne peut pas vider l'océan avec une petite cuillère. Il n'en reste pas moins vrai qu'une intervention, aussi limitée soit-elle, vaut mieux que pas d'intervention du tout. Ce qui se passe dans ce monde peut parfois prendre une allure monstrueuse. Face à cette évidence, nous n'avons pas le choix. Soit nous restons sans bouger dans notre confort, soit nous tentons de faire évoluer les choses. Ne pas agir sur les scandales dont on a connaissance est insupportable. Ce qui, pour moi, ne modifiera pratiquement rien à ma façon de vivre, peut être énorme pour la personne que je vais aider. Car je n'oublie jamais cette vérité toute simple : si chaque être humain sur terre accomplissait une seule action en faveur d'autrui, cela changerait tout.

*

Il n'est pas toujours nécessaire d'aller loin pour côtoyer la misère sociale et psychologique. Je me suis investie au sein d'une association dont le projet m'a captivée dès que j'en ai eu connaissance. Elle se nomme Hour Children et est basée à New York. Fondée il y a une vingtaine d'années, Hour Children apporte son aide aux femmes incarcérées en renforçant les liens avec leurs enfants et en aidant à recréer, après leur sortie de prison, la cellule familiale. Certaines d'entre elles accouchent derrière les barreaux ; Hour Children leur offre son accompagnement. Aujourd'hui, l'association a réussi à créer une communauté de cinq résidences capables d'accueillir quelques centaines de familles. Les femmes y sont logées après leur retour à la liberté. On leur fournit des vêtements, les réaccoutume à une vie libre, leur apprend un métier tout en offrant une école à leurs enfants, laquelle fonctionne grâce à d'autres mères sorties de prison et qui acceptent de soutenir les autres. Au total, elle a, depuis sa création, apporté de l'aide à plus de sept mille familles dont les enfants ont bénéficié d'appuis de scolarisation. Outre les fonds qu'elle recueille, Hour Children est soutenue par d'anciens élèves bénévoles qui participent à des groupes d'entraide.

Comme cela s'est souvent produit au cours de ma vie, mon implication dans cette association résulte d'une rencontre ; impossible de rester insensible à la profonde bonté et à l'immense charisme de sœur Tesa, la fondatrice et responsable d'Hour Children. Depuis 1995 celle-ci se démène pour venir en aide à ces femmes détenues et libérées auxquelles elle veut faire sentir tout le bonheur de l'enfantement et de l'éducation. Aujourd'hui, dans le quartier du

Bronx, elle possède un bloc complet d'immeubles et veille à la réinsertion de centaines d'enfants et de leurs mères.

Le premier jour que j'ai passé avec les membres de son organisation m'a apporté un profond sentiment de joie. Je me sentais incapable d'un investissement personnel aussi fort que celui de cette femme entièrement dévouée à sa cause, mais je pouvais lui permettre, à ma modeste échelle, de continuer à accomplir des miracles. Je l'ai ainsi aidée à financer l'ouverture d'une classe supplémentaire et j'ai mis une trentaine d'ordinateurs à sa disposition, grâce notamment à ma fille Judith qui a su saisir l'opportunité de les récupérer dans son entreprise où ils partaient à la casse. J'ai également fait venir des journalistes pour filmer le quotidien du centre et donner ainsi une exposition médiatique au travail de Tesa et de son équipe. Quand je peux, je lui envoie des volontaires. En 2012, la reconnaissance du public est venue, à ma grande satisfaction, couronner l'œuvre d'une vie : sœur Tesa a été nominée parmi les héros de l'année par la célèbre chaîne de télévision CNN.

*

Partout dans le monde, des femmes subissent des choses abominables. Certaines causes sont très dures ; ainsi la lutte contre l'excision n'a pas encore remporté, en Afrique, de victoires décisives. Dans plusieurs anciens pays de l'Est, les autorités refusent trop souvent de voir l'ampleur du trafic sexuel. Il y a deux ou trois ans, j'ai assisté à une projection en compagnie de l'actrice Susan Sarandon, nommée depuis lors ambassadrice de bonne volonté de l'Organisation des Nations unies pour l'alimentation et l'agriculture. Le film portait sur le trafic sexuel en Ukraine. Il avait été tourné à Odessa. On y voyait des jeunes femmes séquestrées et forcées d'accueillir dans leur lit jusqu'à trente ou quarante hommes par jour. Le sort de certains hommes n'est pas plus rose. Ils travaillent comme des esclaves pendant trois mois sur un chalutier, où ils ne subsistent que grâce à ce qu'ils peuvent soustraire de leur pêche, avant d'être débarqués sur un quai, plus morts que vifs. Le film racontait cet esclavagisme moderne ; certains passages en étaient à peine soutenables.

Après cette projection, j'appris que trois de ces femmes étaient parvenues à s'échapper et tentaient de venir en aide à d'autres victimes. Un tel courage m'a émue au-delà de tout. N'ayant pas les moyens d'avoir un site ni même un ordinateur, elles tentaient, dans un extrême dénuement et grâce au seul bouche à oreille, de venir en aide à d'autres pauvres femmes qui avaient pu s'échapper des griffes de leurs geôliers. Je les ai fait venir à New York afin qu'elles témoignent et touchent les donateurs. Grâce aux fonds ainsi recueillis, elles ont réussi à s'équiper et à sensibiliser le gouvernement sur le problème de la prostitution organisée. Aujourd'hui, leur groupe a grossi et elles sont environ vingt-cinq qui œuvrent pour arracher d'autres femmes à l'enfer sexuel.

*

Parmi les multiples activités de Richard, l'une des plus connues est le New York Forum annuel. En 2012, il a tenu à organiser ce même forum en Afrique, car ce continent est en grand besoin d'échanges et de réflexion. L'Afrique est passionnante, en plein réveil économique et culturel après des décennies de léthargie. Sous nos yeux naît ici le monde exceptionnel de demain. Les révolutions en Afrique du Nord en ont montré aussi bien l'énergie que les carences. Une fois les dictatures tombées, aucune solution démocratique et progressiste n'est parvenue à s'y imposer pour l'heure. Ces bouleversements ont même ouvert la porte aux extrêmes radicaux qui ont su profiter du vide politique pour infiltrer les populations de pays sans réel leadership. Tout cela à la fois fascine et effraie.

C'est donc pour réfléchir aux problèmes auxquels se trouve confronté cet immense continent que Richard a décidé d'y organiser la version africaine de son forum annuel. À Libreville. C'est à cette occasion que le New York Forum Africa a programmé pendant une journée un Dialogue for Action for Africa organisé en collaboration avec la Fondation Sylvia-Bongo-Ondimba pour la famille destiné à promouvoir la cause de la femme en Afrique. Quatre tables rondes se sont tenues : l'éducation, la santé, l'implication des femmes dans le milieu du travail, leur place face à la guerre. Nous avions invité sept Premières dames d'Afrique, chacune avec les fondations qu'elles animent, pour exprimer à la fois ce dont elles ont besoin et en quoi elles peuvent aider. Nous avons entendu comment le Rwanda s'est reconstruit après le génocide grâce à l'action d'une Première dame remarquable. Nous avons aussi recueilli les témoignages de fondations de terrain qui vivent le quotidien et se battent pour faire bouger les choses. Face à ces organisations venues exposer leurs problèmes et leurs demandes, intervenaient des personnalités appartenant au monde de la finance ou à des gouvernements. Nous avons ainsi permis le dialogue entre quelque cinq cents personnes et abouti à plusieurs décisions concrètes. Il a ainsi été décidé de promouvoir la formation de sages-femmes, processus plus rapide que d'accroître le nombre de médecins accoucheurs et qui permet de résoudre en urgence bien des problèmes de mortalité infantile et maternelle.

Il faut beaucoup travailler et intervenir sur l'Afrique, dont les problèmes sont aussi nombreux que les promesses sont grandes. Les ravages du sida, la soumission des femmes à un système familial séculaire, les défaillances de l'éducation, tout appelle au secours. C'est ainsi qu'en partenariat avec la fondation de Sylvia Bongo Ondimba, nous aidons les jeunes femmes trop souvent contraintes de quitter l'école à dix ans pour se marier et élever leurs enfants. Grâce à notre soutien conjugué, nous espérons leur permettre de poursuivre des études.

*

La situation des femmes est difficile partout, et pas seulement dans les dictatures ou les pays en voie de développement. Il n'existe aucune zone protégée à l'intérieur du monde actuel. On le voit bien en France où la crise frappe durement les couches sociales défavorisées. La précarité y est devenue monnaie courante. Il faut donc se battre partout pour la reconnaissance des droits et l'égalité des hommes et des femmes, que ce soit au travail ou dans la vie privée. En France, pourtant pays des droits de l'homme, une femme meurt tous les trois jours sous les coups de son mari ou de son compagnon. Celles qui n'ont pas de métier, donc aucune indépendance susceptible de les aider à fuir une relation pathogène, ne sont toujours pas libres de leur destin.

Concernant la France, un problème parmi d'autres me soucie depuis mon passage au ministère de l'Intérieur. Considéré comme tabou par une partie des élites intellectuelles et politiques, le difficile sujet de la prostitution ne donne jamais lieu au grand débat qu'il mérite. Pour ma part, et après mûre réflexion, j'ai tranché. Au risque de choquer certains, et malgré le cas de conscience que cette question soulève, je n'hésite pas à pencher en faveur de la réouverture des maisons closes. Il ne s'agit pas là d'une option d'ordre moral, mais d'un choix entre deux maux. Il est un fait qu'on ne peut pas légaliser la prostitution. Mais affirmer un tel principe ne règle en rien le problème. L'arbre nous cache la forêt, car depuis toujours la prostitution existe, et personne ne semble pouvoir l'éradiquer. Le constat s'impose donc : nous ne pouvons ni ignorer la prostitution ni la légaliser. Dans ces conditions, et à défaut de l'interdire, le moindre mal consisterait à la réglementer.

Ce choix m'est dicté par un certain nombre de raisons qui me paraissent légitimes. L'encadrement réglementaire de la prostitution permettrait à la fois de contrôler ce qu'il faut bien appeler une profession, d'exercer une surveillance médicale de femmes actuellement rejetées dans une clandestinité mortifère, et de protéger ces mêmes femmes contre les abus des proxénètes. Des maisons closes, cela se gère, se contrôle, se surveille. Leur statut serait clair, les services de santé et de police en connaîtraient les responsables.

Ces propos peuvent surprendre, mais ils n'ont rien d'utopique. La prostitution bénéficie d'un encadrement légal dans de nombreux pays, par exemple les Pays-Bas et la Belgique. Sans doute ont-ils ouvert une voie que nous devrions suivre. Car comment ignorer les risques de santé que courent des femmes sans véritable surveillance médicale ? Maladies sexuellement transmissibles et sida ont fait tant de dégâts que nous ne pouvons plus jouer les hypocrites. Je suis en outre révoltée par l'ampleur du trafic sexuel qui, surtout depuis les ex-pays de l'Est et l'Afrique, jette des centaines de jeunes filles et de femmes sur nos trottoirs où on les voit livrées à la merci des clients et des proxénètes. Maltraitées, humiliées, exploitées, ces nouvelles esclaves du plaisir survivent plus qu'elles ne vivent parce qu'elles se retrouvent en dehors de toute loi, donc de toute protection. La plupart du temps sans papiers ou dépouillées de ceux qu'elles possédaient, c'est à peine si elles bénéficient d'une existence légale. Elles forment comme le point aveugle de notre société moderne de la jouissance et de la consommation, celles dont certains individus profitent mais que l'ensemble des citoyens préfère ignorer.

J'ai rencontré au ministère de l'Intérieur quelques-unes de ces femmes démunies de tout, papiers, famille, lieu de vie, et auxquelles on avait même changé le nom, pauvres filles arrachées à leur milieu d'origine grâce à une vague promesse de travail et qui se retrouvaient sur le trottoir. Ce fut une expérience terrible que de les entendre. Jamais je n'ai approché d'aussi près ce que signifient désespoir et détresse humaine. Des associations de femmes venaient frapper à ma porte afin que je leur apporte une aide. Je faisais ce que je pouvais, tentant de résoudre tel cas précis, telle situation criante, mais face à l'ampleur du problème j'éprouvais un sentiment de terrible impuissance. Sans vouloir m'engager au-delà de mes propres convictions, je crois que réglementer la prostitution n'aurait pas choqué ces associations ; car elles et moi allions dans le même sens et n'avions d'autre souci que de protéger ces femmes. J'étais à l'époque prête à me battre pour une telle cause et à m'investir afin de mettre un terme au scandale. Mais là comme ailleurs, j'ai senti que l'opinion, y compris à l'intérieur du monde politique, n'y était pas prête. Toutefois je ne désespère pas de parvenir, un jour, sous une forme qui reste à définir, à faire évoluer les mentalités et obtenir des résultats significatifs.

*

Dans un registre semblable, parmi des quantités d'actions qui me tiennent à cœur et auxquelles nous apportons notre aide, je voudrais citer l'association new-yorkaise The Redlight. Elle tente de sauver tous ces adolescents et adolescentes enlevés au Cambodge, parfois même vendus par leurs familles, pour être ensuite maltraités, prostitués ou utilisés à des fins illicites. Tentant nous aussi de faire face à la montée de toute forme moderne d'esclavage, nous essayons de répondre aux demandes, quel que soit le continent concerné. En Amérique centrale, la lutte est vive contre les cartels de drogue qui corrompent les enfants, les manipulent, les utilisent. En Afrique ou en Asie, d'autres problèmes se posent, qui s'apparentent à de l'esclavage moderne.

Devant tant de sollicitations, j'envisage de donner une articulation plus large à mon action. Je le ferai bien sûr à travers ma fondation, mais aussi en lien avec l'Organisation des Nations unies. J'ai d'ailleurs été approchée par elle, et je mène en ce moment une réflexion avec Richard pour allier le caritatif et le politique de façon novatrice, performante et humaine. La notoriété ouvre des portes, et tout ce qui peut faire avancer une cause est bon à prendre ; ce qui n'empêche pas un vrai travail et un profond engagement de la personne.

*

Longtemps, j'ai privilégié ma vie de famille plutôt qu'une carrière d'élue que plusieurs personnes de mon entourage me pressaient de choisir. À l'époque, contrairement à ce que les médias affirmaient pour donner de moi l'image d'une femme à l'ambition dévorante, je me sentais très réservée sur l'hypothèse d'un mandat électif ; et si je nourrissais de l'ambition pour mon ex-mari, je n'en avais aucune pour moi. Il me semble d'ailleurs en avoir apporté suffisamment la preuve lors de mon départ en 2007. Les lumières du pouvoir n'ont jamais permis à quiconque d'exister. Cela tombe bien ; j'ai toujours préféré me tenir un pas en arrière plutôt que sur le devant de la scène.

Sans doute ai-je en partie réussi à être utile. C'était, à mes yeux, la moindre des choses ; quand on est né sur la rive ensoleillée, il est un devoir de rendre un peu de ce qu'on a reçu. Ayant eu beaucoup de chance, je tends donc la main à ceux qui en ont besoin. Telles sont mes convictions, et je n'en changerai pas. Car il s'agit pour moi d'un devoir, sans aucun doute le plus noble de tous. Aujourd'hui, face à l'urgence de telles causes et alors que ma vie a trouvé un équilibre, faut-il sauter le pas ? Je me suis assez souvent posé cette question par le passé. Je me la pose aujourd'hui avec encore plus de force, d'acuité. J'ai si longtemps appris la politique auprès d'un homme qu'aujourd'hui, je la sens presque d'instinct. Richard a d'ailleurs toujours été convaincu que je pouvais avoir un avenir dans ce domaine. Cette hypothèse, qui me semblait irréelle, a fait son chemin. Beaucoup de courriers m'y encouragent d'ailleurs. Mais quelle méthode suivre ? Sans doute le cours des choses décidera-t-il, comme tant de fois au fil de mon existence. J'ai aujourd'hui cinquante-cinq ans, et je n'ignore pas que la vie est faite de surprises et d'opportunités. À nous de les saisir et d'avancer là où nous nous sentons appelés.

Pour ne pas conclure

Ce n'est qu'après mon mariage avec Richard que j'ai connu cette expérience, inédite pour moi : vivre à l'étranger, d'abord pendant sept mois à Dubaï, puis aujourd'hui à New York. Cette situation n'a pas varié depuis cinq ans, même si je fais de fréquents voyages à travers le monde et reviens de manière régulière à Paris. Outre qu'il m'a permis de découvrir d'autres modes de vie, ce nouveau statut d'expatriée m'a donné le recul et la chance d'observer mon propre pays de loin, comme si je le voyais par les yeux des autres.

Des raisons multiples me font apprécier la vie à New York. C'est une ville cosmopolite où le brassage est énorme et la tolérance totale. Depuis deux siècles les peuples du monde entier s'y mélangent car les États-Unis ne sont formés que d'immigrants. Le sens de l'accueil y est donc érigé en valeur absolue. Quels que soient votre origine et votre passé, ce peuple vous accepte et vous ingère sans vous juger, tant l'histoire l'a depuis toujours accoutumé à la différence. Ici, on tient compte de ce que vous êtes et de ce que vous pouvez apporter. Et si vous êtes accepté, vous l'êtes sans concession. New York incarne tout cela. C'est une ville qui vous porte, qui est la vitesse et la positivité mêmes. Tout le monde s'y bat pour construire son avenir, sans morosité ni défaitisme. D'où l'impression formidable d'un mouvement qui ne s'arrête jamais et d'une énergie perpétuellement à l'œuvre.

Les États-Unis n'ont pas la même histoire que nous en Europe, qui cultivons nos particularismes. Ici tout doit se fondre, malgré des résistances dont témoignent encore certains quartiers de New York et d'autres grandes villes : Chinatown, Little Italy… Mais rien ne résiste durablement au mécanisme du *melting-pot*, et les couples mixtes issus de communautés différentes sont désormais légion. C'est aujourd'hui l'arrivée massive des Hispaniques qui modifie la donne. Mais désormais, le communautarisme puise sa raison d'être dans le désir des gens de rester entre eux plus que dans une ségrégation quelconque. Tandis que les enfants chinois ne parlent plus chinois, leurs parents se désolent et évoquent la perte des origines. Ainsi les ghettos ne sont plus des ghettos, mais les résultats de choix volontaires de vie.

Le mouvement de l'histoire l'exige : pour avancer, il faut se mélanger et ne pas rejeter. L'acceptation de l'autre correspond à une nécessité vitale, qui dépasse toute position morale ou idéologique. À cet esprit de tolérance viennent s'ajouter d'autres valeurs positives, telles que celles du travail, de l'optimisme en ses capacités autant qu'en l'avenir du pays, qui trônent ici en majesté. Au total, l'addition pousse à avoir foi en l'avenir, aussi bien individuel que collectif.

Pour autant ne versons pas dans l'angélisme. Ce pays est dur. Le creuset où ont réussi à se mêler des gens de toute provenance n'a pas opéré sans casse. La culture américaine privilégie la compétition parce qu'elle a d'abord été le lieu de toutes les bagarres. Le film de Scorsese, *Gangs of New*

York, l'a amplement montré. L'Amérique, ce n'est pas seulement de la force ; mais aussi de la violence. La fameuse maxime du *Struggle for life* est ici amplement justifiée. C'est pourquoi la question du port d'armes, qui entraîne de manière récurrente tant de drames, est loin d'être résolue. Aussi insupportable qu'il nous semble, il puise ses racines dans un patriotisme dont l'Europe a perdu jusqu'au souvenir. Comment se protéger, soi-même et les frontières de son pays, voilà une des questions qui hantent les Américains. Ne nous étonnons donc pas des excès pervers où les États-Unis peuvent parfois verser ; la vitesse en est seule responsable. La nation est allée si vite et si loin en aussi peu de temps !

Une telle diversité issue du poids de l'histoire est également inscrite dans la géographie même des États-Unis. Ce pays offre des paysages et des climats différents, et à chaque fois que Richard et moi visitons un nouvel État, nous éprouvons un choc ; autant de lieux, autant d'atmosphères et d'habitants. J'ai vécu un semestre en Californie après mon bac, chez un de mes frères, à San Francisco, mais cette ville ne correspondait pas à mon état d'esprit. En revanche je me suis prise d'un réel amour pour la Nouvelle-Orléans visitée l'an passé. J'adore aussi l'intérieur des terres, le Colorado, le Wyoming. La Nouvelle-Angleterre déborde de trésors en tout genre, villes et paysages. Le Noël 2012, Richard et moi l'avons passé à la frontière de la Colombie-Britannique, que nous ne connaissions ni l'un ni l'autre et qui est sublime. Et je pourrais ainsi allonger la liste de nos passions nord-américaines. Vivre dans un pays où il y a tant de lieux et de gens à découvrir me comble de joie.

C'est pourquoi, à mes yeux, les États-Unis sont l'incarnation de l'optimisme, comme je l'ai écrit dans ma contribution à un ouvrage collectif sur ce sujet. Je ne visite pas sans émotion Ellis Island, ces quelques arpents de terre isolés entre la statue de la Liberté et Manhattan, qui fut pendant des décennies le point d'accueil des immigrants. Les hommes et les femmes venus du monde entier abordaient là comme en Terre promise ; en cet endroit prenait vie tout l'espoir, qui est une composante essentielle de l'optimisme.

S'il est un pays qui ne cultive pas la haine de soi, sport dans lequel les Français sont passés maîtres, c'est bien les États-Unis. Dans n'importe quel lieu où m'ont portée mes pas, j'ai été surprise de voir tant de drapeaux américains aux fenêtres. Le patriotisme revêt ici une importance inconnue ailleurs. L'hymne américain est un vibrant hommage à l'unité du peuple ; lequel, d'ailleurs, en a fait la démonstration aux heures graves de son histoire. Après le 11-Septembre, ce pays s'est refermé sur lui-même pour panser ses plaies, soigner ses blessés et enterrer ses morts, à la manière d'une famille qui se réunit afin d'honorer dignement ses disparus. À l'arrivée aux États-Unis, la formule *welcome home* par laquelle les douaniers accueillent l'un de leurs concitoyens est plus qu'un signe d'amitié ; c'est la marque profonde d'une appartenance commune. Ces deux mots, si émouvants, constituent donc un symbole. À partir de si nombreux particularismes, ce pays a su créer une identité nationale unique, un tout auquel ses membres tirent fierté d'appartenir. La nation, c'est la maison commune où vous n'êtes jamais seul et à laquelle chacun revendique son appartenance.

Lors des deux récents ouragans qui ont frappé New York, j'ai pu constater combien était grande la solidarité entre les habitants. À l'arrivée du premier, Irene, à l'été 2011, on nous annonçait une catastrophe. J'ai donc cherché refuge dans un hôtel moins exposé que notre appartement avec ses larges baies vitrées. Pendant trois jours les portes d'accueil en sont restées ouvertes afin que tous ceux qui le souhaitaient puissent venir dormir dans le hall. Le personnel ne quittait pas les lieux et tous les services de l'établissement fonctionnaient afin que ses occupants y poursuivent une vie à peu près normale. Un an et demi plus tard, un second ouragan, Sandy, frappa. Les dégâts furent cette fois-ci considérables. Comme après les attentats du 11-Septembre, les New-Yorkais firent alors preuve d'une solidarité étonnante dont j'aimerais être sûre qu'elle aurait été aussi marquée dans une autre métropole. On comprendra donc pourquoi, sans renier mon appartenance à la patrie qui m'a vue naître et où j'ai vécu tant d'années, je me sente aussi américaine que française.

Lorsqu'il est bien gouverné, ce pays retrouve sa jeunesse viscérale, profonde, positive. C'est ainsi qu'après certains de leurs illustres prédécesseurs, Barack et Michelle Obama ont su se mettre en prise directe avec la jeunesse états-unienne. Leur élégance souriante, toujours positive et jamais populiste, a d'emblée accompli un miracle ; il se poursuit, malgré les vicissitudes de la vie politique, comme une sorte d'état de grâce qui saurait résister à tout et que le temps ne parviendrait pas à user. La seule présence d'un Afro-Américain à la Maison-Blanche constitue un symbole d'une grande force. Dans quelle autre grande démocratie pourrait-on voir un homme d'État sortir ainsi par le haut d'un premier mandat pourtant semé d'embûches et de difficultés en tout genre, être réélu et demeurer la fierté de la nation ?

*

Malgré les nombreux doutes et les quelques critiques que je nourris à son endroit, je conserve un profond attachement pour mon pays : ce qu'il est, ce qu'il représente, ce qu'il sut bâtir à travers son histoire. Pourtant la France, telle que je la vois évoluer depuis l'étranger, me préoccupe. J'éprouve un profond chagrin de la situation délicate dans laquelle elle se trouve, mais peut-être plus encore de l'état où elle s'imagine. Semblable à ces vieilles personnes qui n'entreprennent plus rien de peur du moindre imprévu, elle est devenue inerte et sans ambition. Ses habitants se montrent tristes, peureux, timides, à la fois protestataires et résignés sur leur sort. C'est entendu, l'économie mondiale va mal, et la France traverse comme la plupart des autres pays une mauvaise passe, bien que certains de ses voisins soient dans un état beaucoup plus critique. Mais la singularité française réside dans son refus d'affronter la crise actuelle, lequel se manifeste par une volonté presque masochiste de ne pas vouloir s'en sortir tout en accusant le monde entier d'être la cause de tous ses maux.

Mon pays, naguère encore flamboyant, est devenu gris et terne. Chaque fois que j'y reviens, cela me frappe. Bien sûr, je percevais la crise quand j'y vivais, mais je ne sentais pas cette apathie et cette passivité qui s'accélèrent depuis quelques années. Les Français ont perdu leur joie de vivre. Ils se montrent agressifs les uns envers les autres, et partout je sens une tension monter. J'en perçois le signe, certes très marginal, dans les réactions que j'enregistre par rapport à ce que la fondation parvient à mettre en œuvre. Les seules personnes qui la critiquent sur mon compte Twitter, et donc me critiquent par son intermédiaire, sont françaises. Elles écrivent des choses désagréables, méchantes, dures. Je me fais par exemple reprendre parce que je twitte en anglais ! Mais ma fondation étant américaine et voulant toucher le maximum de monde sur la planète, difficile de ne pas utiliser l'anglais pour sa communication. Qu'est-ce qui motive certains Français à réagir ainsi ? Pourquoi ce goût de la destruction, alors que seul construire importe ? Quel est le sens d'un tel acharnement contre une action humanitaire ? Parce que j'ai pris l'initiative d'aider des femmes en souffrance à travers le monde, dois-je recueillir les mêmes sarcasmes et insultes que lorsque j'étais femme de ministre ou de président ? Il est temps que ce pays regarde les réalités en face, qu'elles soient positives ou négatives, et non avec des lunettes déformantes.

Pour se sortir de la crise psychologique et morale qu'elle traverse, la France devrait selon moi s'appuyer sur les valeurs ancestrales qui ont forgé sa grandeur. Elle pourrait ainsi privilégier plus qu'elle ne le fait les arts et la création. Car autant sa compétence muséographique est reconnue par le monde entier, autant elle peine à promouvoir ses artistes contemporains. En témoigne le nombre de jeunes créateurs qui la désertent pour s'installer dans des endroits où ils savent qu'ils rencontreront un public plus attentif, comme à New York, Londres ou Berlin.

Il faut relancer l'entreprise France, lui redonner l'éclat qu'elle mérite et qui fut longtemps le sien. Lors d'un dîner récent, quelqu'un a prononcé devant moi cette forte phrase : « On a l'impression que la France a éteint la lumière. » Mais utilise-t-on les bons moyens pour la rallumer ? Notre pays a su montrer ses talents dans le domaine du luxe, lequel s'exporte désormais dans le monde entier. Il devrait étendre son influence, par exemple en matière cinématographique. Ou développer plus encore l'accueil touristique ; ne pas se satisfaire de gérer le patrimoine inouï que l'histoire nous a légué, mais réfléchir à des formes plus modernes et originales pour capter l'attention de ses visiteurs. Cela lui permettrait de s'ouvrir aux autres en conservant son identité.

Tout ce qui pourrait redonner envie de se battre aux Français est bon à prendre, à commencer par une inflexion des mentalités. Je suis par exemple frappée de voir combien, durant leurs études, on martèle aux enfants qu'il faut travailler dur, monter, essayer de réussir, pour ensuite dénigrer au niveau des adultes toute forme de réussite et de performance. Pourquoi ce discours moteur s'effondre-t-il dès qu'on passe de l'univers des diplômes à celui de la vie professionnelle ? Pourquoi ce pays qui est si fier de ses grandes écoles et conserve une croyance quasi mystique dans les vertus des concours de recrutement, rejette-t-il ainsi toute forme d'excellence et de compétition ? Lui qui passe pour le chantre universel de l'égalité en est ainsi arrivé à un paradoxe ; à tout prendre, il préfère les héritiers aux entrepreneurs. Là encore, le respect du patrimoine passé l'emporte haut la main sur l'œuvre du temps présent. Un *self-made man* est toujours considéré comme un parvenu, voire un escroc. Dans ce domaine, le différentiel avec le regard américain est énorme.

*

Je suis bien placée pour savoir qu'en France, dès que quelqu'un sort la tête de la masse, il faut la lui couper. Vous n'essuierez aucune critique si vous êtes commun et perdu dans la foule. C'est très dommage. Les grands sportifs, acteurs, chanteurs, sont d'abord hissés au pinacle par une opinion qui n'hésitera pas ensuite à les assassiner. Ce pays fait payer cher le succès qu'il vous octroie. À peine êtes-vous parvenu en haut qu'il veut vous voir tomber. Le bon sens voudrait au contraire que l'ambition, l'ascension, la réussite, constituent des moteurs pour les jeunes. Quel Français, par exemple, a conscience que notre pays compte un nombre impressionnant de prix Nobel, et cela dans toutes les disciplines ? Bien peu nombreux les honorent et en font des exemples à suivre pour les jeunes générations.

Pour compléter le tableau, notre fiscalité, l'une des plus complexes et changeantes du monde, semble parfois prendre un malin plaisir à s'acharner sur le sort de ceux qui doivent leur réussite à leur travail et à leur mérite. C'est peu de dire que l'État les ponctionne ; on dirait qu'il cherche à les dégoûter d'être ce qu'ils sont ! Alors que la France attend depuis des décennies la grande réforme fiscale qui, en mettant tout à plat, permettrait une plus grande équité entre les citoyens, les gouvernements successifs optent pour la solution de facilité : prendre l'argent là où il est. Mais dans ce domaine comme en tant d'autres, le plus simple n'est pas nécessairement le plus juste.

Dans un tel contexte, le plus surprenant est que les étrangers aient sur notre pays un regard surpris, mais pas négatif. Les Américains admirent la France, comme de façon générale la vieille Europe. Pour eux, un homme comme La Fayette est un grand homme. Mais ils s'interrogent : comment l'Europe en est-elle arrivée là ? Et pourquoi la France va-t-elle si mal ? Les autres nous regardent désormais comme un pays musée qu'on visite, où on achète des articles de luxe, et d'où on repart les vacances finies. Notre antiaméricanisme, ils le sentent sans le comprendre. Dénués d'hostilité envers la France, ils n'en perçoivent pas moins nos concitoyens comme arrogants et jamais satisfaits.

Encore les Américains nous connaissent-ils. Mais vu depuis les États à moins grande dimension historique, notre pays ne recueille guère qu'indifférence. À Dubaï, j'ai été frappée de voir combien les regards étaient tournés vers des terres neuves et dynamiques comme l'Afrique du Sud ou l'Australie. L'Europe n'intéresse pas les Émirats, sauf pour venir y acheter des hôtels, des maisons, des enseignes, des clubs sportifs. La France n'est qu'un marché où réaliser de bonnes affaires, rien de plus. À y bien réfléchir, il pourrait difficilement en être autrement. Les Français sont les premiers à pratiquer l'autodénigrement ; difficile d'imaginer que les autres pays ne s'associent pas à un tel concert.

*

On se doute que je ne partage en rien une telle tournure d'esprit négative et morose. Certes, il m'aura fallu bien du temps pour devenir moi-même. J'ai dit, au début de ce livre, combien je ne m'étais sentie bien dans mon époque que tard dans ma vie. Peu à peu, j'ai découvert à la fois le désir d'apprendre et le besoin de venir en aide aux autres. C'est ce qui m'a révélée à moi-même et donné envie de poursuivre sur ce chemin. J'ai alors découvert qu'optimisme et doute ne sont donc pas contradictoires ; car si je doute de moi, étrangement je ne doute pas de mon avenir. Je crois à un destin, et rien ne saurait paralyser mon action ni m'empêcher de sauter les obstacles. Ma hâte peut même devenir telle que je n'hésite pas à bousculer l'ordonnance alentour. C'est ainsi qu'exprimant les choses comme je les pense et sans souci excessif de diplomatie, je peux donner aux autres une image aux antipodes de celle que je suis : une hypersensible vulnérable. Un peu à la manière des jeunes enfants qui n'ont pas peur de rester eux-mêmes quelles que soient les circonstances et les personnes en face desquelles ils se trouvent, je trompe ainsi mon monde. Bien involontairement. J'aime les autres, les respecte infiniment, et seul m'importe ce qu'ils sont au fond d'eux-mêmes, jamais leur apparence.

Le journal *Libération* brossa jadis de moi un portrait où j'étais définie comme « toujours attirée par des gens atypiques, pas classiques, charismatiques ». C'était exact. Sans doute est-ce ce qui me plaît aux États-Unis et chez ses habitants ; la quantité de gens différents et profonds d'où quelque chose irradie, toutes ces personnes « qui pensent hors de la boîte », comme on dit ici, parce que leur vie, leur intelligence, leur démarche sont originales. Ce sont eux qui m'attirent et me font progresser. Les sentiers battus ne m'intéressent pas ; je m'y ennuie plus que je n'y progresse. Car toujours en moi domine l'envie d'être étonnée. Quelqu'un qui pense différemment m'attire. Je me situe aux antipodes d'un conformisme qui, loin de me rassurer, me lasse. Mes goûts rejoignent ainsi mes convictions : je fais plus qu'accepter la différence, je la recherche et la cultive. J'y discerne la base de la tolérance.

Car notre monde est si divers et riche que nous devons l'accompagner. Tout au long de ma vie, je me suis efforcée de le faire. Mais en ai-je toujours été capable ? Ai-je été à la hauteur des enjeux auxquels j'ai été confrontée ? Certains jours, je songe que j'aurais pu faire de ma vie plus que ce que j'ai fait. D'une certaine manière, je regrette ce que je n'ai pas vécu. Les choses que j'ai réussies, ce sont mes trois enfants et le sauvetage des infirmières bulgares ; et les actions que, patiemment et de façon tenace, ma fondation met en œuvre pour venir en aide aux femmes démunies.

Certains jugeront que ce n'est pas rien, et il m'arrive moi-même de juger le bilan convenable. Mais la parabole des talents me revient alors en mémoire. Ai-je su faire fructifier tous ceux que le Seigneur m'a remis ? Ne les ai-je pas enterrés dans le sol ou, pis, dépensés pour presque rien ? Qu'ai-je construit de solide et de durable pendant ces quarante dernières années ? Qu'ai-je fait de ma force de conviction, de mon talent artistique, de mes croyances qui auraient pu aider encore plus d'êtres humains ? Ce doute perpétuel, qui nourrit une insatisfaction, me frappe parfois au cœur, telle une évidence.

J'ai toujours choisi le camp de la liberté, pour les autres comme pour moi-même. Mais qu'on ne s'y méprenne pas ; il s'est moins agi d'échapper à des situations devenues insupportables que d'être en perpétuelle recherche d'un absolu. Je déteste toute forme de médiocrité, d'arrangement facile, de mensonge confortable. Lorsque j'ai décidé de changer de vie, c'est moins la lassitude de celle que je menais que la quête d'une différence, la soif de connaître autre chose qui l'ont importé.

Et surtout un autre être.

*

J'ai été d'emblée fascinée par Richard et senti une attirance inexplicable vers cet homme que je ne connaissais pas. Mais j'ai très vite compris ce qui se passait. Nous nous ressemblons tellement que c'en est caricatural. Richard est comme mon double masculin. Nous partageons tout, y compris les goûts les plus simples, le choix d'un livre, d'un film, et jusqu'au plat que nous choisissons au restaurant. Le cadeau qu'il me fait, c'est celui que j'aurais acheté. Cette osmose tient du miracle. Malgré nos différences d'éducation, d'origine, de religion, tout se passe comme si nous possédions le même univers cérébral et affectif. Son raffinement intellectuel, je m'y reconnais. Vivre et penser, comme lui, avec lui, est ainsi devenu le grand bonheur de mon existence.

Certes nous avons nos différences. Lui, très tourné vers l'extérieur, moi plus sauvage, dans une constante recherche d'intériorité. Une anecdote dit tout : dans un avion, Richard sympathise tout de suite avec son voisin alors que je branche mes écouteurs et plonge dans mon livre. De ce don à communiquer il a fait une éblouissante réussite professionnelle, puisqu'il sait mieux que quiconque établir des connexions entre des êtres qui auraient pu ne jamais se connaître. Une autre différence concerne notre façon de voir l'avenir. Richard a tendance à voir le verre à moitié vide alors que je le considère comme à moitié plein. Car je pars du principe qu'on peut arriver à beaucoup si l'on s'arme d'optimisme. Si ce dernier n'a pas le pouvoir de modifier les événements, il peut en revanche changer la manière dont nous nous arrangeons avec eux. Et si les choses ne veulent vraiment pas marcher comme nous le souhaitons, je me répète que, du négatif, peut toujours sortir du positif. Il faut apprendre de ses échecs et transformer les difficultés en obstacles que l'on doit surmonter.

Je songe souvent à ce précepte que me répétait ma mère lorsque j'étais enfant et adolescente : « Aie des pensées positives, et de bonnes choses t'arriveront. » Nous nous mettons dans une posture différente lorsque nous sommes optimistes, parce que nous entraînons quelque chose autour de nous. Et l'inverse est vrai : les choses négatives nous accablent dès que nous devenons négatifs. Nous n'influençons certes pas tout. Mais les autres sentent d'instinct si nous avons la foi et l'envie de nous battre, l'énergie nécessaire pour l'emporter, et quelque chose, alors, se trouve entraîné. L'optimisme est un moteur pour agir, une posture pour vivre, une clé pour se comprendre.

J'ai traversé bien des phases difficiles, mais toujours réussi à les vaincre. La maladie et les souffrances de mon adolescence m'ont ainsi enseigné courage et patience. Pour peu qu'elles ne vous démolissent pas, les épreuves que l'on a vécues vous renforcent. C'est pourquoi, même au cœur du cyclone, submergée par le questionnement, alors que je me trouve dans un terrain clos de murs, mon optimisme me dicte la solution. D'ailleurs, si je n'étais pas ainsi, je n'aurais pas fait des choix de vie aussi radicaux. Tandis que Richard peut être parfois hésitant par inquiétude du devenir, je continue à croire en ma bonne étoile. Nous nous complétons donc de manière parfaite. Lorsque je fonce, lui observe, réfléchit, estime les risques. Mais s'il hésite à avancer, mon optimisme finit par le convaincre.

*

Optimisme, courage, détermination : tels sont les trois principes qui ont conduit ma vie ; s'y ajoute l'enthousiasme, qui n'est autre que la résultante de l'optimisme. Je suis ainsi faite que je continuerai toute ma vie à avoir une appréhension au moment de rentrer dans une pièce – tout en sachant que je finirai par y pénétrer ! Ainsi le doute ne m'a-t-il jamais freinée en rien ni empêchée d'agir. Je crois aux êtres, aux choses et à la vie.

Ai-je pour autant réussi à être celle que je voulais être ? Impossible de répondre à une telle question. Au demeurant, je ne suis pas certaine qu'elle ait une réelle importance. Le seul bilan qui importe, nous ne le connaîtrons jamais ; seuls les autres, après notre départ, pourront le dresser. Mais ce que je veux de toutes mes forces, tant que la vie m'en donnera la possibilité, c'est poursuivre le chemin que j'ai choisi : comprendre, transmettre, aimer mes proches, aider les autres. Si je parviens à tenir ce cap, j'aurai réussi à ne pas me décevoir moi-même et à tendre la main à ceux que le hasard a placés sur ce chemin.

Et peut-être, alors, réussirai-je à chasser définitivement les dragons des armes des Albéniz pour donner toute leur place aux étoiles et aux cœurs. Ce que je laisserai alors à mes enfants aura ainsi gagné en sérénité. Tel est mon vœu le plus cher.

TABLE

Troisième partie
AU CÔTÉ DES FEMMES

Mise en page par Meta-systems
59100 Roubaix

CET OUVRAGE
A ÉTÉ ACHEVÉ D'IMPRIMER
SUR ROTO-PAGE
PAR L'IMPRIMERIE FLOCH
À MAYENNE EN SEPTEMBRE 2013

N° d'édition : L.01ELKN000473.N001 – N° d'impression : 85453
Dépôt légal : octobre 2013
Imprimé en France